劍橋

真實的武俠世界究竟是什麼樣子？
金庸小說裡有多少真實的歷史？
《倚天屠龍記》裡隱藏著怎樣的驚天機密？
轟轟烈烈的明教英雄為何下場如此淒涼？
身負絕世武功的張無忌為何鬥不過出身貧寒的朱元璋？
武當派為何能在幾十年間迅速崛起？
大明王朝與明教究竟有怎樣千絲萬縷的聯繫？

新垣平◎著

Dedicated

To Prof. Alan Sokal

獻給

阿蘭・索卡爾 教授

The use of this feigned history hath been to give some shadow of satisfaction to the mind of man in those points wherein the nature of things doth deny it, the world being in proportion inferior to the soul; by reason whereof there is, agreeable to the spirit of man, a more ample greatness, a more exact goodness, and a more absolute variety, than can be found in the nature of things. Therefore, because the acts or events of true history have not that magnitude which satisfieth the mind of man, poesy feigneth acts and events greater and more heroical. Because true history propoundeth the successes and issues of actions not so agreeable to the merits of virtue and vice, therefore poesy feigns them more just in retribution, and more according to revealed Providence. Because true history representeth actions and events more ordinary and less interchanged, therefore poesy endueth them with more rareness and more unexpected and alternative variations. So as it appeareth that poesy serveth and conferreth to magnanimity, morality and to delectation. And therefore, it was ever thought to have some participation of divineness, because it doth raise and erect the mind, by submitting the shows of things to the desires of the mind; whereas reason doth buckle and bow the mind unto the nature of things.

—— Francis Bacon: The Advancement of Learning, Book II

劍橋倚天屠龍史

目錄

隨著張無忌的日益康復和成長，種種潛在的矛盾逐漸暴露出來。例如，張三丰為了治療張無忌的痼疾，親自傳授給他武當九陽功，這幾乎是成為武當掌門的象徵。宋遠橋對此十分不滿：他的獨子宋青書從未蒙張三丰親授任何武術。

第十二章 光明頂戰役的準備（1356）

對少林來說更有吸引力的是：這場戰役的勝利不但可以鞏固少林對於其他五派的優勢地位，而且還可以為建立以少林為首的更加廣泛的武術界聯盟奠定基礎。而如果整個武術界都服從少林寺的命令，肅清彌勒宗、天鷹教等明教殘餘勢力，進而控制整個江湖世界就輕而易舉了。

第十三章 偉大的光明頂戰役（1356—1357） 131

這一天剩下的時間見證了中國武術史上最大的奇蹟之一。張無忌如同機械之神一樣出現，逐一挑戰六派的武術菁英們並無例外地取得了勝利，拯救了瀕臨滅亡的明教。即使他的偶像張三丰也從未有過如此的輝煌時刻。

第十四章 張無忌的就職與新秩序（1357.2—1357.8） 142

張無忌擔任第三十四代明教教主已成定局。他原先不是明教徒的身分在此並非障礙，甚至恰恰被視為他本人不同凡人的表徵。實際上，他已經不僅僅被看作一般意義上的教主，而是被視為明尊的化身。

第十五章 對六大門派的營救及與波斯人的衝突（1357.8—1358.1） 157

蝴蝶谷會議後不久，張無忌親自主持了對六大門派的營救行動。明教發達的情報系統迅速有了工

序言

在2008年夏季舉行的北京奧運會上，中國大陸以絕對優勢佔據了金牌榜第一的位置，這一令人印象深刻的事件雖然常常被充滿敵意的西方媒體解釋為一連串弄虛作假的表象，或者專制體制的畸形產物，並且和納粹德國或者蘇聯曾經的輝煌相比，卻無法遮掩這樣一個基本的事實：有史以來第一次——無論從古希臘的奧林匹克運動算起，還是從現代奧林匹克的復興算起——一個非西方的國家，一個非白人的國家，具體來說是一個黃種人的國家，戰勝了一切西方的體育大國，站在了奧林匹克運動會的榜首。

誠然，在過去幾十年中，諸如日本和韓國這樣的東亞國家也曾獲得矚目的成就，而中國的排名自從1984年的洛杉磯奧運會以來一直穩步上升，使得這一勝利變得易於為人接受，但中國攀升到金牌榜首位這一點仍然具有非凡的意義，從某種角度上來說，它顛覆了整個奧林匹克運動得以成立的基礎：自古希臘以來，我們西方人對自己身體素質超越其他「蠻族」的絕對自信。誠然在某些田徑項目上，我們有時不得不承認非洲人種的優勢，而在某些靈巧的項目上又不得不讓位於東方人，但是

從整體的身體素質來看，從頭腦的卓越和體力的強健之間的完美結合來看，我們常常在潛意識中認為，只有西方人，才是真正的，或至少是標準的「人」，而東方人不論體力上還是智力上都較之遜色。而中國人的勝利無疑給了這種偏見致命的打擊。

然而這一勝利或許並不應該令我們過於驚訝，如果我們對中華民族的歷史和社會多一些了解的話。譬如說，在一切舉行過奧運會的城市中，北京是歷史最古老的城市之一。它在西元前11世紀就已經建城，僅可能比雅典稍遲，甚至超過我們所引以為傲的羅馬。雖然北京在西元12世紀才正式成為帝國的首都，但在此之前的兩千年中，它一直是東北亞最重要的城市之一。多少個世紀以來，南方的農耕民族、西北的草原民族和東北的漁獵民族在此進行過無數場驚心動魄的碰撞和角逐。它既是中華帝國征服北方少數民族的橋頭堡，也是鮮卑人、契丹人和女真人南下進軍的中轉站，即使在它成為首都之後，這一命運也沒有改變。事實上，北京的歷史，正是中國歷史的縮影。這一歷史並不是西方人刻板印象中的柔和、文弱的一潭死水，而是充滿了血與火的暴力的較量。理解這一點對我們的研究來說至關重要。

歷經數千年戰爭考驗的，並且輸入了大量草原蠻族之血液的中華民族，其代表形象與其說是柔弱的文人，不如說是孔武有力的赳赳武夫，當*1792*年訪問清朝的喬治．馬戛爾尼子爵（*George Macartney*）抵達中國的港口時，他就已經驚奇地發現了中國人的剛健有力：

男子多雄偉有力，四肢筋肉突起，無萎靡不振之相。余逐處留意觀之，不覺朗誦詩人莎士比亞《暴風雨》中之句曰：觀此紜紜眾生兮，嘆造物之神奇，朕人類之美且大兮，吾樂乎新世界之自居。

而中國工匠乃能以其臂力與其活潑之精神，合力升之，直行不息，而觀其神情又異常欣喜，初不若有人驅之迫之者。此或中國政體之完備，及人民天賦之獨厚使然，非他國所能及也。」

（譯者按：此處用劉半農《乾隆英使覲見記》之譯文）

這些讚美的話語無論對今天的中國人還是西方人都是陌生的，因為在不到半個世紀之後的1840年，不列顛帝國就和中華帝國進行了史上第一次貿易戰爭——它以「鴉片戰爭（*Opium War*）」之名為人所知——並且用自己遠為先進的軍事技術擊敗了後者。不到二十年，不列顛和法蘭西又發動了第二次鴉片戰爭（1856—1860），並且攻佔了中國的首都，也就是2008年奧運會的所在地北京。在此後接近一個世紀裡，中國遭遇了一連串可怕的軍事失敗，其聲望也跌到了歷史的低谷。誠然，這些失敗基本上是由和西方在技術上的巨大差距所導致的，但這確立了中國人在西方公眾心目中孱弱無能的形象，並且由於鴉片等毒品的氾濫以及割地賠款所導致的貧困而得到強化。即使在共產黨奪取了中國政權，並在1950—1953年的朝鮮戰爭中成功地擊退了美國領導的「聯合國軍」後，中國人的勝利也常常被描繪為「人海戰術」的結果，與西方人獨立自由的騎士精神形成了鮮明的反差。

在20世紀70年代李小龍（*Bruce Lee*）成為西方人所熟知的功夫明星之後，「中國功夫」在歐洲和北美掀起了熱潮，這種情況才得到了部分的改觀。然而即使想像力最發達的西方人也只能將此歸諸少數人才知曉的神秘的東方法術。西方人所難以設想的，是在一個充滿活力的民族中一個延續至少十多個世紀的功夫世界，在任何一個世紀都由數百個流派的數以萬計的武術家組成，他們曾經召開過許多屆不遜色於奧運會的武術大會，發動過比黑手黨的家族之戰大得多的戰爭，將自己的宮殿設在天山或崑崙山之巔，探索過從阿留申群島到撒馬爾罕，從西伯利亞到婆羅洲的廣袤領域；他們曾經迫使南中國海上數十個島嶼和東南亞的各大割據勢力承認他們的宗主權，也曾擊敗過哥薩克的騎兵、西班牙的海盜和荷蘭人的火槍；他們曾經在契丹人和西藏人的宮廷中居於高位，令蒙古人和滿族人領導的政府為之恐懼，甚至創建了中國歷史上一個光輝燦爛的帝國。透過種種方式，他們不止一次地改變了中國和世界的歷史，並參與塑造了現代世界的面貌。

這是一個真正意義上的「失落的世界」。這個世界在西方歷史最黑暗的時代發端，又在西方人全面勝利的時代由於熱兵器的普及和軍事技術的發展陷入極度衰落，最終被遺忘殆盡。20世紀的武術大師們，如西方人所相對熟知的霍元甲和李小龍，不過是這個消逝的世界最後的餘音。直到最近的時代，這個古老的世界仍然不為西方人所知，甚至——由於傳統的儒家文化和士大夫政府的壓抑——在很大程度上不為中國人自己所知。筆名為金庸的查良鏞教授在20世紀50年代以後，曾經著手撰寫這個世界的歷史，然而在寫出了十五部斷代史後他不得不中止了這個任務。因為年代的久遠，已經無法收集到足夠的資料，以便將這些斷片聯綴成一個整體。然而他畢竟揭開了冰山的一角，讓現代的中國人和西方人得以窺見一個久已經中斷的傳統，一個殘酷、血腥而又充滿魅力的世界。

在最近十幾年中，至少在歷史學界和漢學界，對於中國武術世界的興趣明顯增加了，越來越多的研究成果與學術著作出現了。而透過《臥虎藏龍》這樣的著名電影，西方大眾對於這方面的話題也開始具有了興趣。一些歷史研究者也在這些方面提出了有趣的理論：譬如，美國明尼蘇達州保羅．卡利斯特學院教授威澤弗德（*Jack Weatherford*），在其影響力廣泛的著作《成吉思汗與今日世界之形成》中提出，成吉思汗之所以能征服世界是因為訓練了一批擅長點穴術的武術家，因此在戰爭中無所不利；而英國前海軍軍官孟席斯（*Gavin Menzies*）在《*1421*：中國發現世界》中認為，鄭和是失傳的古代武術經典之一《葵花寶典》的作者，他和他的同僚憑藉驚人的武術造詣征服了美洲的土著人。這些說法引起了廣泛的興趣和爭議。

在北京奧運會之後，遏制「黃禍」的呼聲再次響起。是否古老的武術世界的某一部分已經在中國政府的控制下了呢？中國人是否可能會再度復興他們的武術傳統，去征服世界呢？這些荒誕不經的想法引發了許多想像力豐富的陰謀理論。在*2001*年，一支被稱為「少林隊」的足球隊獲得了中超聯賽的冠軍，但在第二年這支隊伍就離奇解散和消失。一些西方作者聲稱，這些武術造詣不凡的隊員被招納進了秘密的特種部隊，而為了麻痹西方人，中國政府刻意保留著他們不堪一擊的國家足球隊去飽受羞辱；而原定在奧運會開幕式上表演的少林功夫被臨時撤下，換上了看起來更溫和的太極拳，更加深了人們的這一看法。一些作者甚至歪曲地援引本人的著作，聲稱中國運動員劉翔是得到了清代的失傳武術「神行百變」才能夠在雅典奧運會上摘取金牌，而後出於和古巴的秘密協定，將這一技術轉讓給古巴運動員羅伯斯，並安排劉翔退賽！還有一種說法是，美國中央情報局竊取了靈蛇島一份水功修煉方法，並將其用於對游泳運動員菲爾普斯的訓練上，為此菲爾普斯還學了兩年中文。如果說在以前人們不承認中國武術世界的存在是一個極端，那麼現在的這些說法又走向了另一個極端，引起了西方大眾不必要的恐慌。

筆者認為，哪怕即使僅僅為了澄清這些偏見起見，也有必要撰寫一部武術世界的歷史，介紹其淵源、歷史和機制，況且近年來歷史學的進展和新資料的發現，已經使得撰寫這一部歷史不僅成為可能，而且必要。在本書中，不可避免仍會有許多空白和猜測，一些具體的細節也無法進一步加以探討。筆者誠摯地希望，在不久的將來，歷史學家們能夠填補這些空白和糾正這些失誤，以一部更為全面翔實的「劍橋金庸武俠史」來取代目前呈獻給讀者的這部或許過於「簡明」的歷史。

在撰寫本書的過程中，筆者要將誠摯的謝意獻給以下幾位：首先要感謝的是查良鏞先生本人，在他於劍橋攻讀歷史學博士期間，我曾經多次和他在波光粼粼的康河（*River Cam*）邊散步，探討中國武俠史中的種種細節，沒有他的熱心幫助，或許這部書的完成是永遠不可能的。其次要感謝的，是我的導師史密斯教授，作為英國和西方世界武俠史學的開創者之一，是他親自將我領進了武俠史研究的奇妙領域，並在我五年的博士生涯中給了我無微不至的關心和指點。我的另一位老師，已故的牛津大學約翰生教授，雖然和我在許多學術觀點上都有矛盾，卻透過他尖銳的批評促進了筆者的學術成熟，願他在天國得到平安！我的學生和朋友新垣平先生在古代漢語和中國文化方面給了我許多有益的幫助，並且親自將我的幾部書翻譯成中文，對此我深表感激。最後要感謝的是我在香港的中國籍妻子宋玨女士，謝謝你多年來給我的愛與支持，這是我所不配享有的。

譯者按：本文是Sean教授為《劍橋簡明金庸武俠史》所作的序言，徵得Sean教授同意後，移於此處。以冀幫助說明Sean教授學術工作的宗旨。

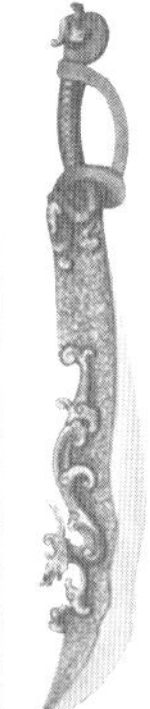

第一章 緒論

13世紀見證了蒙古民族在亞洲腹地的興起，這是人類歷史上最重大的事件之一。而這一事件最重要的，或許也是唯一的關鍵字就是「征服（*conquest*）」。在三個世代的時間內，成吉思汗及其兒孫們的征服戰爭幾乎覆蓋了整個歐亞大陸，從日本海延伸到地中海，從北冰洋到揚子江，都臣服於黃金家族的斡爾朵（*ordo*）（譯者注：「斡爾朵」是遊牧民族或高級貴族的營帳，也用以指代其統治機構）之下。一千萬平方英里以上的龐大帝國被建立起來，這一輝煌紀錄迄今尚沒有任何國家能夠打破。1279年，蒙古帝國的海軍在南中國海上摧毀了南宋王朝最後殘存的抵抗力量，從而完成了對中國本土的征服。這是中國歷史上第一次被異族完全征服，並且這一異族幾乎毫不掩飾地蔑視中國人所珍視的文化、思想和制度。在征服者震撼整個世界的暴力面前，這些古老的聖賢之道顯得格外孱弱而不堪一擊。

然而對於征服者來說，弱小的中國人手中仍然有他們所忌憚的神秘力量，即被稱為「武功」的高深格鬥術（*martial arts*），我們西方人習稱之為「功夫」（*Kongfu*）。這種格鬥技術儘管在戰場上看

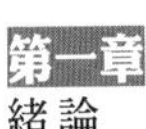

起來不如蒙古人的馬術和箭術有效，但在個人的格鬥中卻可以發揮驚人的威力，並且曾經不止一次地改變了歷史進程。

人們不會忘記的是，正是在武術大師郭靖的主持下，襄陽要塞的防守才維持了十多年；而蒙古帝國的最高統治者蒙哥，據說也在攻城作戰中被郭靖的學生楊過所殺死；二十年後，帝國的丞相阿合馬也被武術家王著和高和尚所刺殺。出於對漢人武術界的忌憚，忽必烈汗甚至沒有深究此事。最近幾十年來，歷史學家們逐漸達成了這樣的共識，蒙元帝國在中國統治的崩潰很大程度上應當歸功於中國武術界（*Kongfu Circle*）的集體反叛。要勾勒出蒙元帝國的興衰全貌而缺乏對武術界的了解，正如要研究中世紀歐洲的歷史而不知道騎士階層一樣荒謬。

但是長期以來，在西方，許多第一流的蒙古學者並非漢學家，對於中國歷史和文化的生疏局限了他們本應更為開闊的學術視野；而漢學家和東亞學者們對於民間傳統也缺乏嚴肅的學術興趣，從而使得這一領域迄今為止尚未被充分探索。因此我們不得不面對這樣一個尷尬的狀況，在拉施特的《史集》、宋濂的《元史》以及佚名的《黃金史綱》中已經約略提及的若干歷史現象，竟然被從格魯塞（*René Grousset*）到符拉基米爾佐夫（*Vladimirtsov*）、從柯立夫（*Francis W.Cleaves*）到傅海波（*Herbert Franke*），從箭內亘（亘音ㄒㄩㄢ）到陳垣，從韓儒林到蕭啟慶等許多傑出的蒙元史學家所忽略或曲解。對於元代中國武術界發展及其與政治史的關係的學術研究，至今仍付之闕如。只有查良鏞博士在《天之劍與龍之刀》（《*The Heaven Sword and Dragon Saber*》）一書中進行過極其富有想像力的探討。

（即《倚天屠龍記》，金庸著作的英文譯名與中文原名略有不同。譯者盡量按英文翻出，以保留其原汁原味）但查良鏞博士的研究在很大程度上，仍然被作為「通俗歷史作家」的揣測而被學術界所忽略。而其為了通俗化而進行的故事性描述，也在無意中成為進一步研究元代武術界內部結構和運動的阻礙。

本書的目的就在於填補這一空白。本書將依據歷史記載以及新發現的史料，特別是查良鏞博士的研究，勾勒出元代中國武術界的內在結構和發展狀況，並討論其與宗教、政治、文化等各方面的關聯。我們將把主要的注意力放在其對於元朝末期政治變動和軍事衝突的影響上。不用說，這僅僅是一個初步的探索，我們熱切地期望：在不久的將來，會有更多的研究成果來補充和糾正其中的內容。

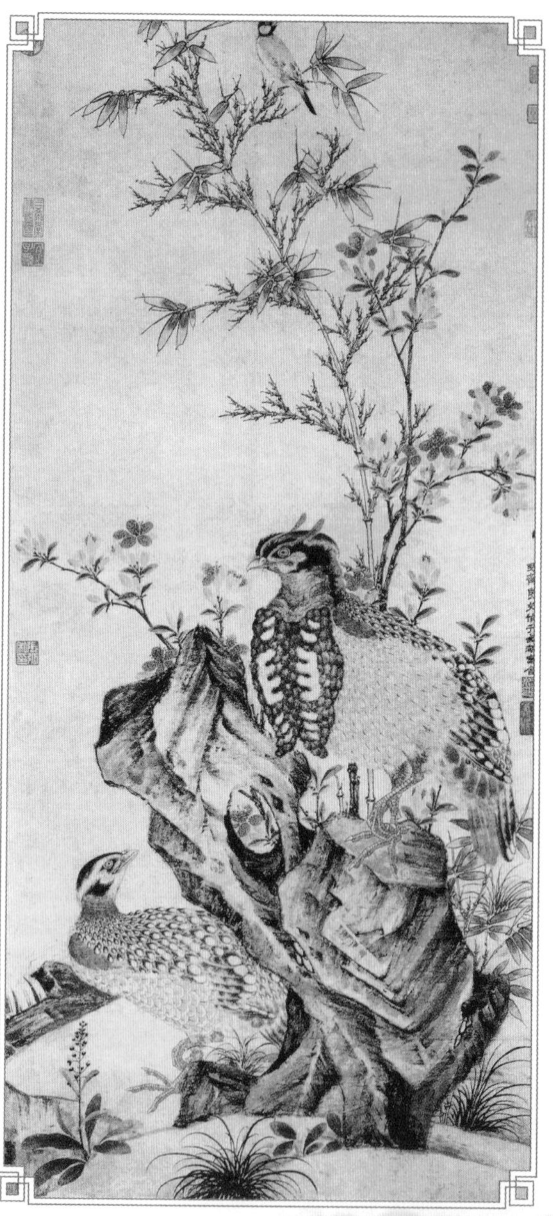

第二章 南宋後期的武術界政治地圖（*1195—1279*）

儘管形態和結構上有很大變化，但元代武術界既然是從其在宋金時代的前身演變而來，因此，首先有必要對後者略加概述。

自從宋代的平民從中古時期的貴族依附關係中解放出來之後，（見內藤湖南《概括的唐宋時代觀》，初刊於《歷史與地理》第9卷第5號（唐宋時代研究號），1922年5月，1—12頁；再收於《內藤湖南全集》第8卷中之《東洋文化史研究》，1969年，111—119頁）中華帝國的武術家階層就成為了被稱為「江湖」（*river and lake*）的獨特社會領域的主宰。（參見陳山《中國武俠史》（上海三聯書店，1992）第四章）「江湖」來自於西元前3世紀的哲學家莊周的一個比喻：「『對於魚來說』，與其『在土坑裡』用唾沫相互濕潤，不如在江和湖中相互忘卻。」（見《莊子．大宗師》）毫無疑問，這是對於自由的隱喻。我們必須明確，「江和湖」是缺乏海洋文明的中國文化中和堅實的陸地以及「故土」相對立的概念，它們構成中國的內河航運體系以及廣義的交通運輸體系。像魚一樣在江湖中生存者，必然首先是擺脫了對土地依附關係的自由人。

廣義的江湖世界包括一切不臣服於帝國的政治秩序而自由流動的因素：商賈、歌伎、鏢行、戲班、流民、乞丐、僧人、盜賊以及武術家們。對於這個複雜微妙而又時時變動的社會關係領域，中華帝國的暴力機器無疑顯得過於龐大和笨拙。由於技術水準的限制，帝國軍隊不可能像現代國家那樣對這個領域實行全面控制，甚至單純的監視都力不從心。在江湖世界中流動的商賈和腳販們不能像生活在現代社會一樣，指望得到員警的保護，而窺伺政權的反叛者、危險宗教的信奉者以及危害人們日常生活的罪犯們卻往往如魚得水，得以在此躲避政府的通緝。

因此，在這個類似自然狀態的環境中，被稱為武功的格鬥術得到了長足的發展：誰有更高的武術造詣，誰更能夠懾服他人，誰就能在江湖世界的活動中獲得更多的尊重和更大的利益。我們必須記住：是弱肉強食的叢林法則而非鋤強扶弱的騎士精神構成了這個世界的基本原則。

毫不奇怪，這個領域的特殊機制使得按照武術的高低和有無形成了自發的等級秩序。武術家階層所組成的「武術森林」備受尊崇，成為江湖秩序中最主要的主導力量，而最強大的大師們總是在食物鏈的頂端作為最高的捕食者，他們有能力殺戮任何藐視他們權威的江湖公民。出於對武術大師的愛戴、畏懼和諂媚，許多本來並不畏懼政府軍的武術師也拜倒在他們的腳下，甘願服從他們的號令。這使得一個著名武術家能夠透過特殊的權力組織形式——門派、幫會和異端宗教等——指揮遠比他自身的超人力量強大百倍的勢力。這些特殊形式中就蘊涵著足以和帝國抗爭的潛能。當然，在帝國強盛的時代，武術界只能滿足於對江湖的統治，而對皇帝的權威保持表面上的服從；但當風起雲湧、帝國走向衰落之際，武術界就會趁機而動，利用江湖網絡而控制土地本身，投身於奪取最高政權的軍事冒險活動中。

自從12世紀末直到蒙元征服中國東部之前的大半個世紀之中，武術界中出現了被稱為「華山劍術研討會」的武術比賽，在名義上，這是高級武術家之間的學術交流活動。與現代的各種體育比賽不同，這種武術比賽並非人人可以參加，參與者僅限於公認的最優秀的武術家（據相關記載，在1259年的第三次劍術研討會中，有一些不知名的武師試圖參與，被與會者們粗暴地趕走（見《神聖的鵰之羅曼史》第四十章））。

這種專橫是有原因的。如果用現在的體育比賽模式去理解劍術研討會，將是一個巨大的時代錯誤。例如，第三次劍術研討會沒有進行任何武術比試就確定了五大武術家的地位和稱號。事實上，每一次研討會都反映出武術界和江湖世界中最新的權力分配關係。在第一次劍術研討會中，以「五絕」（*Five Champions*）為名號的武術大師名單實際上映射出武林中權力秩序的現實邏輯。在某種意義上，我們可以稱之為江湖世界的《威斯特伐利亞條約》（*Peace of Westphalia*），（《威斯特伐利亞條約》是德國「三十年戰爭」結束時簽訂的一連串條約，標誌著第一個近代國際關係體系的誕生）正是劍術研討會的存在確定了此後大半個世紀的武林秩序。

據《射鵰的英雄：一部傳記》（射鵰英雄傳 *The Condor-Shooting Heroes: A Biography*）記載，第一次華山劍術研討會在1195年舉行。發動這次比賽的緣由是為了爭奪一部被稱為《九陰真經》（*Canonica Vera*

Enneadae）的武術典籍，作者據認為是著名的道家學者黃裳。其表面的理由是，《九陰真經》中包含能大幅度提高武術能力的秘密技術，因而幾乎為每一個習武者所覬覦。

無可否認，參與論劍的武術家都在某種程度上醉心於《九陰真經》優美深奧的武術理論，但實際上爭奪這部典籍卻有更為現實的原因。正如現代世界的軍事技術一樣，一部精湛的武術著作將會大大提高研讀者的格鬥能力，從而對現存的武林秩序構成威脅。為此，必須對這一危險傾向予以限制。爭奪《九陰真經》的目的本質上可以視為武林現存秩序防止這一危險技術擴散的措施，事實證明這一措施是卓有成效的。這一實質意義也可以從如下事實中看出：華山劍術研討會的勝利者王喆就幾乎沒有讀過該書，更沒有練習其中的武術。武術大師郭靖後來對此有準確的評論：「他要得到經書，也不是為了要練其中的功夫，卻是想救普天下的英雄豪傑，教他們免得互相斫殺，大家不得好死。」（見《射鵰的英雄：一部傳記》，第十六章）在此意義上，「五絕」們對《九陰真經》的爭奪可以視為對武林秩序的確認和維護。

第一次華山劍術研討會的主要成果在於締造了第一個有秩序的武林體系。與會的五方面代表分別被冠以「東西南北中」的稱號，這一點昭示了他們按照不同方位，瓜分江湖世界的勢力範圍：

「**東方的異教徒**」（東邪 *The Eastern Heretic*）黃藥師，是東海的島嶼和中國東南地區的主宰；

「**西方的毒蛇**」（西毒 *The Western Viper*）歐陽鋒則是西域地區以及河西走廊的霸主；

「**南方的皇帝**」（南帝 *The Southern Emperor*）段智興是大理國的皇帝，他的家族自從10世紀以來就世代統治著今天的雲南省地區，其勢力範圍亦擴張到了南宋境內的貴州、湖南；

「北方的乞丐」（北丐 *The eNorthern Beggar*）洪七則是北方「乞丐黑手黨」（丐幫 *Mafia of Beggars*）的領袖，勢力範圍涵蓋了中國北部地方以及部分南部地區。（「乞丐黑手黨」是一個由社會底層組成的傳統反政府組織，當滿族人於12世紀上半葉控制中國北部後，則轉變為民族主義的獨立武裝組織。有關這一組織在元代以前的活動狀況，參見譚松林主編的《中國秘密社會》第一卷（福建人民出版社，2002版））最後是第一屆劍術研討會的最終勝利者——**「中央的先知」**王喆，一個道教的改革派的創始人。王喆的根據地是陝西南部的終南山，他的教派全真教（*All Truth Religion*）主要在中國腹地活動，但作為至高無上的武術大師，王喆對於其他各個區域都有號召和約束力，雖然有時只是形式上的。

在華山劍術研討會後，王喆曾率領他的代表團對大理國進行過一次訪問，在訪問期間他的副手周伯通姦污了段智興的一位妾室，顯然由於王喆的特權地位，大理國方面敢怒而不敢言，只能掩蓋這一醜聞。

這一武林體系的特殊性可以從如下事實中得到辨認：構成這一體系的基礎，乃是武術家的個人力量，而非如後來的武林體系那樣，奠基於個別武術家所隸屬的武術門派。諸如少林、武當、峨嵋爭鋒的門派政治，要到一個半世紀後才會出現。這一時代雖然已經有武術門派的出現和繁榮，但大多數情況下都只是作為武術家個人的附庸，而非獨立的政治運作單位。

黃藥師——這位天才武術大師因為信奉激進的社會原子主義而提出對儒家價值觀的質疑而聞

名——他的悲劇是一個典型的例子：他在一次盛怒中打斷了自己所有學生的腿並把他們趕走，從而自己扼殺了自己剛剛締造的門派。同樣的事情，幾乎不可能發生在那些歷史悠久的門派中。在那些地方，制度的約束總是大於領導人個人的意志。以明朝時期的雪山派為例，當掌門人白自在陷入癲狂而殘酷地對待自己的學生時，他們毫不猶豫地禁錮並廢黜了這位大師。（見《騎士的旅行》北京：三聯書店，1994）

在「五絕」中，唯一建立了正式門派組織的是王喆，這位道教中的馬丁·路德建立了被稱為「全真教」的道教派別。他的七個門徒也都是著名的武術家，在兩代人的時間裡保持了全真派的威望不退。但是下幾代的繼承人們逐漸混淆了宗教派別和武術門派之間的區別，將主要興趣轉移到宗教方面，導致了這一門派的急劇衰落。（參見陳垣《南宋初河北新道教考》（北京：中華書局，1962）；陳學霖和威廉·T·德巴里（de Bary）主編《元代思想：蒙古統治下的中國思想和宗教》（Yuan Thought: Chinese Thought and Religion under the Mongols）紐約：哥倫比亞大學出版社，1982）使得全真派能在長時間內持續保持其威望的，是王喆的學生和朋友周伯通，他是一個具有武術天才的先天愚痴，智力約相當於十歲的兒童。為了利用他的天才，王喆設法令周伯通皈依自己的宗教並保護自己的門徒，儘管周伯通對此很不情願。在第三次華山劍術研討會中他正式繼承了王喆的位置，被稱為「**中央的調皮兒童**」。然而顯而易見，促使其當選的主要是他的智力魯鈍，成為各方面都能夠接受的形式首領。這個半侮辱性的名號也顯示出，人們並非真心尊崇這位大師。在周伯通死後，全真派也迅速衰落。

洪七是著名的「乞丐黑手黨」的領袖，在中國北方，這一組織從12世紀中期起，就成為反抗來自中國東北和蒙古地區的侵略者統治的最大地下抵抗組織。這一組織本身並非武術門派，但卻吸收了很多優秀的武術家。雖然內部有保守派和改革派的激烈鬥爭，但從12世紀中葉到13世紀中葉的一百年中，這一組織始終是武術界的最大勢力之一。

另一方面，段智興雖然是大理國的君主，但是段氏皇族傳統上仍然被視為中國武術界的一部分。在南宋時期，由於貿易的發達，雲貴高原和中原漢地之間形成了統一市場，無疑更增進了這一趨勢。（參見斯波義信《宋代商業史研究》（風間書房，1968）第三章「宋代全國市場的形成」）在蒙古軍隊佔領大理後，段智興的流亡政府不得不遷移到了南宋境內，和南宋的愛國者聯合起來，繼續從事希望渺茫的抵抗運動。因為其政權的淪亡，段智興在南方的領導地位也受到了嚴重的威脅。裘千仞，或「漂浮在水面上的鋼鐵手掌（鐵掌水上飄 *Iron Palms Floating on Water*）」依靠其幫會勢力，大幅侵佔了他在中國南部的勢力範圍。不過裘千仞的新興幫會遭到了段智興和洪七的壓制，最後他們聯合起來，威逼裘千仞成為僧侶，屈服在段智興的權威下。

從1220年的第二次劍術研討會開始，東西南北的地域劃分已經明顯與江湖世界的現狀相脫節。在第二次劍術研討會中奪冠的歐陽鋒，當時已經成為間歇性精神分裂症患者，不再代表任何勢力，此後長期在中國本土流浪。而段智興也早已出家為僧侶，並未真正參與這次峰會。很明顯，這一次劍術研討會的意義，在於確認和鞏固舊秩序的合理性，為此即使割裂稱號與實際的關係也在所不惜。

此後，武術界的老人政治維持了近四十年。在1259年的第三次劍術研討會中，由於洪七和歐陽鋒的逝世，他們名義上的傳人「北方的騎士」（北俠 *The Northern Knight*）郭靖和「西方的狂人」（西狂 *The Western Crank*）楊過替代了他們的位置，但是已經和地域無關。事實上，此時西和北兩個地區已經完全被蒙古帝國所佔領，「五絕」的影響力日漸衰退。甚至全真教也開始緊張地向汗八里的蒙古朝廷靠近。被稱為「北方的騎士」的郭靖一直在防守中部地區的襄陽，而「西方的狂人」楊過很快退出了社會生活。更不用說，上文提到的周伯通不過是一個天真的傀儡。「新五絕」的名號很大程度上不過是對昔日光環的懷舊，並不能掩蓋舊秩序日薄西山的慘澹狀況。

隨著13世紀70年代蒙古軍隊的南下，蒙古人對南宋的最後征服開始了。在守衛襄陽的戰役中，南宋最優秀的武術大師郭靖很可能被義大利人馬可．波羅（*Marco Polo*）製造的新型投石機打死（馬可．波羅曾經吹噓過，他製造的大炮「殺死了一位著名的南蠻子將軍」，但關於此人是否是郭靖還有爭議。參見《馬可．波羅遊記》（Il Milione）第二卷）——這一悲慘的事件也預示了武術將在幾百年後被火器壓倒的不幸宿命。

丐幫和大理流亡政府也各有許多武術家被殺。而在此之前很久，衰落的全真派已經被迫向蒙古朝廷效忠。在隨後幾年的軍事行動中，武術界殘餘的抵抗力量跟隨文天祥、張世傑等南宋抵抗派將領堅持戰鬥，直到1279年的崖山海戰才被消滅，死者達十萬人之多。（見《宋史》第四十七卷）

到此為止，中國武術界的各派勢力基本被肅清，劫後逃生的少數武術家也隱匿不出。因此，在80年代初期的中原武術界，出現了同一個半世紀之前相似的巨大權力真空。這本來對於新征服中國的蒙古統治者來說是有利的局面，但是在帝國的新主人還沒有學會如何控制這個全新領域之前，已經有其他的勢力趁機崛起而試圖掌握大權了。

第三章 武術門派政治的形成（1279—1330）

正如在其他許多文化領域中一樣，蒙古人對中國的佔領也帶來了武術界水準的大幅下滑這一點的原因是顯而易見的：許多大有希望的中青年武術家在殘酷的戰爭中陣亡，導致了武術界的代際斷層，而隨著老一輩武術大師的逝去，若干威力強大的絕技也湮沒無聞。一個明確無疑的事實是，在半個多世紀的時間內，絕少再出現「五絕」層次的大師級人物。這一悲慘境況不僅標誌著武術界的長期衰落，也推動了武術界結構的深刻變革：個人的力量下降後，門派的重要性就日漸凸顯出來。門派不僅僅是武術本身的標誌或武術傳承的形式，它本身（*eo ipso*）就成為武術家聯合的最重要組織。在具體討論元代門派的形成之前，讓我們在此先對這一組織的一般發生學原理略加考察。

門派首先具有武術傳承的意義：在絕大多數情況下，武術必須透過教學活動才能傳授給他人。學生從教師那裡學習到精湛的格鬥技術，作為自衛及謀生的手段，特別在動亂的時代，其帶來的收益遠遠大於對其他文化知識的學習，因此自然為許多人所趨之若鶩。

但另一方面，從教師的角度來看，與其他學術的傳授不同，教授學生武術是一項危險的工作。天資聰穎的學生經過認真修習，武術不難凌駕於較平庸的老師之上，當與老師發生爭執，或者覬覦老師的秘密書籍或財產時，不難利用學到的武術擊敗甚至殺死自己的啟蒙者。因此，不難理解為什麼殺害自己的老師會被武術界視為最大的禁忌和罪惡。而教師也被默認擁有對學生的人身支配權，在儒家文化的支持下，教師被稱為「師父」（*teacher-father*），亦即具有與父親相等的地位——在中國，正如在西方中世紀一樣，父親擁有隨意處置自己子女的家長權。

但是在這種束縛關係下，天平又會向另一頭傾斜，學生在教師的至高權威下喪失了基本的人身自由和安全。例如前面所提到的，黃藥師的弟子就可以隨意為他所殺死或致殘。這種黑格爾式的正反辯證運動最後導致作為「合題」的「門派」的出現：學生和教師都是門派的一部分，也都必須受門規家法的制約。學生不允許反叛老師，但是老師也不允許隨意殺戮欺凌學生。雙方都必須忠於更高的門派。而門派進行內部管理的執行人員就是「掌門人（*The Gate-Holder*）」，掌門人雖然擁有極高的權威，但是同樣受門規的制約。（陳山在《中國武俠史》中討論過這一問題，見《中國武俠史》第191—194頁）

門派的出現，導致個人對門派形成了單一的人身依附關係，最終使得本來單純的武術傳授的形式變成了一個擁有共同利益的武術家集團。每一個武術家都有在政治上效忠，從經濟上供奉，並且在危急時支援自己門派的義務，同時也有享受門派的武力保護和武術教授的權利。因此，一個人理論上能夠學習多種武術，但只能效忠於一個門派。當然，如果不加入某個門派，能夠獲得該門派武術傳授的機會微乎其微。這一制度事實上的結果，就是武術教學上的嚴格限制，以及某種武術「知識產權」意識的萌芽。和通常的詮釋相反，我們認為這不是武術繁榮的象徵，而是元代以後武術衰落的重要原因。

我們可以用「囚徒悖論」來解釋這一趨勢：每一個門派都有各自的利益，因此雖然不介意去學習其他門派的武術，但是卻絕不希望自己的武術被其他門派得知。這樣必然使其成員積極窺伺其他門派的武術而防範自己的武術被偷學，這會導致惡性循環，使得各門派相互提防，防範進一步嚴密。而各門派之間的對立，又會導致武術家技能的單一化，格鬥水準日益下滑，這樣一來，個人的力量日漸下降，使得對門派的依賴性更為增強，令個人與其門派之間的聯繫更加緊密。而這無疑會進一步加劇門派之間對立的趨勢。

從以武術家個人為本位，到以門派為本位，這一歷史趨勢經過了長達數個世紀的演變，但是正如上文所表明的，關鍵性轉折就發生在13世紀下半葉的宋元交替時期。兩個不同的歷史階段由此被區分開來了。

最早出現在武林世界中的新勢力是1283年成立的峨嵋派，這一門派的創始人是郭靖的女兒郭襄。她的父母和姐姐、兄弟在1273年以來的軍事衝突中陸續喪生，唯獨她本人倖免於難。為親人復仇的渴望成為郭襄投身抵抗運動的最大動力，而她在60年代的遊歷則為她提供了江湖世界中廣泛的人際關係網絡，加上作為郭靖和黃蓉女兒的、極具號召力的獨特身分，使得她足以組織起一支令人生

畏的地下抵抗力量。1282年底，她策劃了一項雄心勃勃的計畫，試圖對汗八里發動奇襲，救出被俘虜的宋朝末代皇帝趙顯和丞相文天祥。但是這一計畫被元朝政府及時發現。文天祥被處死，而趙顯被送往西藏，並被迫成為一名正式的喇嘛教僧侶。這一事件以及不久前發生的阿合馬被刺殺事件令忽必烈汗下決心對武林勢力開始了新一輪的清剿。（參見羅沙比（Morris Rossabi）《忽必烈汗：他的生活與時代》（Khubilai Khan:His Life and Times），伯克利與洛杉磯，加利福尼亞大學出版社，1988）最後，郭襄及其支持者被迫退向四川盆地。第二年，郭襄不得不出家成為一名佛教修女，當然，這只是對其領導的地下抵抗運動的掩飾，郭襄及其弟子們的民族主義熱情同佛教的虛無主義可謂南轅北轍。由於郭襄本身為女性，她的門派大多數由婦女組成，這些婦女大都在蒙宋戰爭中失去了親人或丈夫，因此和她們的領導人一樣充滿了復仇的渴望。

終其一生，郭襄都致力於推翻蒙古征服者的統治，並不懈地尋找「西方的狂人」楊過——此人可能是唯一在80年代之後仍然倖存的「五絕」人物，並由於其曾殺死蒙哥汗的傲人戰績被漢人抵抗者奉為精神領袖。但「狂人」似乎對抵抗運動已經絕望，在襄陽淪陷後再也沒有出現過，只有零星的小道消息表明他仍然活著並隱居在偏遠地區的深山中。無論如何，郭襄從未能找到他。八十年後，他的後代又重新出現在江湖世界。（見《倚天屠龍記》，第三十九章）楊過的行蹤已經成為永遠的歷史謎團。

崑崙派是另一個在13世紀末崛起的武術門派，這一門派的歷史可以上溯到北宋和西夏時期，但是其早期發展由於史料的匱乏仍然不得而知。由於其位於中國新疆和西藏高原交界的崑崙山脈，與中原本土的往來較少，長期以來，崑崙派一直缺乏發展的空間。對崑崙派來說，幸運的是，蒙古人對歐亞大陸的空前征服帶來了中西方商路的暢通，也使得本來位於帝國邊陲的崑崙山一躍而成為中西方交通的樞紐所在。與此同時，許多中原地區的漢人為了逃避戰禍和征服者的壓迫逃到崑崙山中，為崑崙派帶來了可貴的人力資源。

從13世紀70年代開始，被稱為「崑崙山的三位一體」（*Trinity in Kunlun*）的著名武術家何足道成為崑崙派的掌門人，他充分利用了蒙元入侵帶來的機遇，使得崑崙派開始了空前的發展。在短時間內，這一門派不但填補了「西方的毒蛇」的白駝山勢力衰落以來西北地方武術界的空白，而且積極向東部進軍，參與了中原地區對蒙古人的抵抗事業。據稱這和何足道和郭襄的交往有關。關於何足道和郭襄之間的羅曼史有很多美麗的傳說，但唯一可信的記載是他們曾經於1262年在少林寺有過一次短暫的邂逅。（見《倚天屠龍記》，第一、二章）崑崙派聲稱郭襄在其剃度前夕秘密訪問了崑崙山，並在被稱為「三聖坳」的秘密花園和何足道進行了會晤，但其真實性相當可疑。

這一時期還目睹了華山與崆峒兩個門派的崛起。與峨嵋和崑崙相似，這兩派也都是吸收漢人抵抗力量的精華而成。「華山派」的命名顯然是為了緬懷「華山劍術研討會」（華山論劍）時代的光榮。幾百年後的一些著名武術家如風清揚、令狐沖、穆人清、袁承志等都隸屬於華山派。武術史學家們對華山派的起源一直很感興趣，但是並沒有達成一致的意見。

目前一個流行的假說認為，華山派屬於全真教的旁支，其創始人是王喆的弟子郝大通。事實上，郝大通曾經在華山居住，並創建了全真教的一個支脈，也被稱為「華山派」。而華山派的武術傳統無疑是屬於道家的，似乎和全真教之間有著千絲萬縷的聯繫。在全真教和蒙古政府妥協以及沒落後，華山派的迅速興起或許並非是偶然的巧合。我們認為，這可能是以郝大通的弟子為代表的全真教鷹派人士和舊教派決裂後所創立的新的秘密組織。

另一方面，刺殺元朝阿合馬丞相的王著和高和尚可能是崆峒派的成員。這一門派的起源已經無從得知，但其崛起的迅速顯然同樣要歸功於南宋覆滅帶來的江湖勢力大洗牌。

在元朝前期的多次漢人武裝反抗中，背後都有著各大門派的推動。在原來南宋統治地區，幾乎每年都有兩百次以上的暴動。這些事件至少有三分之一以上和武林勢力有著千絲萬縷的聯繫。例如1282年海沙派掌門人陳良臣在廣東發動的鹽販暴動，1284年巨鯨幫在舟山群島發動的王仙人起義，1285年峨嵋和崑崙派在四川發動的趙和尚起義等等。與此同時，明教也在浙江和福建地區發動了大規模的武裝起義（詳見下章）。（見楊訥、陳高華主編：《元代農民戰爭史料彙編》上編，北京：中華書局，1985）

本章最後要敘述的是元代武林中最具影響力的兩大武術集團：少林和武當。這兩個主要勢力的矛盾與衝突將對14世紀的武術界走向產生決定性的作用。

少林派是一個佛教武術門派，因其根據地為嵩山少林寺而得名。它誕生於西元6世紀，是中國歷史上最悠久的武術門派，在許多世紀中，都是武術界無所爭議的最高領導者。但由於南宋初年的內亂和分裂，這一門派陷入了長達一個世紀的衰落，以致未能參與12世紀和13世紀的三次華山劍術研討會。

在道教的全真教崛起後，少林寺無論從意識形態上還是從勢力範圍上都受到沉重的打擊。在少林寺和全真教的武術械鬥中，少林僧侶常常敗北，並且在中原地區，大量託庇於少林派的佛寺被全真教霸佔為道觀。但悖論的是，恰恰是這一極度衰落的狀況使得這一中國歷史上的最大門派在12世紀以來的若干次政權交替過程中得以置身事外，保存了大部分的實力。在北方被蒙古人征服後，蒙古朝廷對佛教的日漸尊崇使少林寺免受了軍隊的洗劫，甚至還一度得到蒙古王公的寵幸。1258年，少林寺心禪堂的高僧福裕在蒙哥汗的御前比武大會上挫敗全真教的掌教張志敬，依靠蒙古政府的支持收回了被全真教霸佔的大部分權益，讓全真教從此一蹶不振。

可能正是由於少林已經秘密向蒙古政府投誠，當郭襄在1262年訪問少林寺時，雖然身為郭靖的女兒，但仍然受到了少林方面極其粗暴無禮的對待。雖然傳統上身為中國武術界的一部分，少林寺不願意和南宋武術界斷絕往來，但明哲保身的少林僧侶們無疑在設法和宋朝的勢力拉開距離，以免引起蒙古宮廷的不快。

但不久後，漢傳佛教在蒙古人中的優勢地位就被更加富有吸引力的藏傳佛教、伊斯蘭教和基督教所壓倒。八思巴法王等人受到的尊崇令少林高僧望塵莫及。在宮廷中爭競無望的少林寺開始回過頭來，設法重新爭取百廢待興的中原武術界。持消極保守態度的方丈天鳴和主張倒向汗八里的無相禪師先後倒臺，支持漢人抵抗運動的無色禪師得以掌握大權，此人曾參與楊過領導下的漢人游擊戰爭，在襄陽會戰中對蒙古軍團進行過大膽的軍事突襲。無色掌管下的少林迅速向漢人的抵抗組織靠近。這一轉型十分成功。

在13世紀50年代，一部埋沒多年的高級武術教程《九陽真經》（*Canonicus Verus Enneadi*）被意外地發現了。這部書的來源十分奇特：與西方人對獨立著作的推崇不同，中國人習慣於在對經典的注釋中表達自己的思想見解。（譬如，朱熹的儒學著作《四書集注》就是其中的代表，以對古老的儒家典籍的注釋的形式，表達了自己新的形而上學學說。）可能在11世紀末，一個無名的少林寺僧侶在佛教經典《楞伽經》的一部梵文抄本——該抄本據說是幾個世紀前達摩祖師從印度帶來的原版——中以注解的形式記下了自己的武術理論。有學者認為，這位僧侶就是曾經調停過北宋時代最大江湖紛爭的神秘人物：「匿名的年老僧侶」或「少林的清潔工」。《九陽真經》也是偽託達摩的大名而著。

令人遺憾的是，正如中世紀歐洲修道院的僧侶早已忘記了希臘文一樣，少林僧侶也早已失去了閱讀梵文的能力。這部偽託的巨著在少林寺的圖書館中收藏多年，而從未被發現。直到13世紀50年代，圖書管理員覺遠才在整理圖書館時發現了這部著作，並無意中學到了其中高深的武術理論。

幾年後，蒙古宮廷的御用武師瀟湘子和尹克西在訪問少林寺的時候將其盜走，但是其中部分內容流傳了下來。覺遠在臨終前曾經在一次講座中講授過這部經典，峨嵋派創始人郭襄和武當派創始人張君寶，以及少林的無色禪師均旁聽了部分經文內容。不久後，無色在吸收《九陽真經》的基礎上，創造了「少林九陽功」的高超武術——少林派得以復興也部分仰仗於此。在80年代，無色禪師成為少林的新一任方丈，並領導少林走向了武林中的領袖地位——在這個時期的江湖地圖中，再也沒有任何力量能夠與之競爭。到了14世紀初，長期的衰落已經成為往事，少林寺再度在武術界中受到舊時代的尊敬。但是很快，少林就會為自己找到一個足以並駕齊驅的強敵——武當。而少林自身的武術培養機制就成為了自己的掘墓人。

眾所周知，武當的創始人張君寶，本來是少林寺的學徒，作為覺遠的唯一追隨者，他秘密地獲得了《九陽真經》的傳授——他從這部經典中獲益的程度有多深，始終是一個謎團——從而使自己的格鬥能力遠遠躍居同輩人之上。1262年，他在一次武術交流活動中，意外地令崑崙派武術大師何足道鎩羽而歸，而後者令少林派中最傑出的武術家也感到畏懼。（見《倚天屠龍記》第二章）

正如在中國的陳舊官僚體制中常見的那樣，張君寶過分優異的表現引起了少林派尸位素餐的領導層的不安，他們要求審核張君寶學習武術的資格。而當他們發現張君寶事實上並未在正式的武術學習班註冊之後，立即憤怒地要求懲治這個等級制度的破壞者。張君寶不得不逃出少林，隱藏在神農架的荒山中，以躲避試圖剷除他的少林僧侶。張三丰在神農架中蓬頭垢面的形象可能成為後世關於神農架野人傳說的來源之一。（以下關於張三丰的論述請參看Jean-Pierre Sean：《張三丰與〈九陽真經〉：一項批判性研究》（Sanfung Chang et Ennead-Yang Canon:uneétude critique）（巴黎，法蘭西大學出版社，2006））

為了隱瞞自己的身分，張君寶不久就成為一名正式的道教徒，並改名為張三丰。他一度託庇於早已衰落的全真派門下，並從中學到了一些道家武術理論，以偽裝自己的武術。儘管張三丰宣稱自己發明的武術屬於道教體系，但仍然有無數人懷疑他實際上剽竊了少林寺的許多格鬥技巧。毫無疑問，少林派的成員們尤其對此感到憤怒。

但張三丰精明的頭腦首先表現在商業經營方面，他宣稱自己所居住的荒山「武當山」是道教所信奉的大神「真武大帝」的居所，能夠庇護虔誠的信徒，以此在附近鄉村中聚斂了大量的金錢，為自己修建了寺廟和修院。這些鄉村正在元軍的蹂躪下痛苦呻吟，張三丰提供的武術保護為他們提供了安全和希望，前者也成為他們所信奉的神明，這是後世關於張三丰一系列神奇傳說的來源。

儘管張三丰的武術造詣進步神速，但在四十歲以前，他僅滿足於神農架附近的勢力範圍，並未參與更廣泛區域的政治活動和軍事鬥爭。沒有跡象表明他曾經參加過襄陽戰役，儘管這一要塞離他的山頭並不遠。在文天祥被處決前夕，他曾被邀請參加救援活動，但他以「武功未成」為理由拒絕了，雖然他在二十年前就擊退過何足道這樣的名家。他的精明與謹慎不僅使得他熬過了蒙元血洗武林的艱難時刻，也為中國武術界保留了一個碩果僅存的武術大師。

80 年代以後，隨著元朝統治的鞏固，社會局勢也逐漸趨於穩定。在這一時期，張三丰開始了他長期引人注目的社會活動。由於年輕一代的武術家幾乎在改朝換代的大亂中被摧殘殆盡，張三丰這樣的天才人物更加顯得鶴立雞群。在幾十年內，張三丰就樹立了他在武術界至高無上的聲望，這是當年王喆和郭靖這樣的大師也望塵莫及的。然而我們不應當忘記，這一崇高的榮譽卻是建立在武術

界菁英盡喪的空白之上。

與他的前輩，另一位卓越的道教武術家王喆不同，張三丰既不關心對異族政權的反抗，對道教的神學理論研究也缺乏興趣。長期以來，張三丰雖然在武術界建立了無可挑戰的權威，但是一直避免引起政府的注意，其反抗活動僅限於對小股元兵的騷擾——如果有的話。而其對於道教的興趣也主要在於內丹理論對武術的影響上。作為武術大師，張三丰更關心的是自己的武術傳承。或許是預見到了門派政治即將形成的大趨勢，張三丰在六十歲的時候決心締造他自己的門派。經過長期準備，張三丰在14世紀初開始招收少量的門徒，事實上，在他漫長的一生中，招收的門徒不過七人而已。但這些門徒都具有驚人的武術天賦，二、三十年後，他們將陸續成為武術界的頂樑柱。

武當派崛起的速度是驚人的。在14世紀20年代，這一新興門派已經成為和少林齊名的大門派——正如牛津和劍橋或者哈佛和耶魯一樣——這一並駕齊驅的局面在以後的六百年中都不會改變。但是我們必須注意：雖然在武術界的地位上武當派已經可以和少林相比，但事實上，至少在整個元代，武當尚不具有和少林相當的實力。武當派的崇高聲望很大程度上僅僅歸功於張三丰個人的威名。只有到了明王朝初期，這一形勢才發生了決定性的變化。我們將在第九章、第十章及第十六章中討論武當派在元末內戰中是如何一步步贏得對少林的優勢的。

在14世紀30年代，六大派並立的格局已經初步形成。位於第一梯隊的是武當和少林，而峨嵋和崑崙緊隨其後，較弱的華山和崆峒則屬於第三等級。中衰的乞丐黑手黨（丐幫）仍然人多勢眾，

但是已經無法主導武林大勢。而其他許多幫會、鏢局等江湖勢力實際上也直接間接在各派的控制之下。例如，鄱陽幫的幫主就是崆峒派的門徒；而龍門鏢局的都大錦則來自少林派並接受其保護。這樣一來，在五絕體系崩潰後半個世紀，經過翻天覆地的重新洗牌，另一個與之迥異的武林秩序形成了。這個新體系雖然只維持了大約三十年，但是從中產生出來的少林─武當權力平衡體系卻主宰了整整六個世紀。

第四章　宋代和元代初期的明教（*1120—1291*）

與歐洲和西亞所發生的不同，在中華帝國的歷史上，從未有過真正意義上的宗教戰爭。「三教合一」（*Three Religions in the One*）是中國歷史上對於佛教、道教和儒教這三大宗教之間關係最主流的看法。在此意義上，歷史學家們常常為我們描繪出一幅各大宗教共存的和諧畫面。（譬如，參見錢穆《中國文化史導論》（北京：商務印書館，1994））這雖然在很大程度上是正確的，但是卻忽視了若干宗教及其變種常常被用於政治反叛的事實。不應當忘記，作為三大宗教之一的道教在最初即是2世紀末的內戰中由農民起義者們所發明的意識形態。（參見崔瑞德、魯惟一主編：《劍橋中國秦漢史》（劍橋大學出版社，1986）第十六章第二節「漢代末期中國民間的道教」）在這片東方的土地上，天國的秩序與人間的秩序也注定要發生不可避免的衝突。

3世紀誕生在巴比倫的摩尼教（*Manichaeism*），因為曾影響了聖奧古斯丁（*St. Augustine*）的思想而為西方的讀者所知曉。但這一信仰在西方世界的流傳若與其在東亞的發展相比，不免又相形見

絀。在7世紀末傳入中國後，摩尼教很快就成為了起義者手中的工具。由於信仰光明與黑暗兩大勢力的鬥爭，摩尼教徒往往將現實的政治秩序視為黑暗力量的代表，而奮起反抗。而「光明之王」即將出世的彌賽亞主義，也給了摩尼教徒前仆後繼的動力。（以下關於摩尼教的論述，可參見陳垣「摩尼教入中國考」，《陳垣學術論文集》第一輯，第329—374頁；林悟殊，《摩尼教及其東漸》（北京，中華書局，1987））

但是如果把中國摩尼教徒的活動視為單純宗教狂熱影響下的結果，恐怕過分高估了中國人的宗教熱情。事實上，許多摩尼教徒無法區分在自己的宗教和祆教或佛教間有何本質區別，在此，宗教教義不過給世俗的政治訴求披上了一層信仰的外衣。

在蒙元征服中原之前，摩尼教是中國歷代王朝所嚴令禁止的對象，因此其在中國只有局部的影響。在漢語中，摩尼教的稱呼近似「魔教（*Cult of Devil*）」，在中國人心目中造成了恐怖和邪惡的印象。摩尼教試圖改稱「明教（字面的意思是：光明的宗教）」以改變自身的形象，但是並沒有明顯的效果。

在很長一段時間內，中國明教是世界摩尼教運動的一部分，必須接受來自波斯的總教會的命令，在後者的指導下發動宗教革命以迎接「光明之王」的到來。1120年，在教主方臘（*Fang Hsi*，常被訛稱為*Fang La*）的率領下，明教徒在浙江地區發動過一次影響較大的暴動，被稱為方臘起義。「北方的騎士」郭靖的祖先、武術家郭盛參加了鎮壓起義的政府軍隊，在戰鬥中被明教徒所殺死。《九陰真經》的作者、武術大師黃裳也參與了對明教的鎮壓，並在格鬥中單槍匹馬地重創了明教的領導層，方臘在與黃裳的格鬥中身負重傷，在逃跑過程中被少林派弟子魯智深所擒獲。（見《水滸傳》，第九十九章）不久，這位教主被送到首都處死。這一史實顯示出，12世紀初期的明教也只是中國南方的一個小教派，和蒙元時期的明教覆蓋全國範圍內的影響力不可同日而語，後者已經經歷了徹底的新生。

整個南宋時期（1127—1279），明教的信奉者們在東南地區發動過若干次暴動，但均因未得到國內各階層的同情而很快歸於失敗。原因是很明顯的：在女真入侵者和漢族之間的民族矛盾上升為中國境內最主要問題的時代，明教的原教旨主義者仍然堅持無視民族界限的對漢族政權的不妥協方針，不能不說是一種不合時宜的錯誤。

這一錯誤路線和波斯總教對世界形勢的教條看法有關。在阿拉伯人和基督教十字軍在中東陷入反覆鏖戰，金國和南宋都奄奄一息，而蒙古人趁機興起的時代，波斯總教的領導人認為古老的舊世界已經徹底腐朽，發動世界範圍的革命，迎接明王到來的時機已然成熟。在波斯總教的強制命令下，一代代的中國明教教主開始了形如飛蛾撲火的暴動，最後除了憎恨和蔑視外一無所獲。「播種的是龍種，收穫的是跳蚤。」

蒙古人的到來給了這個奄奄一息的小宗教意外的生機。由於其極度寬大的宗教自由政策，在元朝初期，對明教的禁令被解除了，這一宗教被允許自由傳播。元朝的統治者不會想到，這個不起眼的教派將在半個多世紀後成為自己的掘墓人。

仇視異族統治的中國人很快就從這一藐視世俗統治的教派中發現了反抗的思想武器和從事地下活動的宗教掩飾，大批投身其中，因此明教徒開始以幾何級數增長。在平定中國南部後，忽必烈開始展開對日本、越南和緬甸的大規模軍事行動，賦稅和勞役的大幅增加令民眾的負擔加重，而多數負擔都落到剛剛征服的南宋地區，江南的局勢更為岌岌可危。

1280年，在南宋淪陷後四年，明教教主杜可用在江西發動了一次浩大的起義，杜可用號稱「天差變現火輪明王皇帝」。由於帝國軍隊迅速果斷地圍剿，這次起義遭到了慘敗。（《元代農民戰爭史料彙編》上編，第29—30頁）此後，一連串小規模暴動持續威脅著中國南部的帝國統治。明教徒積極參與了1283年的黃華起義，這次起義是以恢復宋朝的統治為號召的，但並沒有收到預期的效果——越來越少的人相信趙氏王朝還有復興的可能。

1287年冬天開始的鍾明亮起義是這一時期最為聲勢浩大的反抗運動，明教教主鍾明亮招集了十萬人的軍隊，在廣東、江西和福建的交界處建立了根據地，以汀州為中心，在周邊方圓數百里的地區展開了活躍的游擊作戰。這一起義的時間顯然是經過精心選擇的：此時的帝國政府正在全力撲滅女真和中亞諸藩王的聯合叛亂。（見伯希和（Paul Pelliot）：《馬可．波羅遊記注釋》（Notes on Marco Polo）（巴黎，1963），第二卷，第788—789頁）

當鍾明亮開始他的軍事冒險後，廣東董賢舉，江西石元、謝主簿、劉六十、盧大老，福建泉州陳七師，興化朱三十五等明教骨幹分子也紛紛發動暴動，相互呼應。在長達三年的時間裡，帝國軍隊對這個狂妄的挑戰者進行了四次圍剿，但都以失敗告終。忽必烈對明教的力量過於輕視，也不能理解他的漢族臣民恭順外表下的民族仇恨。他企圖利用收編的南宋軍隊去對付明教徒，在消耗戰中達到一石二鳥的效果。結果卻適得其反，漢人的地方軍閥都不願意為中央政權賣命。一位將軍的官方報告中稱：「『明教軍』出沒叵測，東擊則西走，西擊則東至，圍攻則兵力不敷，豈可以尋常草寇視之哉？」（參見王惲：《秋澗先生大全文集》卷九二，四庫全書本）帝國在中國南部的統治已呈土崩瓦解之勢。

在這一關鍵時刻，鍾明亮於1290年的離奇暴斃成為歷史上的一大懸案。據當時的一條傳聞，鍾明亮是在練習波斯瑜伽術「天地轉換法」的時候，因練習方法錯誤導致內分泌紊亂而引發猝死；（「汀寇鍾明亮事略」，轉引自《元代農民戰爭史料彙編》上編，第88頁）但也有學者懷疑，鍾明亮之死是明教內部大清洗的結果：在鍾明亮死前不久，曾在波斯總教學習系統神學的二十八個特派使者，以「真正的明尊弟子」自居，取代了鍾明亮的位子，並將其架空後排擠出權力中樞。因為精神壓抑和神情恍惚，鍾明亮才在練習瑜伽時出了問題。在鍾明亮死後，忠於他的許多骨幹分子被肅清。以王鳴為首的二十八個「真正的明尊弟子」一度掌握了實權。

鍾明亮的死成全了他的名聲。不久，因為黑龍江地區哈丹叛亂的平定，騰出手來的蒙古軍隊發動了第五次圍剿，以堡壘戰術將匪區層層圍住，並緩慢推進。歷經將近一年的圍剿，到了1291年，似乎大局已經注定，明教的殘存力量被團團圍住。忽必烈調兵遣將，要在自己的生命結束前將這個心

腹之患一勞永逸地清除。然而，中國武術再一次展現了它的神奇威力。在鍾明亮的弟子石元擔任新任教主後，明教的三萬精銳軍隊浴血奮戰，終於成功實現了奇蹟般的突圍，展開了一次驚心動魄的大轉移。

這次史詩般的逃亡歷時一年多，行程為兩萬六千華里（約合6000英里），渡過了幾十條湍急的大江，翻越了寒冷嚴酷的大雪山，經過荒涼的草原和沼澤地區。其行動的規模、路程的遙遠、環境的艱苦和意志的堅強在人類歷史上罕有先例。元朝的軍隊一再追擊攔截，然而在內部的派系鬥爭的制約下，始終不能達成協調一致的軍事合圍，因而總能讓明軍及時逃脫。一年後，長途跋涉的明軍——此時只剩下三千多人——到達了遠在西藏和新疆邊境的崑崙山地區，將攜帶的「聖火」點燃在海拔6880米的布格達板峰上，並將其命名為「光明頂（*Vertex Lucis*）」。在此之後，光明頂熊熊燃燒的聖火成為每一個明教徒心中信仰的最高支撐。聖火不會熄滅，明教不可戰勝的神話迅速傳播開去。在這次遠征中受到磨練的一批青年戰士，如陽頂天、殷天正等人，將成為明教在下一個世紀中興的領導人物。

但是這次大遷徙也產生了一連串影響深遠的不利後果，我們將在以下幾章中逐一分析。目前要指出的只是其中一項：在艱難的跋涉中，明教發生了分裂，並且聖物「聖火令」遺失了。

「聖火令」是六塊合金製成的金屬牌，上面有一些古波斯武術的銘文，起源已經非常模糊，據說來自於古老的祆教傳統。它們在明教中的地位相當於基督教中的「都靈裹屍布」，但卻更為確璽。對於教主合法性地位而言，「聖火令」可以說類似於中國帝王的「傳國玉璽」或者日本皇室的「三神器」。從理論上來說，誰掌握它就會被宣稱繼承了「正統」。

在明教逃亡的過程中，王嗚一直拖延著不肯交出聖火令。不久，當明教的隊伍到達四川境內，一場蓄謀已久的分裂運動開始了。王嗚及其他「真正的明尊弟子」脫離了大部隊，建立了所謂「西路軍」，並以聖火令為號召，宣稱自己才是明教教主。然而在王嗚能夠挑戰石元的教主地位之前，這一支分裂的隊伍卻已經被趁機偷襲的蒙古騎兵所擊敗，被迫向新疆地區逃竄。王嗚丟失了軍事底牌之後，短暫的分裂運動走向了徹底破滅，聖火令也無助於改變他的劣勢。不久，王嗚及其親信逃回波斯，聖火令回到了波斯總教的手中。因此，在此後的半個世紀中，中國明教的教主多次派人去波斯總教交涉，希望能夠迎回聖火令。但是總教方面卻以歷史問題未曾查清為理由而拒絕交還聖火令，作為對中國明教的鉗制。（參見《波斯摩尼教檔案彙編》，第1243號）

聖火令的失落給明教教主的合法性和繼承問題帶來了嚴重的困擾。誠然，一個強勢教主——如後來陽頂天——的權力並不會因聖火令的失落而受到影響，但當他死後，由於缺乏聖火令的權威，在繼承問題上就可能會產生嚴重的分歧而引起紛爭，這一點可能進一步帶來對於整個明教合法性的懷疑，從而對正統派的教義帶來嚴峻的挑戰，成為宗教改革的契機。我們將在第六章敘述這一隱患所帶來的種種嚴重後果。

但在1292年，這一切問題還遙不可及，畢竟，歷史長達六個世紀的中國明教獲得了保全。自此以

後，明教就將總部設在人跡罕至的崑崙山光明頂上，在那裡他們不用再擔心政府軍隊的圍剿：一般的士兵想要活著到達這個高度都很困難。但是很快，就會有更加強悍的敵人出現，給他們帶來致命的威脅。

第五章 明教的復興與武術界的分裂（1292—1326）

雖然明教的官方說法將向西部的大舉遷徙描述為一次偉大的浪漫遠征，但在1292年的光明頂上，一切更像一場可恥的失敗。在南中國這一明教幾百年以來的根據地，這一信仰已經被全面肅清。明教的殘兵敗將們被趕到了中國邊境最偏僻的角落，而到達那裡的三千多名戰士幾乎無不傷痕累累，意志消沉。他們面對的，不僅有惡劣的自然環境，也有充滿敵意的當地勢力：例如根基牢固的當地武術門派崑崙派。當然，更直接的威脅仍然來自元廷，當得知明教的藏身之地後，忽必烈派遣鎮守西部的將軍玉昔帖木兒率大軍進剿崑崙山，雖然政府軍攻上光明頂的可能性不大，但僅僅是圍困已經足以給明教造成斷絕補給的困境。這一殘存宗教勢力的滅亡似乎只是時間問題。

但正在此時，忽必烈的死敵海都在中亞再次舉起反叛的旗幟，給了明教喘息的機會。由於西北叛王的進攻，元軍不得不臨時將圍攻光明頂的軍隊調到千里之外的塔里木河流域，去抵抗反叛者的入侵，直到1304年雙方簽訂停火協議為止。元軍與西北叛軍在中亞進行了十二年的拉鋸戰，無暇再顧

及龜縮在崑崙山中的明教徒們。明教趁機坐收漁人之利，迅速恢復和鞏固了自己的力量。一勞永逸地摧毀明教的最佳時機一去不復返了。

忽必烈死後，他的孫子鐵穆耳汗號「完澤篤可汗」維持了十一年相對平靜的統治。1307年，在鐵穆耳駕崩後，帝國因帝位繼承問題陷入了長期的中衰和不時的內戰，在接下來的二十五年中，先後有八個皇帝登上帝國的最高寶座。此時，雖然中國文明對帝國統治中樞的滲透相當緩慢，但是各種高級的奢侈享樂卻已經侵蝕了本來質樸的成吉思汗的子孫們。帝國的統治機構日益腐敗，對其治下人民壓榨的程度日益增長，但實際控制能力卻不斷減退。（關於這一時代背景，參見《劍橋中國遼西夏金元史》，第六章）在此背景下，各個被統治民族的起義也此起彼伏。被列為最下等的南方漢人的抵抗運動在經過二十年的低迷時期後，再次逐步高漲起來。這對於武術界權力格局的結構性演變，產生了決定性的影響。

在絕大多數時代，流動的江湖世界和帝國統治權力之間有著深刻而尖銳的矛盾。我們在第一章中，曾經簡要指出過這一矛盾的根源所在。在這裡，我們只需要補充：這一矛盾並非必然爆發為激烈的衝突，當雙方勢力平衡的時候，往往會出現均勢的局面：江湖世界的主導勢力會在表面上承認皇帝的無上權威，實則維持自己對江湖真正的統治，而官方也會滿足於江湖人士對不再「犯上作亂」的承諾。對中華帝國的政府來說，達到這一均勢的底線是江湖勢力必須放棄對政治權力的追求；而對後者來說，底線是官方必須保證自己的合法存在及基本勢力範圍不受侵犯——在某種意義上，二者是一回事。當然，零星的衝突是不可避免的，但是仍然可以保持在一定的限度內而維持大局的和平。

但是，如果說政府從上到下基本上可以被視為一個有序的整體，江湖世界卻遠非如此，這就是江湖之為江湖的特性所在：由於江湖世界的固有流動性，充滿了各種不可操縱的因素，任何個人、門派、幫會和教門都難以控制整個江湖。在這個世界中，必然也有對現存政治勢力存有極度仇恨的反叛者。他們不會理會主流勢力和政府間的默契，而總是以推翻政府，建立新的政治秩序為奮鬥的目標。因此，他們的威脅實際上是雙重的：既是對政府的威脅，也是對江湖主導勢力的威脅。首先，他們的行動會導致江湖和官方之間心照不宣的不成文協定被破壞，會導致政府甚至報復，給整個江湖世界帶來不可測的威脅；其次，如果這些大膽的冒險家能夠獲得成功，結果將會是翻天覆地的政治大洗牌，對已經掌握大權的、不希望發生變動的既得利益集團來說，這可能使他們失去現有的一切。可想而知，保守的既得利益集團和激進的革命者之間的關係將會是相當緊張的。

對於既得利益集團來說，應付這種挑戰的方式可以有兩種：當僅僅

是農民起義者造反作亂，或者是江湖豪傑反抗異族統治時，他們可以將這些人讚美為武林領袖，真正的英雄人物，在口頭上給予他們支持，卻不進行任何實際的聲援。將他們推到前臺去任由政府軍剿滅。北宋時期的梁山起義是一個典型例子，當時有一百多名三流的武術家因為不滿宋朝的腐敗而聚集起來發動叛亂。少林、丐幫、逍遙派等武林的真正主宰將他們吹捧為「梁山好漢」，把他們說成是真正的武術大師，讓他們去和政府軍發生正面衝突，而掩蓋自己的真正實力。最後，梁山的起義者在政府的壓力面前全部投降，而既得利益集團主宰的武術界和江湖世界卻並未受到嚴重損害。

另一個顯著的例子是清代的天地會。由於打出了「驅除韃虜」的旗號，獲得了漢人的同情，因此天地會聚集了一批真正的高手，野心勃勃地從事推翻清政府的地下活動。天地會在江湖世界中享有崇高的聲譽，但是卻並沒有得到多少實際的援助。17世紀後期的一份會議紀錄表明：當天地會籌劃刺殺一位手握大權的將軍吳三桂時，武當、少林等大門派都不願意提供支援。甚至販鹽為生的三流幫派青幫也不真正服從他們的號令。天地會在得到光環的同時，也在無形中被孤立了。與之形成鮮明反差的是，當乾隆的元帥福康安代表清政府召開「全國掌門人會議」時，武林中主要門派的一百多名掌門人全部出席，以表示他們的順服。

第二種應對方式是這樣的：當造反者舉起異端宗教的旗幟時，保守勢力就可以利用儒家意識形態的崇高旗號，要求消滅無視儒家倫理的「魔教」。事實上，真正的問題從來不在純粹信仰的層面，而在於這種信仰可能帶來的顛覆現存秩序的危險後果。明代的日月神教和清代的白蓮教、拜上帝教都是典型的例子。元代的明教之亂也屬於這一範疇。無疑，明教的古怪信仰、戒條和儀式——如食菜、裸葬、拜火、崇拜聖女等——加劇了武林人士和一般平民對其的厭惡，但是很難說這些內容比佛教或者伊斯蘭教的種種要求更為古怪。這種根深蒂固的厭惡感本質上是一種政治性的態度。正如卡爾·馬克思所嘲諷的那樣，布爾喬亞一邊「以互相誘姦妻子為最大的享樂」，一邊義正詞嚴地聲討共產主義者的「共妻制」，真正的理由不言而喻。（參見《共產黨宣言》二）

如我們在上文所分析的，到了14世紀前期，中國武術界已經確立了以六大門派和丐幫為首的新秩序，儘管六大派和丐幫都曾以反元的民族主義口號為號召，但隨著郭襄、耶律齊等老一代宋朝遺民的先後去世，各門派新的領導人對漢族政權曾經的光榮已經記憶模糊。而當元帝國的統治日益鞏固之際，趕走外來侵略者的希望也日益渺茫。這些變化使得他們更多地將注意力集中在維護自己地位和利益的方面。雖然絕大多數同胞的生活條件都很悲慘，但是至少各大門派的武術菁英集團仍然和以前一樣生活優裕、名聲顯赫，不受影響。

不錯，推翻外族暴政是名義上的最終目標，但只是遙遠的前景，目前需要考慮的是如何為自己的門派增添榮耀和權勢，至多是有限的、個別性的「行俠仗義」。於是，在種種響亮口號的掩蓋下，一個新的既得利益集團形成了。這個集團必然與另一批不妥協的激進分子發生激烈的衝突，這些人大多數成為了明教徒，因為只有明教此時仍然在堅持進行實際的反元暴動。而隨著蒙元帝國統治的殘暴和嚴苛，投入明教的流民和武術家也越來越多，使得其組織急劇膨脹，也具有了充分的，

與江湖主導勢力矛盾激化的根源所在。在此，整個江湖世界和武術界都發生了意味深長的重大分裂。

事實上，在遷移到光明頂之後不久，明教就和當地的主宰崑崙派發生了幾次武裝械鬥。儘管明教的勢力已經大大削弱，但仍然和次級的崑崙派勢均力敵，崑崙方面並沒有佔到多少優勢。而中原各大勢力仍然認為明教微不足道，將此視為地方性的衝突而不屑參與。最後，精疲力竭的雙方不得不妥協，劃定了各自的勢力範圍，將崑崙山一分兩半。幾年後，明教教主石元去世，光明左使者衣琇繼任教主（1298—1311年在位）。衣琇在位期間，明教在西北地方仍然處於蟄伏和恢復狀態，並和波斯總教之間修復了關係。在14世紀初葉，隨著明教實力的恢復，是否回到江南的明教故地去聯繫當地的殘餘勢力的問題被提上議程。

此時的江南地區仍然籠罩在蒙古人的白色恐怖之下，當地堅持游擊戰的明教殘部已經寥寥無幾。大多數明教高層都主張放棄這一地區，幾乎沒有人願意回去冒險。但一個年輕人殷天正（1280—1358）主動請纓，要求由他一試，獲得了衣琇的首肯。

殷天正的選擇是正確的，其時帝國的控制已經逐漸鬆弛，他回到江南後，很快整合了當地的明教勢力。為了麻痹元廷，殷天正發明了所謂「天鷹」的標誌，以稍加變化的形式偽裝其明教信仰的實質。在遮遮掩掩下，江南明教又開始了暗中的活動。但一個當時並沒有引起注意的問題是，由於崑崙山和江南地區的距離遙遠，在此長駐的殷天正成為了這一地區明教勢力的實際主宰，這為二十多年後明教的分裂埋下了隱患。

衣琇在1311年的病逝，讓眾望所歸的陽頂天（1270—1327）登上了教主之位。在14世紀前期，陽頂天被普遍認為是僅次於張三手的武術大師，雖然二者從未有過較量的機會。與衣琇相對平庸的統治不同，陽頂天很快就野心勃勃地大規模擴充明教的組織。他創建了銳金、巨木、洪水、烈火、厚土五旗作為新的軍事編制，並且策劃發動了園明和尚起義、趙丑廝、郭菩薩謀反等幾次大規模暴動。

出於對殷天正的猜疑，他即位不久，就將後者召回光明頂。殷天正及時表示了對他的忠心，令陽頂天感到滿意。他賜給殷天正「白眉毛的老鷹王（白眉鷹王）」的頭銜，命其繼續統攝江南明教勢力。這是陽頂天親封的第一個「護教法王」。進入20年代後，越來越多的人才加入明教。謝遜、韋一笑等武術家先後來奔，並建立了許多功勳。陽頂天也分別封他們為「金絨毛的獅子王（金毛獅王）」、「綠翅膀的蝙蝠王（青翼蝠王）」，與殷天正一起成為了著名的「三大法王」。

陽頂天尤其重視投入明教的高級知識分子。正如許多外來的殖民統治一樣，蒙古統治者對漢族知識分子充滿了種族歧視，有一種說法是將其地位視同妓女和乞丐。雖然事實上知識分子仍然受到一定的優待，但顯然無法和傳統的中華帝國時期相比。帝國的大部分官員都並非通過科舉考試而被任命，實際上在許多年中科舉都被廢除。經由科舉選拔的官員，在比例上只有明朝的百分之十左右。即使在科舉考試之中，漢人和蒙古人、色目人也是分開考試和錄取，而後者的題目要容易得多。並且，通過了考試的漢族官員在升遷道路上也障礙重重。這些舉措導致越來越多的儒生對仕途

絕望，投入了反抗者的行列。（參見《劍橋遼西夏金元史》，第九章）

楊逍（1301—1367）就是這些儒生的代表。他出生於一個破落知識分子的家庭，因科舉受歧視而投身明教。陽頂天對這個年輕人表示出非同尋常的喜愛，親自傳授給他過人的武術，並很快擢升其為光明左使者，地位甚至在三大法王之上，因此甚至有楊逍是陽頂天私生子的訛傳。楊逍不僅是陽頂天的主要智囊，更成為了明教最傑出的宗教學者，撰寫了《明教流傳中土記》等重要著作。

差不多與此同時，周顛、說不得、彭瑩玉、冷謙、張中等人也先後投入明教，除周顛之外，其他人都有明顯的知識分子背景。說不得是一個詼諧的僧侶，善於寫禪詩；彭瑩玉是一名宗教宣傳家，缺乏理論成就，但善於演講和煽動群眾；冷謙是音樂家和畫家，後來擔任過明朝的宮廷樂師；張中（1294—？）號稱「鐵冠道人」，是一個深藏不露的謀略家，後來的著名傳奇人物劉伯溫就是他的學生。周顛是一個瘋瘋癲癲的智者，他的背景尚不清楚，有人認為他是「中央的調皮兒童」周伯通的後裔。

在20年代，這些人被封為「五散人」，成為陽頂天的高級顧問。同時，為了平衡各個系統的勢力，陽頂天將另一名本擬冊封為護教法王的武術家范遙提拔為光明右使者。范遙出自明教嫡系，武術高超，功勳顯著且沒有政治野心，和各方面的關係都很好，是擔任這一職務的最佳人選。

1326年，發生了一連串影響深遠的事件：首先是一名漢人和波斯人的混血少女黛綺絲（*Diana Keys*）從波斯總教來到光明頂。黛綺絲是一位波斯華僑的女兒，據說是遵從父命回歸原籍。但人們所不知道的是，她真實的身分是波斯總教三聖女之一，也是總教派來監控中國明教活動的間諜。

在13世紀末到14世紀初的三十多年中，西亞方面的形勢也發生了重大變化。經過多年的生死鬥爭，波斯總教的新領導人已經放棄了世界革命的口號，而與伊利汗國握手言和。一份新近發現的秘密檔案顯示，作為交換條件之一，波斯總教被要求向中國明教施壓，命其向蒙元統治者俯首稱臣。（《波斯摩尼教檔案彙編》，第1753號）由於長期中斷聯繫，波斯總教並沒有把握能讓光明頂服從命令，因此藉護送黛綺絲來華，總教也派出了三名特使，向中國明教方面闡述其意圖。當夜，陽頂天與三名特使進行了秘密會談，並輕蔑地拒絕了臣服元朝的命令。翌日，三名特使在失望中離去，但將黛綺絲留在光明頂執行下一步的秘密計畫。

黛綺絲的美貌很快在光明頂的青年革命家中引起了轟動。陽頂天雖然並不知道她的真實身分，但也對總教的意圖產生了懷疑。他設法撮合黛綺絲和親信范遙，試圖透過婚姻的紐帶讓黛綺絲向自己靠近。黛綺絲拒絕了范遙的追求，然而不久後，一名叫韓千葉的青年——他的父親曾被陽頂天所擊敗——從南中國海的島嶼上來到光明頂，要求和陽頂天進行水下決鬥。由於陽頂天不擅長游泳，在波斯灣長大的黛綺絲冒充他的女兒和韓千葉在光明頂的深潭中進行了搏鬥，並取得了勝利。為了表彰她的功勞，陽頂天冊封她為「紫衣服的龍女王（紫衫龍王）」，居於四大法王之首。黛綺絲是一名優秀的武術家，但實際武術水準不能和其他的法王相比，除了她的特殊功勳外，陽頂天冊封她這個高貴的頭銜也可能是為了向總教示好。

不久，在黛綺絲與明教的仇敵韓千葉之間發生了一段意外的羅曼史。這對明教的未婚男性來說不僅是沉重的打擊，也是難堪的侮辱。雖然遭到了同僚們的強烈反對，但黛綺絲仍然選擇了和韓千葉迅速結婚。這事實上形成了對波斯和中國明教的雙重背叛。黛綺絲的浪漫行徑令她進入權力中樞的希望完全破滅，在光明頂，她很快被孤立和邊緣化，除了「龍女王」的虛銜外一無所有。

以上提及的這些明教骨幹之間有著錯綜複雜的關係，他們之間的矛盾和分合將深刻影響14世紀中期的武林史，我們將在下一章加以論述。目前需要指出的是，在20年代中期的光明頂教廷，明教擁有比其他任何一個大門派都要多的一流武術家，唯有少林能在某種程度上與之抗衡。而對其他任何門派，明教都佔有絕對的壓倒優勢。譬如，武當雖然擁有公認為全國第一的武術大師張三丰，但他的年輕學生們當時還都不堪一擊。

明教實力的急劇膨脹破壞了原來的武林權力平衡，使得它與主流勢力之間的矛盾更加激化。在這一時期，二者之間爆發了一連串的衝突：1324年，陽頂天以一人之力擊敗了少林派最強的三名高手，並將其中一人的眼睛打瞎；兩年之後，楊逍輕鬆擊敗了峨嵋派最負盛名的武術家孤鴻子，後者不久就在羞辱中抑鬱而終；大約在同一時期，楊逍也在一次狹路相逢的格鬥中殺死了崑崙派掌門人白鹿子。每一戰明教都取得了輝煌的勝利，但同時也把一個大門派推到了自己的對立面。

雙方產生矛盾的本質在於：明教要實現推翻元帝國的夢想，就必須在江湖世界中大為擴張，而這一擴張必然會與現存秩序發生激烈衝突。對於既得利益集團的六大派及丐幫來說，維護自己在武林中的優勢地位，比起推翻元政府的遠大目標，是更為緊迫的任務。借用一個中國人所熟知的表述，可以說六大派的心目中，「攘外必先安內」，正如一名丐幫高級成員所坦言的：「韃子是要打的，卻萬萬不能讓魔教教主坐了龍廷！」（《倚天屠龍記》，第三十一章）在20年代，明教的壯大已經引起了主流勢力的極度不安，如果不是陽頂天的突然猝死，以六大派和丐幫為首的主導集團圍攻明教的戰役可能會提前三十年爆發。

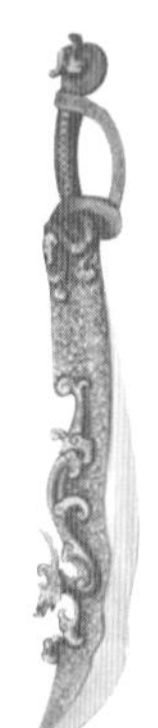

第六章　明教宗座空位期的開始（1327—1330）

1327年春，陽頂天的離奇失蹤為明教十多年來的中興畫上了句號。這次突發事件源於一樁三十年後才被揭露的醜聞。陽頂天的第一任妻子在長征中犧牲，當他繼任為教主後，就迎娶了一名出身武術家庭的年輕女孩作為新的妻子。而他所不知道的是，這個女孩和她的同窗成崑當時正在秘密的戀愛中。

在婚後，陽頂天的妻子又恢復了和成崑的秘密往來。他們的通姦地點是在光明頂的地下宮殿中，這裡比終年積雪的山巔要暖和得多，並且有一個出口通往山下。陽頂天有時也到那裡修煉高深的武術。1327年，當陽頂天在地宮中練習波斯瑜伽術時，發現了妻子和成崑正在外面尋歡作樂。憤怒與興奮的雙重刺激導致他的練習發生了嚴重錯誤，在幾分鐘內便因自律神經紊亂而死。當背叛他的妻子發現這一點後，因為感到羞愧而自殺。成崑在痛苦和恐懼中倉皇逃走。不久，過分的精神壓力導致成崑變成了一個偏執狂：他在潛意識中將一切悲劇歸咎於明教的存在，以擺脫自己的道德

責任，從此便處心積慮地策劃著摧毀明教的計謀。這為後來的明教帶來了致命的威脅。（《倚天屠龍記》，第十九章）

但即使沒有成崑的存在，失去了陽頂天的明教處境也岌岌可危：明顯的問題在於，他們缺乏一個眾望所歸的教主繼承人。由此出現了長達三十年的宗座空位期（*sede vacante*）。事實上，陽頂天之死導致明教中的結構性隱患突然爆發，使得此時的任何人都難以得到教主之位。

這一隱患在於，明教的急劇擴張並未伴隨著政治體制上的同步改革，導致了其中樞的權力關係紊亂。明教的指揮系統本來相當簡潔：教主在理論上擁有幾乎不受制約的獨裁權力，在教主之下設有兩名「光明使者」作為副手，以及若干低級的附屬職位（如天地風雷四門），然後是五行旗等地方負責人及其副手。但隨著武術高手們紛紛加盟，明教的組織日益擴大，如何安排他們的職位就成為一個棘手的問題。

陽頂天接納這些來奔者的方式往往是加封「法王」、「散人」等頭銜。所謂「護教法王」並非「光明使者」這樣在宗教經典中有明確依據的固定職位，而僅僅是一個品階，並非常設，人數也不確定。諸如「白眉毛的老鷹王」（白眉鷹王）這樣的稱謂僅僅是個人性的稱號，沒有任何可繼承性，與波斯總部的「十二寶樹王」完全不同。（「十二寶樹」是摩尼教經典的概念，參見《摩尼教及其東漸》「附錄」，第225—228頁）在陽頂天統治初期，只有殷天正一個法王，後來隨著謝遜、韋一笑、黛綺絲等武術家的加入，才不斷有新的法王被冊封。既然並非固定的職位，那麼法王們的許可權，實際上相當模糊。既可以是殷天正這樣獨當一面，總攬大權的實權人物，也可以是黛綺絲這樣毫無實權的閒人。在職權上，他們無疑不能和光明使者相比，但在地位方面，卻又隱然與之相等。至於「五散人」的功能和地位，則更加含糊不清，他們既可以只是教主的私人秘書，也可以參與實際的政治決策，並沒有明確的規定。由此我們可以看到，明教中樞在陽頂天統治時期的急劇擴張，結果就是權責劃分的紊亂和內部矛盾的增加。

當然，只要陽頂天作為最高決策者的事實不改變，這一點也不會造成特別嚴重的後果。如果陽頂天的統治期能夠再延長十年，這一連串問題也許都可以圓滿解決。但當陽頂天失蹤後，這一隱患就成為突出的現實困境。各大勢力並存，彼此互不相讓，在一切問題上都爭權奪利，無法取得一致意見，明教由此走向了漫長的癱瘓和分裂。這不禁令我們想起不久之前神聖羅馬帝國的帝位空缺時期。（譯者按：1254年康拉德四世去世後，德意志和義大利陷入了混亂。荷蘭伯爵威廉二世，西班牙卡斯蒂亞國王阿方索三世，英國康沃爾伯爵理查都曾被一部分諸侯推舉為國王，但整個德意志沒有一個統一的君主。而義大利則陷於法國安茹家族和西西里霍亨斯陶芬家族的混戰之中。後來，德意志形成了七大選侯制度，德意志國王從此由七大選侯選舉）

明教癱瘓的第一個信號是黛綺絲的叛教。陽頂天的神秘失蹤首先給這位來自波斯的婦女帶來了災難。由於她的新婚丈夫曾是陽頂天的敵人，而她也因為不受歡迎的婚姻被排擠出了權力中樞，黛綺絲很自然地被列為第一位的嫌疑對象。不久之後，在因為求愛被拒絕而對黛綺絲夫婦充滿仇恨的范遙的秘密調查下，黛綺絲試圖竊取明教內部機密的行徑被發現了。明教徒對她鬱積的怒火終於找到了發洩口，要求對她嚴加懲罰，至少要囚禁十年。

但是黛綺絲並不服從對她的處罰，她揚言：「如果陽教主不在這裡，我就不需要服從任何人的命令。」（《明教波斯文老檔》，第二十八卷）

明教徒很快發現了他們的兩難處境：儘管絕大多數人都希望嚴懲黛綺絲，但除了教主外，在法理上沒有人具有懲治一個法王的權力。如果楊逍、殷天正或者韋一笑能夠獲得這一權力，那麼顯而易見，他們也會利用這樣的權力去對付其他政敵，而這是其他人都不願意看到的。並且，謝遜——作為黛綺絲唯一的朋友——及時地維護了黛綺絲，保證她與陽頂天的失蹤無關。這給黛綺絲提供了口實，讓她和丈夫能夠在眾目睽睽之下從光明頂出走，為明教的分裂開了先河。

黛綺絲本身缺乏實際權力，沒有競爭教主之位的資格。但她的出走卻也導致了另一位實力雄厚的競爭者退出角逐。如果回到1327年的光明頂，范遙可能是最適合繼承教主之位的人選。他與楊逍同樣居於教內的最高職位，有繼位的資格，而與楊逍不同的是，他出身明教嫡系，雖然本身勢力平平，但是與其他各派的關係都相當好，是各方面都能接受的人選。但范遙對陽頂天的忠實使他拒絕相信陽頂天已經死亡的猜測，黛綺絲的離去也讓他心灰意冷，無意繼續留在光明頂教廷。或許是為了找到失蹤的陽頂天，或許是為了製造和黛綺絲再見面的機會，范遙不久後也離開了光明頂。他的離去導致楊逍、殷天正、韋一笑等派系之間缺乏了緩衝和調和的紐帶，使得他們之間早已潛伏的矛盾迅速導向了難以挽回的公開衝突。

另一個教主的候選人「金絨毛的獅子王」（金毛獅王）謝遜在不久後也離開了光明頂。根據三十年後發現的陽頂天的政治遺囑，謝遜本來是陽頂天內定的繼位者。據中國學者落日刀考證，雖然資歷尚淺，但謝遜得到了五行旗等地方領導人的支持，下層教眾的支持率很高。他在1327年年底離開光明頂，其表面理由是，因為陽頂天的失蹤和高層鬥爭的日益明朗化已經在明教基層中引起了騷動和不安，需要一位重量級的領導人去加以安撫。也有學者推測，他可能是去爭取五行旗使等地方領導人對自己繼位的支持。而此時謝遜在老家的妻子已經臨產，他也想順路回家去探望家人。無論如何，這次離開光明頂一勞永逸地結束了他繼位的可能，並導致了他下半生的悲慘命運。

謝遜的老師成崑，在目睹了陽頂天之死和愛人的自殺後，一度陷入了精神崩潰之中。第二年，當他大病初癒後，去探望自己唯一的親人，他鍾愛的學生謝遜，希望能從後者那裡獲得安慰。此時謝遜恰好已經回到家中：他的妻子剛剛為他生了一個兒子。謝遜向老師吐露了自己的身分，並且鼓動他加入明教，投身抵抗運動。這些狂熱的宣傳勾起了成崑痛苦的回憶，令他再度陷入了仇恨的情緒。在猶豫了幾天後，成崑終於決定從背叛他的學生身上開始摧毀明教的事業。在一次家宴上，他姦污了謝遜的妻子，並殺死了他的父母和兒子，只把謝遜留在了喪失一切親人的痛苦中。成崑的目的是讓謝遜陷入非理性的瘋狂，最終他成功了：從此之後，不惜一切代價向老師復仇成為了謝遜唯一的目標，而一切仁愛、寬容和政治抱負都已離他而去。

在以上人物離開教廷後，從1328年開始，光明頂的教廷就處於楊道、殷天正和韋一笑「三巨頭」

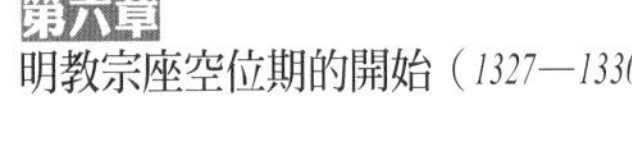

的共同秉政和長期內訌之中，史稱「前三頭」時期。我們在下面分別論述這三個方面：

1．楊逍

作為光明左使者，楊逍本來是教主之座的第一順位繼承人。如果沒有教主的遺命，就由光明左使者自動繼位。但問題在於，明教上下最初並沒有人知道陽頂天已經死去，而只是認為他暫時失蹤，並盼望他儘快歸來。因此，在程序上，楊逍無法自動接掌教主的寶座。隨著時間不斷流逝，陽頂天始終沒有再出現。人們意識到陽頂天很可能已經不在人世，但是並沒有相關的規定來啟動法理上的教主繼承程序。

另外，楊逍繼位的希望因為如下的事實而顯得更加渺茫：作為一個唐璜式的風流人物，他雖然令不少女性神魂顛倒，卻缺乏能懾服其競爭對手的政治魅力，他的文人習氣和尚武的各法王、旗使都格格不入，即使是「五散人」等知識分子也看不慣他的驕傲——知識分子之間的相互輕視是有名的。可以說，楊逍的才幹足以勝任一個季辛吉（*Henry Kissinger*）式的高級智囊，卻並不適合成為政治上的最高領袖。但是歷史卻把他放在了這樣一種尷尬處境之中：在陽頂天失蹤後，楊逍成為光明頂日常工作的主持者，這是作為光明左使者無可爭議的許可權。但是由楊逍直接發號施令，無疑更令他的政治對手們感到憤憤不平，而或明或暗加以抵觸，這使得他所能控制的實際範圍十分有限。

2．殷天正

除楊逍之外，距離教主寶座最近的就是「白眉毛的老鷹王」殷天正。作為當時明教領導層中資歷最老的宿將，殷天正在衣琇時期就成為江南原明教勢力的最高主管，將鍾明亮時代的明教殘部變成了自己的私家軍團，擁有龐大地方勢力的支持。然而也因為如此，殷天正並非陽頂天的嫡系，和陽頂天一手提拔的其他派系貌合神離，陽頂天不得不以「法王」的頭銜籠絡他，並設法將他留在光明頂，以防止他的地方勢力過於膨脹。但是，透過駐紮在臨安的親信李天垣，殷天正仍然牢牢把握著江南明教的控制權。在陽頂天死後，已經無人可以制約殷天正，但他想登上教主之位，也難以得到其他派系的支持。

3．韋一笑

在許多歷史資料記載中，第四位法王韋一笑（1303—1388）常常留給人可怕的印象，「綠翅膀的蝙蝠王」（青翼蝠王）這個古怪的稱號更令人感到恐怖。但他本人卻是個詼諧可愛的人物。他不但是一位傑出的武術家，也是一個全能的田徑運動員，擅長短跑、跳高、跳遠等多個項目（中國人稱之為「輕功（*Light Kongfu*）」），如果我們相信中國人的記載的話，那麼他可能是世界上跑得最快和跳得最高最遠的人。事實上他的真名叫做韋福娃，字一笑，以形容自己的開朗。

他一直在中亞地區從事情報和特勤工作而很少進入中國本土，由於體能方面的過人稟賦，令他在二十一歲的時候，就因其功勳卓著被陽頂天封為「蝙蝠王」（*Fu-Wang,Bat-King*），採用這一稱號的理由是因為其發音和他的名字「福娃」（*Fu-Wa,Bon-Kid*）十分相似。此外，與西方不同，在東方文化中，蝙蝠這種動物乃是幸福的象徵——但韋一笑的一生注定無法得到幸福。（《明史．韋一笑傳》，見附

錄五）

雖然在青年時期就擁有了法王地位，但在諸法王之中，他仍然是除了黛綺絲外資歷最淺、勢力最單薄的一個，也鮮有表現出任何突出的政治才能。雖然如此，在陽頂天失蹤後，韋一笑卻意外地獲得了「五散人」的支持而萌發了政治野心。五散人曾是陽頂天的智囊團，並沒有固定的職權，除了擔任陽頂天的高級顧問外，只是不定期地執行一些臨時任務。在明教中樞，他們是較弱的一派，任何人都沒有繼承教主之位的可能，而所有人都面臨著失去現有地位的危險，因此結成了緊密的政治同盟。為了在權力博弈中獲得最大利益，他們選擇了支持最弱小也最容易控制的韋一笑繼位的策略。雙方自然一拍即合。這一集團實力不能和楊逍、殷天正的系統比肩，但由於五散人廣泛的關係網絡，無論在中樞還是在地方都有一定的影響力。

事實上，正是這一第三派系的形成導致了明教的癱瘓，這是基於如下博弈學原理：如果只有兩個競爭者，總有一方會是勝利者，即使透過最激烈的火併也足以決定勝負；但在三強並存、彼此互不聯盟的局面下，任何一方面的實力都不佔優勢，主動進攻者會遭到另外兩方面的共同反擊，勝利希望幾乎為零，因而也不會輕易發動挑戰，最終導致三足鼎立的權力平衡。而在光明頂教廷中，這一僵局維持了近三年之久。

第七章 元朝中期政治與汝陽王的崛起（1328—1335）

相當具有諷刺性的是，正當明教的內部鬥爭日益白熱化之際，它的死敵、元帝國政府也面臨著類似的危機。1328年7月，在陽頂天死後一年，在1323年透過政變上臺的泰定皇帝也孫鐵木兒在上都（今內蒙古錫林郭勒盟正藍旗）死去了，九歲的太子阿速吉八在上都繼承帝位，制定了稱為「天順」的年號；與此同時，泰定帝的政敵們也趁機積極活動，欽察的燕帖木兒擁戴曲律汗（武宗）海山的兒子圖帖睦爾在大都就職，年號是「天曆」。帝國迅速分裂為兩個充滿敵意的政權。很快，一場大規模內戰就開始了。

儘管上都集團擁有東北、陝西、四川、雲南等省份的支持，在政治名義和軍事實力上都有優勢，對大都形成了包圍圈，但正當上都軍隊攻破了長城的關口，並向大都挺進時，一支大都方面的偏師奇襲了防守空虛的上都。在正常情況下，大都方面成功的希望渺茫。但燕帖木兒打出了他的王牌：一支由著名蒙古武師包克圖（蒙古語：鹿）、圖里（蒙古語：鶴），以及一批少林支派的僧侶

組成的雇傭軍團投入戰鬥，他們擊潰了數量在他們一百倍以上的敵人，進入了上都的皇宮並俘獲了小皇帝本人，導致了上都軍團的土崩瓦解。這場戰爭在歷史上被稱為「天曆之戰」。

不久，在札牙篤汗圖帖睦爾和他的兄長和世㻋之間又發生了內訌。和世㻋本來是曲律汗合法的繼承人，但被剝奪了繼位權後又長期被排擠。他從巴爾喀什湖一帶來到東部地區，受到了那裡的蒙古王公的擁戴。在政治壓力下，圖帖睦爾也不得不表示要將皇位讓給兄長。和世㻋在成吉思汗時代的舊都和林即位，歷史上稱為忽都篤汗（明宗），並在幾個月後向大都進發。在朝見汗兄的名義下，圖帖睦爾北上和和世㻋相會，讓包克圖等人化裝成隨從，並在*1329*年*8*月*6*日的宴會上突然發難，授意包可圖殺死了他的兄長，隨後對外宣稱：忽都篤汗病死了。

就這樣，圖帖睦爾重新登上了皇位，即為歷史上的札牙篤汗。即使在忽都篤汗死後，政治危機也持續了很長時間。當圖帖睦爾回到大都後，包克圖、圖里等人「晝則率宿衛士以扈從，夜則躬擐（擐音ㄏㄨㄢˋ，穿著）甲胄，繞幄殿巡護」，多次挫敗了政敵的暗殺行動。（《元史》第一百三十八卷）與此同時，在內戰中留下來的、四川和雲南的叛亂勢力仍然存在，並屢次發動叛亂，直到*1332*年，內亂才基本被鎮壓下去。（參看《劍橋遼西夏金元史》第六章中相應的內容）

這一連串震驚全國的政治劇變為明教推翻蒙古統治提供了難得的良機，如果陽頂天仍然在位，很可能會利用這一機會發動聲勢浩大的漢族起義。但是明教此刻也和它的敵人一樣，陷入內部的爭鬥而無法自拔，只有無所作為地眼睜睜看著大都的新主人一步步鞏固他的統治，讓寶貴的機會從自己的鼻子前面溜走。

札牙篤汗的統治在元代歷史上是一個重大的轉捩點。他是一個漢文化的熱衷愛好者，在他的治理下，祭祀天地的儒家禮儀恢復了，對孔子的尊崇升級了，科舉考試也一步步走上了正軌，他甚至還編撰了一部百科全書《經世大典》。隨著色目人集團的垮臺，泰定帝時期盛極一時的伊斯蘭教勢力也衰落了，此後再也沒有恢復過。漢人的菁英分子對這位年輕的皇帝充滿期待，然而正當他想要將整個帝國改組為一個更為徹底的漢化王朝的時候，1332年9月，年僅二十九歲的札牙篤汗也死去了。人們給他的漢文廟號十分適合他的政治形象——「文宗」。

札牙篤汗死後，帝國政局再度陷入了重重危機。他的皇后或許出於內疚，或許出於迷信，堅持要讓忽都篤汗的後裔繼承皇位。首先即位的是忽都篤汗的小兒子懿璘質班，這個六歲的孩子當了一個多月的皇帝後就病死了。又經歷了一番周折之後，忽都篤汗的長子、十三歲的妥懽帖睦爾成為了大都的新主人。這個新皇帝的來歷耐人尋味。

十多年前，當忽都篤汗被逐出帝國的政治中心後，曾經在西藏與漢地的邊境地區漫遊。在那裡他娶了一個維吾爾女子，後者為他生了一個早產的兒子。這個孩子的來歷引起了很多人的關注，札牙篤汗在一封詔書中宣稱，哥哥在臨終前告訴他：這個孩子並非他的親生骨肉。因此，札牙篤汗剝奪了妥懽帖睦爾的一切繼承權，將他流放到南中國海的邊境。但幸運女神最終眷顧了妥懽帖睦爾，讓他成為了大元帝國的最後一位主人：烏哈噶圖汗。在中國，他以明王朝給他的稱號「元順帝」而被載於史冊。

烏哈噶圖汗的上臺給昔日札牙篤汗的親信們帶來了威脅。他們知道，當他長大成人之後，就會徹查自己父親被殺的內幕。果然，1340年他在一份詔書中宣稱：「文宗當躬迓之際，乃與其臣伊嚕布哈、額勒雅、明埒棟阿、包克圖、圖里等謀為不軌，使我皇考飲恨上賓。歸而再御宸極，又私圖傳子，乃構流言，嫁禍於必巴實皇后，謂朕非明宗之子。」（《元史》卷四十）但是包克圖、圖里等札牙篤汗的舊部早在幾年前就已經藏匿於汝陽王阿魯溫的藩府之下，並且改易了漢名，他們在歷史上以鹿杖客和鶴筆翁之名為世人所知。

汝陽王阿魯溫（1280—1345）並非黃金家族的直系後裔，而因為屢立軍功被拔擢至此高位。從14世紀30年代以降，他的藩府逐漸聚集了數量和品質上僅次於明教和少林的資深武術家。在這一時期他開始了一項野心勃勃的計畫：在剿滅江湖世界政治異見分子的名義下，他向政府請求撥款以招攬肯為朝廷效力的武術家。這項計畫得到了對漢人仇恨入骨的丞相伯顏——此人在順帝初年成為帝國的實際統治者的首肯。但是歷史學家們通常認為，阿魯溫的真實企圖乃是看到了帝國逐漸沒落的現狀，趁機擴張自己的實力，最終憑藉武力為自己打開通向帝位之路。

為了招攬武術家以控制江湖世界，阿魯溫必須對這一領域的情況瞭若指掌，在他背後最重要的幕僚正是我們已經熟悉的陰謀家成崑。此時，成崑的學生謝遜為了讓他現身正在中國各地以他的名義大開殺戒，卻沒有想到這正是成崑希望看到的結果。然而，此刻不便公開露面的成崑也面臨著無處棲身的尷尬。並且成崑也明白，僅僅謝遜個人的倒行逆施距離摧毀明教的終極目標還差得很遠。因此他來到汝陽王的幕府為阿魯溫出謀劃策，這一合作雖然為時短暫卻成果顯著：他們共同制訂了一個周詳的計畫：利用以六大門派為首的江湖主導勢力和明教之間的矛盾，讓他們陷入彼此爭鬥，相互削弱之後，再一舉摧毀這二者。在30年代，這一計畫由於一連串意外而被迫中止實施，直到二十年後，當阿魯溫已經去世，而他的孫女、野心勃勃的敏敏特穆爾（趙敏蒙古名）成為這些武術家的主管時，這個計畫才終於付諸實施。這一計畫的最終失敗表明：阿魯溫不是一個好的戰略家，他沒有注意到自己計畫的根本缺陷，而令人驚訝的是，這個計畫及其缺陷都只是成崑一個更大計畫的一部分。在14世紀中期的江湖—政治博弈中，成崑是一個遠比阿魯溫或者敏敏特穆爾更為高明的棋手。

除了成崑、包克圖和圖里外，阿魯溫還招攬了「金剛門」的僧侶們，這是一個神秘而低調的門派。他們的創始人是一個在12世紀從少林寺叛逃出去的叛徒「少林鍋爐工」。他在中國內地已經無處容身，於是逃到了中亞，並憑藉過人的武術為當地王公效力，站住了腳跟，大約在13世紀初他創建了金剛門。金剛門成立後，一直立足於中國西域地區，並消滅和吞併了當地的另一少林支派：西域少林。有時候他們冒用後者的名義。這導致了很多文獻將二者混為一談。

隨著歲月的流逝，金剛門的僧侶們患上了精神上的思鄉症，他們渴望回到自己門派的發源地少林寺，成為那裡真正的主人。為此他們向金帳汗國的蒙古可汗們表示忠誠，在加入欽察軍隊後，他

們因為表現出色被燕帖木爾招募，來到大都，憑藉過人的武術造詣成為那裡的驕子，並參與了1328年的軍事行動。在30年代伯顏秉政後，欽察軍隊歸於他的統領，燕帖木兒的嫡系勢力受到排擠，他們也脫離了皇家衛軍，而託庇於汝陽王的帳下。

這一政治團體的最後一位重要成員是一個面目毀損的啞巴僧侶——「痛苦的行腳僧」（苦頭陀）。他是一個來自伊利汗國的武術大師，雖然是殘疾人但受到特殊的尊敬。然而此人真實身分卻出乎所有人的意料——明教的光明右使者范遙。在正式的歷史記載中，他被宣稱為發現了成崑的陰謀而不惜毀損自己的俊美面目，放棄自己的錦繡前途，打入汝陽王府作為間諜。可是這一切不過是白費力氣，因為他成功地打入汝陽王府後就再也沒有得到任何成崑的消息。從此他一直沉默地待在那裡，直到1358年復歸明教。

不過，事實的情況或許複雜得多。范遙寧願私自毀容後打入汝陽王府而不是首先回光明頂報告，而之後二十多年中也從未和教廷有任何聯繫，其中的原因值得深究。很有可能，是他苦戀黛綺絲失敗後的自暴自棄。史密斯教授認為，這種自殘行為更可能是出於一種犯罪後的內疚而渴望贖罪的心理。或許，他曾經對黛綺絲進行了性侵犯，而事後又感到極度的懺悔——上個世紀著名的全真教宗教家尹志平，在姦污了一位美貌的女武師「龍的小女兒」（小龍女）之後，也有類似的表現。或許這就是為什麼他稱呼自己為「痛苦的行腳僧」。

不過，考慮到黛綺絲女兒的年齡，我們要對這種理論作一些修正：范遙或許是為了對黛綺絲有所行動而有意毀容，以掩飾自己的身分。確鑿無疑的是，他在1342年前後曾對黛綺絲夫婦下毒。我們在醫學家胡青牛留下的檔案中發現了這個病例。為什麼他不用自己的精深武術擊垮對方而要採取下毒的手段，頗為耐人尋味。我們可以認為，下毒——並且是慢性毒藥——的手段更有利於范遙控制和威脅黛綺絲服從自己。和一般的暗中下毒不同，黛綺絲明顯知道下毒者是一個來自中亞的「啞巴僧侶」。我們可以判斷，黛綺絲與范遙之間一定有過重要的接觸——雖然黛綺絲並不知道對方的身分。很有可能，在黛綺絲中毒之後，為了獲得解藥，不得不向范遙低頭。當黛綺絲讓范遙得到了他一直夢寐以求的東西之後，范遙給了她解藥，但是分量卻有意給得不夠，以至於她的丈夫最後還是毒發身亡。

黛綺絲的女兒小昭恰好出生於這一時期，而在她出生後，黛綺絲就將她送到他人家裡代養，隔幾年才去探望一次（因此可以推斷，小昭可能從未見過自己名義上的「父親」韓千葉）。當小昭還未成年時，黛綺絲就逼迫她去光明頂為自己偷竊「天地轉換法」（乾坤大挪移心法）的抄本。這些不近人情的舉動，不禁令人懷疑這個孩子的生父究竟是誰。據歷史記載，當范遙在1357年第一次見到小昭的時候，表現得異常驚愕，雖然他辯稱說只是因為小昭的容貌酷似黛綺絲，但他的表情遠遠超出了看到一個老朋友應有的反應。或許當時范遙已經猜到了這個孩子的真實身分。但是隨著黛綺絲母女在當年年底突兀地從東海返回波斯，已經沒有任何人能夠揭開這個秘密。

第八章 明教的宗教改革與分裂（1330—1357）

在這些暗流湧動、危機潛伏的歲月中，光明頂教廷的明爭暗鬥和大都朝廷的爭權奪利同樣驚心動魄。早在1328—1332年的內戰時期，作為明教的「鷹派」領袖，殷天正就主張立即趁元朝的內亂主動發動打擊。這一建議得到了五行旗系統的支持。另一方面，「鴿派」領袖楊逍則認為，雖然被內部的分裂所折磨，但元朝的軍事實力並沒有被嚴重削弱，如果不首先聯絡六大派等江湖主導勢力組成反元聯盟，任何單方面的軍事冒險都很難成功。韋一笑和五散人則動搖於兩派之間，但是越來越多地倒向了殷天正方面。

在戰略分歧的背後有著宗教教義上的矛盾。對於殷天正等原教旨分子來說，現實世界已經無可救藥，既然明王即將降臨，那麼唯一需要做的就是摧毀這個充滿罪惡的世界，他們被稱為「降臨派」；另一批以楊逍為代表的溫和人士則認為：明王降臨只是一個政治寓言，並不會在現實世界發生，而終究需要靠人類本身的活動才能建立理想的社會，在此過程中，需要的是妥協的智慧，他們

被稱為「拯救派」。後者雖然在教內高層有很大的影響力，但前者的宗教熱情無疑更能煽動底層教眾。因此，1330年左右，在三年多的政治波瀾之後，殷天正逐漸佔據了上風。

為了擺脫政治窘境，楊逍不得不明確宣稱自己無意成為教主，並致力於維持無教主的既定狀態，以保持自己事實上的最高地位。為了達到這一點，他向全教公開了一直保持高度機密的、聖火令已經失落的訊息，宣稱目前的不幸狀況是光明之神對他們失落聖火令的懲罰，因此要恢復明教古老的傳統，只有擁有聖火令才能繼位。因為教廷一直向下層教眾隱瞞聖火令已經消失的事實，這一事實的披露在明教徒中引起了巨大的騷動和不安。在這種情況下，殷天正繼位的可能已經微乎其微。事實上，由於教眾信仰的動搖，他自己的勢力範圍也面臨著危機。

不過殷天正卻能夠為自己的權力訴求找到新的神學支持。他從摩尼教經典，摩尼本人的著作《生命福音書》（*Living Gospel*）中發現了這樣的表述：「當世界毀滅時，聖火將會變成聖鷹，成為光明之王的使者。」（阿斯姆森（Jes. Asmussen）《中波斯語及帕提亞語文本中的摩尼教代表文獻》（Manichaean Literature, Representive Texts, Chiefly from Middle Persian and Parthian Writings, New York, 1975），第86頁）事實上，這正是他三十年前宣揚天鷹崇拜的理論依據。現在他從中發現了新的含義，並成為一條新的教義：聖火令的消失是因為它們已經變成了神聖的天鷹，而他進一步暗示，他本人就是天鷹的「道成肉身」。很難說他本人有多麼信仰自己的教義，但無疑他的許多支持者對此深信不疑。現在，受到鼓勵的殷天正開始向他的教友們推廣這一新的教義，並引起了巨大的動盪。這一宗教改革運動為他招攬了許多支持者和更多的反對者，宗教上的分歧日益明朗：改革派和教廷已經無法共存。

謝遜此時一度回到光明頂，曾經和殷天正關係密切的他也因為無法接受殷天正的改革思想而與之決裂。在這種情況下，殷天正已經無法再回頭，於是他宣佈原來的明教已經被黑暗所腐蝕，不再能代表明尊。隨即，他從西北部返回東南地區，成立了以他為教主的「天鷹教（*Heaveaglism*）」，並宣稱這才是「真正的」明教，事實上其更恰當的稱呼應該是「明教天鷹宗」。

隨著天鷹宗的獨立，明教第一次大分裂開始了。

浙江、江西行省的明教教眾，長期以來就處於殷天正的勢力範圍之下，毫不奇怪他們在分裂中自覺地皈依在天鷹教的旗幟下。到1335年為止，天鷹教已經成為東南沿海最大的江湖勢力。不可避免的是，在這一新生的陣痛中，天鷹教和昔日的教友們，特別是明教的五行旗系統結下了深仇大恨。

殷天正的離去並未給韋一笑集團帶來多少利益，因為這使他們面臨著和楊逍的直接衝突。為了應對聖火令問題的挑戰，他們不得不在暗中籌建另一個改革派。受到殷天正的啟發，韋一笑建議成立「福娃教」，由他任教主，讓五散人改名為「五福娃」，戴上美麗的頭飾，作為幸福的使者出現。這一荒誕建議遭到了他更加深謀遠慮的同僚的否定。五散人，特別是彭瑩玉精心地將明王信仰和佛教教義結合起來，籌建了「彌勒宗」。這一派別常常被誤認為佛教的一個宗派。事實上由於說不得、彭瑩玉等人固有的佛教背景，很難說它本質上究竟是明教還是佛教。在彌勒宗中，聖火已經成為次要問題，由於明尊和彌勒佛被視為同一個實體，他們就很容易將明教的經文和佛教教義結合

起來。我們將在下面看到，這樣做並不是沒有代價的。

無論如何，「彌勒宗」很快成為了明教最成功的派別。與天鷹教古怪晦澀的原教旨主義不同，彌勒宗作為融合佛道信仰的混合教派，更容易得到底層教眾的理解和信奉，而相對寬鬆開放的組織風格，也有利於招攬白蓮教、彌勒教等同樣信仰彌勒佛的教派，他們往往換一個招牌，就成了明教的成員。這樣一來，說不得、彭瑩玉等人就迅速為自己聚集了一支可觀的力量。事實上，明教的主要支系就出自彌勒宗系統。五行旗上下就都被彌勒宗所滲透。眾所周知，後來的明朝開國皇帝朱元璋，曾經也是一個彌勒宗的信徒。（參見吳晗「明教與大明帝國」，《吳晗史學論著選集》（人民出版社，1986），第二卷，382—418頁；《朱元璋傳》（北京：人民出版社，1985），14—22頁）

但在光明頂教廷，楊逍和他的屬下仍然牢牢把持著權力，五散人始終無法插手。當彌勒宗日益發展壯大後，五散人決定拋開光明頂單獨行動，並寄希望於形成領導明教革命的既成事實。1337年春，在幾年的準備之後，他們發動了棒胡起義。「棒胡」的真名是胡閏兒，他是說不得的師兄，也是明教在河南地區的領袖人物，因為棒法高超而被稱為棒胡，當時的一位江湖觀察家稱他「好使棒，棒長六、七尺（約兩米），進退技擊如神」。為了在必要的時候推卸責任，韋一笑和五散人沒有直接出面，而將其偽裝為一次地方領導人自作主張的軍事暴動。不久，棒胡便攻破歸德府和鹿邑，點火燒毀了陳州城，並屯營於杏岡。與此同時，開州的轆軸李、陳州的棒張等彌勒宗骨幹分子也發動了暴動。感到震怒的帝國政府命令河南行省左丞慶圖會合汝陽王阿魯溫一起討伐。（參見《元

史》第四十卷，「順帝紀」二）

對阿魯溫來說，這是在朝廷面前表現自己的好機會。於是他調動了向他效忠的武術家們集體出動，對此一無所知的明教起義者完全沒有估計到敵人會有如此強大的武術家陣容。五散人因為在外地策劃其他的暴動而來不及趕回，甚至在汝陽王府臥底的范遙也因為彌勒宗是異端教派，不願相助，甚至有意借帝國政府之手撲滅後者。事實上，范遙後來交代，他為了取信阿魯溫，曾在大都擊斃三名改信彌勒宗的明教地方領導人。於是一切很快結束了。轆轤李和棒張分別被鹿杖客包克圖和鶴筆翁圖里擊斃；而在鹿邑岡，棒胡被范遙親自擒獲，不久在大都被斬首。范遙用明教重要成員的生命換取了汝陽王的信任，而事後對此諱莫如深，直到多年後才披露出來。不過，棒胡被捕是否應當歸咎於范遙並不是決定性的：在帝國軍隊的大舉圍攻面前，棒胡和他的同黨從一開始就沒有脫逃的機會。

棒胡起義的悲慘失敗不僅削弱了彌勒宗的影響力，也給楊逍向韋一笑、五散人發難創造了良機。在一次例行會議上，楊逍斥責棒胡擅自發動起義而沒有向教廷報告；惱羞成怒的五散人卻抨擊楊逍不肯派精銳的「天地風雷」四個特種兵部隊增援，導致起義軍在孤立無援中被殲滅。最後，這場互不相讓的口水仗終於演變為肉搏相見的毆鬥。先發制人的楊逍一掌將張中的肩胛骨擊碎，另一掌導致了韋一笑的內出血，首先解除了兩大武術家的戰鬥力，剩下的四散人就微不足道了。此次鬥毆後，韋一笑集團再也沒有實力和楊逍對抗，被迫離開了光明頂，從此不能再支配教廷事務。不久

後，心灰意冷的張中和冷謙隱居，尚未喪失宗教熱情的彭瑩玉、說不得及周顛開始在中國腹地四處傳教，讓奄奄一息的彌勒宗得以死灰復燃。

另一方面，韋一笑因為內出血過多一度性命垂危，雖然在名醫胡青牛（棒胡的弟弟）的調治下脫離危險，但不久又誘發了再生障礙性貧血的重症。因為當時缺乏輸血技術，韋一笑只能透過不斷吸取人血的方式來補充血液。（另一種說法是因為他的心理障礙才導致了這種變態行為，參看附錄五）這使得昔日快樂的「福娃」變成了冷酷的殺人狂。韋一笑羞於伊斯蘭到內地，從此長期定居在哈密力地區（今新疆哈密），經常綁架異教徒的伊斯蘭教士著供他吸血。即使如此，他的疾病仍然不免階段性發作，在病痛折磨下，這位當年奪目的政治新星從此淡出了政治舞臺，甚至和支持自己的五散人也斷絕了聯繫。

雖然殷天正、韋一笑等人先後被趕下了光明頂，但楊逍卻並未成為最後的勝利者。在十年的時間內，隨著核心一次又一次的分裂，各地的分支早已自行其是，光明頂已經成為僅具象徵意義的「聖地」，而不再能履行領導者的職能。楊逍本人更成為了孤家寡人。由於他一直堅持找到聖火令才能成為教主的規定，他自己顯然也無法自封教主。1338年底，楊逍也帶著手下的主要骨幹離開了光明頂，僅僅留下了保證聖火能夠持續不滅的十幾名留守祭司。但是楊逍並未遠離教廷，而是將他的班底搬到了十幾英里外的坐忘峰——從那裡能看到光明頂的聖火——以保證這塊聖地不會被外敵或反對派所侵佔。

如果楊逍將這次退讓當作一次迂迴策略，那麼他不得不失望了。即使在他象徵性地離開光明頂後，也沒有有分量的人物向他勸進，反倒是有人勸說他將范遙找回來擔任教主——這個不識相的建議者最後被楊逍派遣到西伯利亞去「尋找范遙」，從此再也沒有出現。無論如何，幾年後楊逍就徹底心灰意冷了，從此沉溺於肉欲的享樂中，據說他經常誘拐和禁錮婦女供自己玩樂。我們所知道的是，在40年代初期，他在四川西部邂逅了峨嵋派的女學生紀曉芙，以「武術交流」的名義將其騙走，隨後強暴了這位不幸的少女並將其軟禁。

不過在著名的斯德哥爾摩症候群的作用下，紀曉芙被他劫持多日後，居然愛上了這位自己的劫持者，她秘密加入了明教，並在一年後心甘情願地為他生下了一個女兒。他此外還有多少女人和私生子女一直是一個謎。不過，楊逍似乎再也沒有找到紀曉芙那樣理想的性伴侶，因此當1352年，他們的私生女兒前來投奔他時，楊逍高興地接納了她。

從1338—1357年的二十年間，由於明教的組織機構陷入徹底癱瘓，我們對其各分支的活動只能找到零星的記載。在30年代末到40年代，剛剛在東南沿海立足的天鷹宗不幸因為王盤山事件（詳見下章）陷入孤立，遭到了各大勢力的圍攻；與之相反，彭瑩玉和說不得等人在中部地區的傳教事業卻成果豐碩，培養出了周子旺、徐壽輝、劉福通、韓山童等一批重要骨幹，這些「魔王」的名字將在此後二十多年中變得家喻戶曉。（參見《明教與大明帝國》）

1348年，彭瑩玉和師弟周子旺在江西袁州發動了一次重要起義，並在其初期階段取得了很大的軍

事勝利。與此同時，在浙江屢次遭到圍攻，苟延殘喘的殷天正已經無法再支撐下去，不得不認真考慮和彌勒宗聯合作戰的問題。他派手下的一名大祭司白龜壽去和彭瑩玉聯繫。彭瑩玉知道，如果能說服殷天正和自己聯合，將是推動明教重新統一的珍貴契機，因此極力促成這一聯合的實現。

雙方試探的合作開始了。殷天正在浙江展開了一系列軍事活動，以聲援被圍困的周子旺部。彭瑩玉派人去光明頂和西域，請求楊逍和韋一笑放棄前嫌，一起進行起義。但在他得到回音之前，起義已經再次被圍剿的帝國軍所撲滅。（參見《元代農民戰爭史料彙編》上編，第204頁）周子旺殉難，彭瑩玉也在戰鬥中受傷，不得不和白龜壽一起東躲西藏。他們躲過了軍隊的搜捕，卻被另一群反明教的武術家所發現。對彭瑩玉來說，幸運的是在這群敵人中隱藏著一個秘密的明教徒——紀曉芙。雖然白龜壽被殺，彭瑩玉也被刺瞎了一隻眼睛。但在紀曉芙的幫助下，這位赫赫有名的明教革命家仍然逃過了死亡的威脅。但這次失敗使得剛剛復興的彌勒宗再次陷入失敗的邊緣，從此又沉寂了多年。

自從*1348*年的起義失敗後，屬於五散人系統的胡青牛一直居住在淮河北岸女山湖畔的蝴蝶谷，直到*1351*年神秘死亡。胡青牛是一個水準高超的醫學家，在這段時間，他奉五散人之命，診治了多不勝數的明教徒，無論是哪一個宗派，也不論擁戴誰為教主。五散人可能希望透過他達到明教以彌勒宗為核心的重新統一，但由於拒絕給叛教者療傷，這位明教沙文主義者本人於*1351*年死在第一個出教的背叛者黛綺絲的手下。

周子旺起義失敗後的幾年中，明教陷入了自陽頂天死後的最低谷，有組織的反抗行動幾乎銷聲匿跡。但在1357年初，一位默默無名的青年戲劇性地成為教主後，全教的統一卻在極短時間內實現了。在不到一年的時間內，明教以比歷史上任何時期都更為強盛的聲勢，在全國範圍內展開了革命，直到最後奪取全國的統治權。這個神奇的逆轉令元史學家深感困惑。傳統上，人們常常將這一切轉變都歸功於張無忌這個似乎從天而降的青年人，甚至許多人相信，他就是降臨人世的明王或彌勒佛本人。

在中華人民共和國建立後，馬克思主義史學家們拒絕這種唯心史觀的解釋，並認為張的個人成就本質上源於元代末期日益激化、無法調和的階級衝突以及元朝政府失敗的貨幣政策。（參看韓儒林主編《元朝史》（北京：人民出版社，1986）下卷，第89—92頁）這一解釋無疑是正確的，但卻沒有涉及具體機制的問題。近年來，越來越多歷史資料的發現，讓我們得以從更加技術化的角度嘗試解答這一歷史謎團：雖然上層機構已經成為一盤散沙，但是中下層的明教徒在50年代的自發活動是非常活躍的，他們不斷地將這一古老信仰以各種形式傳播到全國各地。從這個角度來看，有史學家甚至大膽地斷言，高層領導者的分裂和癱瘓使得明教基層擺脫了集權體制的束縛，從而煥發出更多的活力。（參見矢吹慶輝：《摩尼教》（東京：岩波書店，昭和十一年），第208頁）

當帝國的國家機器日益腐朽之際，彌勒宗及天鷹教等明教各系統播下的火種正在悄悄地蔓延開來。表面混亂下的潛在結構正在生成，只要有適當的時機，就可以正式浮出水面。張無忌的出現充其量只是讓這場化學反應更快到達臨界點的催化劑。

這多少令我們想起最初幾個世紀的基督教：當羅馬的皇帝們一次又一次對基督教成功地進行「剿滅」時，他們不會想到自己的臣民正在以越來越快的速度皈依這一東方宗教。直到君士坦丁大帝發現支持他的軍隊中大多數人都是基督徒時，一個歷史性的時刻終於到來：他自己也受洗成為一名基督徒。地下教會的領導人隨即公開露面，成為帝國在精神上的統治者。在元代中國所發生的情況多少與之類似。

事實上，當時主要門派幫會的領導人比任何歷史學家都要明白這一點：他們越來越感受到在底層民眾中，「魔鬼」的勢力不斷膨脹，對自己形成了越來越難以忍受的威脅。於是，江湖主導勢力在陽頂天時代沒有實現的計畫，在明教分裂初期也無意實行的計畫，卻在三十年後實現了：這就是1357年開展的圍攻光明頂的軍事行動。不過，在正面論述這一行動之前，讓我們首先從各主要勢力的內部關係著手，考察14世紀中期的江湖世界權力結構及其關係，這將使我們更為深刻地理解此後的一系列歷史變遷。

第九章 武當的崛起及其與少林的衝突（1320—1335）

在陽頂天時代，明教奇蹟般的崛起吸引了絕大多數江湖觀察家的注意力，讓他們相對忽略了中國腹地的另一個武術團體從無到有，從默默無聞到聞名遐邇的飛速發展。事實上，武當派雖然從未有過明教那樣的顯赫聲勢，但卻注定在歷史上留下更為持久的名聲。

一個現代武術史讀者可能不會對倚天屠龍史中武當的重要地位感到奇怪，他已經熟悉了歷史上著名的少林—武當二元體系，並將這當成是理所當然的事實。（參見唐豪《少林武當考》中央國術館，1930）但是如果我們意識到，武當僅僅是在14世紀初期才被創建——這在六大派中是最晚的——而在其創建後三十年內就超越了其他各門派而成為和少林並列的最具聲望的武術集團，就可以看出這一事實的令人驚奇之處。

實際上，武當派的崛起時間可能要更加短促，張三丰僅僅在14世紀的最初十年才招收了宋遠橋、俞蓮舟等門徒，按照常理，第一批門徒獨立執行任務的時期至少要等到1320年左右，而此時張三

手甚至還沒有招收他最小的幾個門徒。因此，武當派可以說是在十多年內就佔據了整個江湖世界的第二把交椅，這一超常的速度歷史上很難找到先例，甚至連上個世紀的全真教也無法與之相比。

當然，作為這個時代最傑出的武術大師，張三丰對於武當的崛起具有舉足輕重的意義。但是張三丰的威名不會自動轉變為武當派的聲譽。只有當他的弟子們也能夠展示震懾武術界的驚人造詣時，武當派才算是在真正的意義上實現了崛起。這是在30年代完成的。

在30年代初期，當明教因為陽頂天的失蹤而陷入癱瘓後，對江湖世界的壓力驟然減小。但是剛剛鬆了一口氣的江湖主導者們很快又要面對另一個令人驚愕的事實：張三丰的弟子們陸續出現了，他們年富力強，武術高超，熱心公道，很快就成為許多地區江湖紛爭的協調者和仲裁者，並編織起一套緊密而廣泛的關係網絡。

在這一時期，至少已經有五名張三丰的門徒在以武當山為中心的各個省份頻繁活動，在「行俠仗義」的光輝口號下拉攏或打壓各派勢力，使得武當派成為日益舉足輕重的力量。而少林無疑對此感受最深。

對於少林寺來說，張三丰的存在始終是令人尷尬的事實。此人在上世紀60年代的叛逃以及二十年後的聲名鵲起令少林處於一個尷尬的位置。儘管張三丰一直小心地和少林保持距離，但是他作為少林背叛者的身分卻無法改變。人們在嘲諷少林寺在13世紀中期對張三丰的追捕是心胸狹窄、小題大做的同時，也奇怪為什麼一個從未在少林取得正式學歷，並中途輟學的學生的武術成就遠比少林的優等生們出色。

對此，少林方面的官方說法是，張三丰無恥地剽竊了少林寺的武術，並將其改頭換面，以掩蓋其不光彩的來歷。當然，這個說法並非很能自圓其說（譬如，為什麼張三丰改編的少林武術會比原來的更為先進？）。不過，在將「偷師學藝」作為最大禁忌的武術家中，這一控訴已經足夠有殺傷力了。但是少林寺也清楚地認識到，他們對懲戒這個叛徒無能為力，而事實上沒有人願意和他們一起，發動一場討伐張三丰的正義之戰。相反，張三丰驚世駭俗的武術天才和圓熟老到的交際手腕正在為他贏得越來越多的支持者。

如果張三丰的成就僅僅限於他本人，少林寺或許還可以忍受。但隨著時間的推移，一件事實已經確鑿無疑：張三丰要將他的武術傳下去，開創一個新的武術門派。在張三丰本人歸隱武當山後多年，宋遠橋、俞蓮舟、俞岱巖們先後出場了，並取得了和四十年前他們的老師剛剛開始武術家的職業生涯時幾乎同樣轟動的效應。武當與少林兩種武術的異同和高下優劣成為江湖觀察家們熱衷討論的話題，雖然雙方都有不少熱衷的擁護者，但超越一切少林武術家的張三丰的存在，使得輿論明顯不利於少林方面。毫無疑問，武當不會只滿足於作為少林的一個分支門派而存在——他們要爭奪的是主導整個江湖世界的「光榮與夢想」。少林寺的領導者們不得不考慮如果武當長期存在下去對少林所造成的負面影響，那將是一個極其可怕的潛在敵人。他們渴望將這個假想敵扼殺於搖籃之中。

但對於少林寺來說，由於張三丰的強勢存在和武當派嚴格遵守江湖道德規範的基本原則，他們既缺乏扼殺武當的能力也缺乏相應的理由。在20年代，少林寺的基本戰略是發動對明教的討伐，透過樹立一個假想敵的方式，組成主導勢力的聯盟，讓包括武當在內的其他所有門派透過聯盟的方式服從自己。因此有了1324年的少林三大菁英武術家圍攻陽頂天之戰。可惜，少林遭到了意外的慘敗，因而對這一計畫不得不暫時加以擱置。不過此後不久，成崑的加盟給少林注入了新的動力。

為蒙古人效力的成崑逐漸意識到，汝陽王府永遠只能將身為漢人的自己當成工具，不可能真正信任自己，自己也很難爬到高位。在成功地策劃了對付明教的計畫之後，他開始轉向少林方面發展。他向渡厄申請加入少林，這對於一個成名的武術家來說是很罕見的要求——這多少意味著他要放棄原來的門派和事業基礎。

不過對成崑而言，一旦明教被摧毀，少林就將成為江湖世界的最高領袖，此時四十出頭的他還有充分的時間進入少林的領導層。何況，自從謝遜以他的名義犯下各種兇殺案之後，他已經很難再以原來的身分出現了。

摧毀明教的既定目標讓成崑與少林的稱霸計畫不謀而合。成崑不僅對明教有著深刻細緻的了解，在武術界也有廣泛的關係網絡，這對少林來說十分有用。因此，成崑很快成為了少林實際掌權者渡厄的重要智囊。當然，渡厄並不知道，成崑同時也是汝陽王藩府的座上之賓。

在1332年左右，在渡厄的安排下，成崑成為少林著名武術家空見（1280—1334）的弟子，法名圓真。空見僅比他年齡稍大，當年曾經直接從年邁的無色禪師那裡學到了少林九陽功，是少林寺內定的未來方丈。這對奇怪的組合與其說是老師和學生的關係，不如說是一種默契的政治聯合形式。（參見本書附錄六）無疑，當空見成為少林方丈後，身為他唯一門徒的成崑將會在少林寺出任重要職務。由於在以「圓」字開頭的系列門徒中，成崑的武術造詣無人能及，因而幾乎不可能有人挑戰他的地位。

這一連串計畫由於謝遜的瘋狂舉動而被破壞。事實上，謝遜的一連串暗殺活動早已被成崑和空見所掌握。但他們處於兩難的處境之中：如果揭穿謝遜的身分，成崑姦殺徒妻的罪行也會暴露，而如果成崑變得臭名昭著，少林寺也將被捲入這一醜聞而擔負連帶責任；另一方面，如果暗中除掉謝遜，又會使一連串兇殺案死無對證，最終仍然歸咎於少林。因此，他們只能尷尬地看著謝遜繼續殺害無辜的武術家及他們的親屬。但1334年，當謝遜計畫暗殺張三丰的衣缽傳人宋遠橋時，他無疑走得太遠了，少林必須出面了。

少林並非不願意看到宋遠橋的死——這將是對武當的重大打擊，但是務實的空見很快意識到，這將導致張三丰本人的出面干涉。作為唯一的線索，張三丰會追查成崑的下落，成崑加入少林雖然是重大機密，但作為正式的少林弟子，仍然有若干線索可循。如果讓張三丰知道成崑就在少林，並且間接地與自己學生之死有關，將導致兩大門派的正面衝突。而這是尚未做好準備的少林絕不願看到的。況且，如果一切都被揭露，主流輿論也會對少林不利。這裡面的內幕甚至大於成崑屠殺謝遜家族的醜聞。

為此，空見不得不親自出馬去阻止謝遜。他在謝遜前往暗殺宋遠橋的路上時攔住了他，空見並

沒有告訴謝遜成崑和自己的親密關係，只是告訴對方，自己已經知道了雙方的罪孽，並承諾為其調解。謝遜理所當然要求成崑親自出面向他解釋。但是已經剃髮為僧侶的成崑不便露面，否則他和少林的勾結就會暴露無遺。這當然不能讓謝遜滿意，於是雙方決定按照武術界的方式解決問題。但是空見顯然對自己的武術造詣過於自信了，他認為對方傷害不了他分毫，於是只挨打而不還手。

這番做作或許是因為，空見敏銳地意識到，這位「獅子王」是明教的高層骨幹，如果能馴服這頭獅子，對於少林摧毀明教的大業必將有很大幫助。因此，當謝遜在絕望中試圖自殺時他忘我地上前阻止，但他忘記了自己正處於格鬥中，被謝遜乘機擊中要害而很快死去了。據說成崑當時事實上在現場附近，但是他並沒有出現。如果在這一事件中成崑確實在場的話，他可能將此視為激化明教與少林矛盾的良機而對空見不聞不問，任其死去。

不過如果成崑指望自己能繼承空見的地位，那他恐怕不得不失望了。事實上，空見死後，繼位呼聲最高的是他的同窗空聞，另外兩名著名的少林武術菁英空智和空性都支持這位師兄。一年後，空聞順利地成為少林方丈，空智和空性也被提拔為首座。空聞集團有自己的施政綱領，而空見系統的成崑則被冷落，渡厄和渡難、渡劫的權力也受到削弱，他們決定退出決策圈，隱居起來鑽研武術。進攻明教的計畫也隨之被擱置了。而這時一連串突發事件讓少林重新將目標對準了武當。

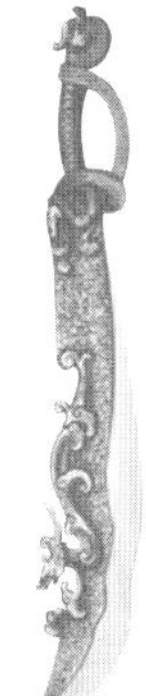

第十章 1336年事件及其對武當派的影響（1336—1347）

少林的主攻方向轉變源於1336年的一次偶然衝突。這次衝突是因為一把著名的兵器「龍之刀（*Dragon Saber*）」（屠龍刀）而起，這把刀堪稱中國人的「朗吉努斯之槍（*Lance of Longinus*）」（譯者按：這是西方傳說中刺過耶穌身體的長槍，因為沾有耶穌的寶血就擁有了征服世界的魔力，據說君士坦丁大帝、神聖羅馬皇帝、希特勒等人先後擁有該槍。參見Crowley, Cornelius Joseph. The Legend of the Wanderings of the Spear of Longinus. Heartland Book, 1972.）兵器中據說有著能夠主宰世界的秘密。在傳說中，這把刀是用天上的隕石所鑄造，「西方狂人」楊過就是用這把刀砍下了蒙哥汗的頭顱，天上的魔石和皇帝鮮血的結合賦予了這把刀特殊的神力，這就是這把刀被命名為「屠龍」的由來。後來楊過將寶刀送給了郭靖，寶刀的魔力令襄陽城固若金湯，直到忽必烈派了一個神偷將其偷走，寶刀在落到忽必烈手中後令他成為了世界征服者，但在元朝的幾次宮廷政變中又流落了出去；（傅海波：《從部落領袖到世界皇帝和神：元代的正統觀念》（From Tribal Chieftain to Universal Emperor and God: The Legitimation of the Yuan Dynasty），慕尼黑，拜仁科學院出版社，1978，第521頁）另一種說法是，據說郭靖和黃蓉曾將宋朝名將岳飛的一部軍事著作在鑄造中放進了刀的內部，誰能夠取出其中的著作就能夠利用其中的奧秘完成趕走蒙古人，恢復漢族政權的政治偉業。

從歷史學家的角度看，這些荒誕不經的傳說本身的真實性相當可疑，只是曲折地反映出當時漢人高漲的民族主義情緒。其中背離事實之處很多，譬如，蒙哥汗是被飛石所殺，和龍之刀毫無關係，又如，鑄刀的過程需要數千度的高溫，任何紙張布帛都不可能在這種條件下保存完整。事實上，這可能只是一把用某種特殊合金鑄造的鋒利武器（史載它非常沉重，無疑摻雜了一定的重金屬的成分），因而為當時的武術家們所覬覦。但在爭奪寶刀的過程中，越來越多的傳說被附會上去，令許多著名的武術家和武術流派加入爭奪戰。而這一點又反過來令更多人相信寶刀中一定有秘密，否則為什麼會有這麼多人想要得到它呢？

不論我們對龍之刀中的秘密看法如何，一個不可忽視的事實是，在爭奪這把寶刀的過程中，這把刀本身已經變成了一個象徵符碼，象徵著「武林中最尊貴者」的身分，這和上兩個世紀的《九陰真經》相類似。當然，並非所有人獲得寶刀都能獲得至尊的地位，相反，他也可能因為寶刀而被殺死。但這一對寶刀的爭奪過程事實上可以視為對武術界和江湖世界支配權之爭奪的具體化形式。本書認為，龍之刀問題只有放在這一思路下才可能獲得恰當的理解。

1336 年的春天，張三丰的第三個門徒俞岱巖在東海沿岸執行任務，這是武當派當時尚未充分滲透的地區，除了海沙派和巨鯨幫這樣的地方勢力外，此時少林、剛剛改組的明教天鷹宗以及隸屬於元廷的金剛門也都在激烈爭奪著這一地帶的控制權，而正如上文所說的，這一控制權的重要象徵就是龍之刀的歸屬。俞岱巖偶然地捲入了對龍之刀的爭奪之戰，為此他首先與金剛門，隨後和天鷹宗發生了衝突。在衝突中，俞岱巖一度得到了這把寶刀，並想把它運回武當山交給師尊。這一點或許暗示出：武當並非表面上所表明的那樣對龍之刀毫無覬覦。但是不久，殷天正的兒子和女兒就偷襲了他，將其擊傷並奪回了寶刀。但他們並不想觸犯那位武當山上的宙斯，於是將他送到一家運輸保安公司——龍門公司（龍門鏢局）——那裡，委託他們將病人送回武當。

這個舉動無疑是刻意安排的。龍門公司的經理都大錦（1290—1336）擁有特殊的身分：他是一名正式的少林俗家門徒，曾於1302—1311年間在少林寺學習武術，他的導師圓心是空智的弟子。他離開少林寺後，在臨安從事運輸保安業的工作並成為一個成功的商人，少林本身可能是龍門公司背後的最大股東。天鷹宗不惜出重金聘請少林人士出面護送俞岱巖，一方面是少林的名聲有利於保護病人的安全，另一方面或許也是考慮到萬一發生意外，可以將責任推卸給少林方面。

都大錦雖然遠離少林派的權力核心，但卻很清楚少林與武當之間的積怨，因而並不願意承擔這一任務。但對方提供的優厚酬勞卻令他難以拒絕。雖然他按約定將俞岱巖送到武當山上，但卻想敷衍了事，在沒有弄清楚來人身分的情況下就貿然將俞岱巖交給幾個號稱是他的同學的人物，結果導致了俞岱巖落入金剛門之手，因為被拷問寶刀的下落而被嚴厲拷打到癱瘓的地步。

令問題進一步複雜化的，是殷天正的女兒殷素素為了保護俞岱巖也加入戰團，結果被金剛門的武士們打傷後逃走。而因為金剛門在歷史上是少林的分支，令殷素素誤認對方是少林弟子。從殷素素的角度看，她有理由相信，這是少林的一個絕大陰謀：都大錦不知透過何種手段，獲知了俞岱巖的身分，並通知了少林本寺。少林或者為了得到俞岱巖所知道的機密，或者為了剷除武當的一員幹將，與都大錦串通起來進行了一場表演，將俞岱巖擄走。這個致命的誤會導致了日後的一連串重大事件，甚至改變了自此以後的整個中國歷史。

與此同時，張三丰和他的其他弟子們也從一枚被捏扁的中國金幣上發現兇手的少林派背景。在張三丰看來，此事證實了他多年以來的擔心：少林派開始向武當挑戰了。這一時期，武當雖然在武術水準上已經趕上並超過少林，但綜合實力還遠不如對方。張三丰當然並不希望雙方有任何正面衝突。為此，他派宋遠橋、張松溪和殷梨亭趕赴少林與空聞會面，一方面爭取和平的希望，另一方面將事情公開化，也讓少林不得不有所顧忌。同時，俞蓮舟、張翠山和莫聲谷三人赴江南以「保護都大錦家人」的名義——顯然是為了向少林方面表示善意——調查俞岱巖受傷的真相。

另一方面，我們得知，返回臨安途中的都大錦也感到了事態的嚴重——少林派的人重傷了武當弟子，這可能引起兩派之間的火拼——因而以飛鴿傳書向師父圓心報告，並請求本寺的保護。圓心立刻向空聞方丈彙報，空聞隨即派了幾名幹練的弟子和師弟前往臨安，以監控事態的發展。稍早一些時候，殷素素也負傷回到臨安，並向父親殷天正報告事態的進展。因此在四月底，這三方面的勢力在臨安會合了。

在龍門鏢局事件中，天鷹教的視角一直是一個被忽略的方面，但可能這才是決定性的因素。與傳統的解釋不同，殷素素的行動並非只是她的個人決定。她的父親在其中可能起了重大的作用。讓我們對此略加詮釋。

從殷天正的視角來看，從都大錦護送俞岱巖返回武當，到少林對俞岱巖的劫持，乃至最近少林武術僧侶的紛紛南下，構成了一根清晰的因果鏈條：少林已經知道了屠龍刀落入了自己手中，並已經準備好了對付自己。這對於剛剛從明教母體中脫離的天鷹教來說，是一個空前嚴峻的危機。為此，天鷹教的決策者們開始考慮這樣的應對策略：設法利用此事挑起本來已經關係緊張的少林和武當之間的正面衝突，這樣不但可以緩解目前的困境，甚至大大有利於自己的擴張。因此，很可能是在殷天正的親自主持下，1336年中國曆4月30日，令整個江湖世界震驚的龍門公司大屠殺發生了。

當前往臨安的俞蓮舟和莫聲谷進入江西境內時，已經被當地的天鷹教情報組織所發現。殷天正授意他們製造事端，讓二人滯留在江西。而稍後出發的張翠山也在天鷹教的密切監控下抵達臨安。無疑，將張翠山和他的同事們分割開來有利於天鷹教下一步的行動。當張翠山在四月三十日傍晚到達臨安時，殷素素在父親的授意下換上和張翠山同樣的衣服，並利用了張翠山初到臨安的時間差搶在他之前半小時趕到龍門鏢局。在殷天正的暗中主持下，將都大錦和他的家人、部下、僕人共七十一人全部殺害，並殺死了三個少林僧侶，但卻有意放走了另外幾個少林僧侶，讓他們去和稍後趕到的張翠山碰面。結果自然是悲劇性的，不幸的張翠山被一致指認為是兇手。

有理由認為，假扮張翠山進行屠殺只是天鷹教計畫的第一步。張翠山完全可以為自己辯護，而輿論界也很難相信張三手的門徒會做出這樣可怕的血腥之舉。如果真相被調查出來，結果將是天鷹教的滅頂之災。一勞永逸解決問題的方法，當然是令張翠山永遠消失。於是殷素素首先以和張翠山一模一樣的裝束引起他的注意，並約他第二天見面。在這次短暫的會面中，張翠山明顯為她的美貌所傾倒，這使得天鷹教的決策者們開始傾向於採用第二方案：利用殷素素拉張翠山下水，這甚至比讓他消失對天鷹教更為有利。

當殷素素與張翠山在一艘船上會面時，她成功地利用繪畫和書法引起了張的興趣。而實施對張翠山挑逗的關鍵步驟在於苦肉計。殷素素有意保留了在她手臂上的兩枚染毒鐵片（這一點本身是值得懷疑的，如果這是金剛門所造成的傷患，為什麼殷素素回到臨安後不先去尋找她的父親尋求救治呢？），並裸露出手臂引起張翠山的憐愛之情。在此必須指出，在古代中國，婦女裸露手臂幾乎是和裸體一樣的禁忌，因此也構成強烈的性挑逗。（參見劉達臨：《中國古代性文化》寧夏人民出版社，1993，第596頁）她向張翠山承認了自己殺人的事實，卻推諉說是為了尋找療治傷處的藥物而被迫進行的。當張翠山因此責備她時，她便做出傷害自己的動作。以這樣簡單的方式，她獲取了張翠山的同情。此時，天鷹教已經知道了這位武當的知名武術家不過是一個意志軟弱而又血氣方剛的普通青年，殷素素的計畫大獲成功。

對於殷天正來說不利的是，殷素素和張翠山並未像他預期的那樣在品嘗禁果後成為夫婦，從而成為他和武當之間建立密切聯繫的紐帶。而是意外失蹤了。天鷹教籠絡武當派的計畫不幸落空。在武當派的其餘人馬趕到臨安後，不可避免地與少林就龍門公司事件發生了嚴重的摩擦。但是僅此而已。既然當事人張翠山已經失蹤，人們就無法得知真相。而武當也認為俞岱巖的殘廢和少林有關，這起事件結果變成了雙方無止無休的口水戰。

在少林方面，很難說他們究竟有幾分真正相信龍門公司屠殺案的兇手是張翠山，但是空聞方丈發現，這是一個向武當施壓的絕佳契機。雖然沒有確鑿證據向武當進行直接的武力報復，少林卻盡了一切可能迫使武當低頭。除了親自站出來指控張翠山外，少林還發動了聽命於它的幾家大運輸保安公司，以行業聯合協會的名義要武當給出交代。並在江湖世界中大肆宣揚「武當派屠殺了龍門公司，如果我們不反抗，下一個就是你」的誇張論調，令本已初見端倪的「武當威脅論」更加沸沸揚揚。雖然武當方面也盡可能地利用俞岱巖的被害事件反擊少林，但是因為指控無法落實到具體的個人而顯得蒼白無力，在強大的輿論壓力面前不得不一步步退縮。

誠如當時的一位江湖觀察家所說：「他們（指少林）並不關心在龍門公司發生了什麼，事實上，他們中的很多人甚至不知道龍門公司在哪裡……他們只是反覆告訴你，張三丰是一個獨裁者，武當七俠都是他的劊子手，武當在臨安屠殺了很多人，激起無知者的義憤去抵制武當，而真相被隱蔽了。譬如，有誰能夠知道恰恰是少林庇護了屠殺謝遜滿門的兇手成崑呢？有誰知道龍門公司掛著少林的旗號在臨安的橫行不法呢？他們壟斷了話語權，並過濾了一切訊息，只告訴你他們想讓你知道的，這就是他們的公道和慈悲！這一切又是為了什麼呢？在我看來，這不過是武當近年來的迅速崛起引起了他們的恐懼和敵視而已。」（司徒千鐘：《醉言錄》，續修四庫全書刊本）

在這種被煽動起來的敵意下，武當昔日對江湖世界的一切援助，都被解釋為為了控制武術界的狡猾手腕，武當的付出不但沒有得到感激，反而更加激起了憎恨。少林、崑崙、華山、崆峒及丐幫等主流勢力一度結成了非正式的反武當同盟，聯合起來對武當進行施壓。但瀕於孤立無援的武當卻找到了一個堅定的盟友——峨嵋派。

在上世紀末，峨嵋曾經是和少林並立的一流門派，由於其開創者郭襄作為郭靖女兒的特殊身分，在她身上寄託了驅除野蠻人、恢復中國故土的崇高理想。但當郭襄死後，昔日的革命精神已經難以再維持下去，峨嵋的理想主義色彩隨即淡薄，並不可避免地陷入了衰落。在風陵和滅絕兩代領導人在位期間，峨嵋逐漸轉型為一個普通的武術門派。越來越多的人離開了峨嵋，更多的人在此之前已經死去。在滅絕於*1325*年繼承掌門之位後，峨嵋的成員幾乎只剩下她和師姐孤鴻子兩人。據說，孤鴻子愛上了明教光明左使者楊逍，並以「比武」為名義，將郭襄留下來的寶劍「天之劍」（倚天劍）帶走，去送給楊逍，卻為楊逍所拒絕。孤鴻子因無顏再回峨嵋而自殺。

儘管滅絕師太從*20*年代開始就廣收弟子，但到了*40*年代初，處於復興中的峨嵋仍然只是一個由不到三十人組成的小門派，其中真正戰鬥力突出的武術家只有滅絕一人，在六大派中最為弱小。為了站穩腳跟，滅絕急需找到一個盟友。由於張三手和郭襄在南宋時期的歷史淵源，武當在創派時還得到過峨嵋的幫助，幾十年後的峨嵋和武當很自然地再次走到了一起。滅絕看透了這場反武當風潮虛張聲勢的本質：只要張三手還活著，就沒有人敢真的向武當動手。而只要再過幾年，蓬勃發展中的武當就會強大到無人可以撼動的程度。她決心將賭注押在武當一邊。1340年，滅絕內定的繼承人紀曉芙和武當七俠之中的殷梨亭訂婚。這是一樁赤裸裸的政治婚姻。它向江湖世界表明了峨嵋支持武當的立場。反武當同盟的叫囂不得不收斂了一些。

這次對武當的冷戰持續了十年之久，到了1347年，少林終於等到了徹底摧毀武當的機會：失蹤的張翠山和殷素素傳奇般地從海外歸來——並且帶回來一個兒子。更離奇的是，張翠山在這十年中一直和「獅子王」謝遜在一起，卻始終不透露謝遜的下落，而此時謝遜作為連環謀殺案真兇的身分已經被揭露。很自然地，種種謠言開始流傳開來：據說張翠山已經秘密加入明教並成為其護教法王，據說張翠山一直在日本的天鷹教分部和倭寇勾結準備大舉進攻中原，據說那個孩子其實是謝遜的親生兒子……龍門鏢局的屠殺、謝遜的連環謀殺，以及屠龍刀的下落，一切罪名和危險都落到張翠山和武當的頭上。

張翠山夫婦在俞蓮舟的護送下返回武當，途中多次遭到各江湖勢力的襲擊。巫山幫、三江幫、五鳳刀的暴徒不斷生事，甚至一向和武當關係親善的峨嵋派也一反常態，派人中途截擊，讓武當丟盡了臉面。

武當本來希望能在預定夏天召開的黃鶴樓會議中澄清誤會，重塑自己的形象，但是少林不會給它這個機會。

看到自己挑唆的幾個幫派的騷擾沒有產生明顯效果，嵩山方面最終決定親自動手。在四月初八張三丰一百歲生日那天，以祝賀生日為名，空聞、空智、空性三巨頭帶領九個最精銳的武僧作為第一梯隊，來到武當山上，而山下還聚集著數百名武僧分成三隊待命。另外，崑崙、崆峒及數十個其他幫派的菁英武術家們也在其領導人的帶領下一起來到武當。對武當派形成了壓倒性的數量優勢。意味深長的是，一向聲援武當的峨嵋奇怪地只派來了幾個次要人物，事實上是在少林的強大壓力下，間接表明了不再支持武當的立場。武當派難以得到任何外援，這個在世界上存在了三十年的興旺門派似乎注定要在這一天覆滅。

為確保摧毀武當計畫的成功實施，少林制定了詳細的戰術。一旦談判破裂，就由空聞、空智、空性三人圍攻最為棘手的張三丰，而改名為圓真的成崑則率領其餘八名少林精銳武僧聚殲張三丰的弟子們。考慮到成崑這張秘密王牌，少林認為自己勝券在握。

武當後來聲稱，自己擁有被稱為「天神的七等分」（真武七截陣）的超人戰術，足以反制少林的挑戰。事實上，這一點也被成崑料到，他指使包克圖綁架了張翠山的兒子張無忌躲在一邊。如果少林戰事不利，就抛出這張底牌以擾亂對方的情緒。另外，據一份數十年後洩露的文件，空聞方丈和崑崙派領導人「鋼琴先生（*Mr.Piano*）」（鐵琴先生）何太沖已經有秘密協定：崑崙會在適當的時候出手，給予武當致命的打擊。武當事實上毫無勝算。

退一步說，即使武當能夠在戰鬥中獲勝，面對的也是毫無希望的局面。死傷只能導致更大的仇恨，他們將在江湖世界被徹底孤立。沒有幫會會接納他們培養的學生，沒有武館會請他們的成員做教練，沒有運輸保安公司會託庇在他們名下，沒有豪門大族的子弟會加入他們的學派，以成為武當的畢業生而自豪。而這一切首先和最終意味著沒有經濟收入。（參見拙作《劍橋簡明金庸武俠史》中對武術界經濟收入問題的論述）因此張三手的徒子徒孫們只能去打家劫舍，或者和「天鷹教」這樣的恐怖勢力聯合，成為主流世界所鄙視的邪惡軸心的一部分。無論哪一種，前景都十分暗淡。

但是令人意想不到的是，張翠山的自殺拯救了武當。當他發現自己的妻子曾經傷害過俞岱巖時，因為極度羞愧而自殺。而殷素素也跟隨著丈夫結束了自己的生命。張三手默許了這一切，他的確做出過救援的動作，然而或許有意放慢了速度，眼睜睜地看著幾英尺外的愛徒割斷了自己的喉嚨。與此形成鮮明對比的是，僅僅是下一秒鐘，他就以不可思議的高速穿過大廳，用一個手勢就制伏了在門外窺伺的包克圖。這一點常常被人所詬病。

無論從哪個方面看，張翠山夫婦的死對武當來說都是最好的選擇。他們以無可置疑的方式表達了懺悔，並保全了自己的名聲，也讓對武當道德水準的誹謗不攻自破。武當在世界面前表明自己是一個負責任的大派，少林和其他門派沒有任何理由再進行挑釁，只得失望地離去。張三手棄卒保車的危機公關令武當安然度過了這次可能是這一門派歷史上最嚴重的公關危機。

第十一章 張無忌的早期活動（1347—1356）

庫瑪的歌謠中預言的最後日子
現在已經到來；而諸世紀
的偉大循環也將要重新開始。
聖女歸來，回歸到農神的統治。
新的人類也要應天命而降世。
黑鐵時代，在那個孩子出生時，
將要終結，而黃金的新人也要興起。
聖潔的露希娜，唯有請你愛護他。
這是你的阿波羅在君臨天下。

——維吉爾《牧歌》第四首

誠然，張翠山的自殺保全了武當作為正統門派的地位，但在此後幾年中，武當派的生存環境仍然不容樂觀。僅僅是武當派的重要成員被迫在少林、崑崙人士面前自殺，就足以造成持久的裂痕。幾乎整個江湖世界都在等著武當的報復或反擊，緊張的關係長時間內都無法得到緩和。對武當來說更為糟糕的是，殷天正充分利用了這一機會，他一邊向武當派表明共同進退的立場，一邊宣稱要為女兒女婿報仇，吞併了幾個在武當山上參與逼迫張翠山夫婦的小幫派。這當然更加引起了江湖世界的恐懼。種種謠言再次不脛而走，反武當的情緒在一度平靜後不久，再一次被煽動起來。武當的孤立到了如此程度，以致張三丰在1347年後曾多次寫信給滅絕，對方竟然一反常態地不予理睬。（見《倚天屠龍記》，第十章）不久之後，紀曉芙和楊逍的桃色新聞被發現了，滅絕處死了紀曉芙，而和殷梨亭的婚約也隨之取消，這更加速了武當和峨嵋聯盟關係的名存實亡。

張三丰以一個偉大政治家的魄力應對這一切。他首先嚴辭拒絕了天鷹教的聯盟請求，將對方的使者驅逐下山，甚至默許學生莫聲谷毆打了對方一頓，以此在明面上重申了和邪教勢不兩立的立場。武當派對張翠山事件出臺的官方版本是：這是魔教挑撥正統門派自相殘殺的陰謀，因此一切罪責都歸到天鷹教頭上。

更加值得注意的是，1349年，張三丰不顧弟子的反對，親自帶張無忌來到少林寺，卑躬屈膝地請求用武當武術交換少林的九陽功，這與其說是請求武術指導，不如說是給了少林一個明確信號：武當已經向少林低頭，表示臣服。少林的領導人傲慢地拒絕了張三丰的請求，給了他一生中最大的羞辱。但或許這正是張三丰想達到的效果：認為迫使張三丰低頭的少林從此不再把武當看成主要的對手，中國人稱之為「韜光養晦」。令少林更加如釋重負的是張三丰在年底就辭去了掌門之位，從此閉關不出。張三丰很可能有意給外界這樣的印象：張翠山的死及張無忌的絕症給了他很大的打擊，他的生命已經走到了盡頭。

與此同時，張三丰悄悄開始了一個野心勃勃的計畫，他不但要反敗為勝，徹底壓倒少林，而且要為武當實現無上的光榮與夢想。張三丰意識到，這是他最後的機會。幸運的是，他的壽命不可思議的長，讓他有足夠的時間去實現這一計畫。當二十年後中國的新皇帝拜倒在他面前時，這個計畫雖然經過了多次重大改變，仍然可以說得到了充分實現。這或許是自諸葛亮的「隆中計」以來中國歷史上最偉大的大戰略，而和前者一樣，它也決定性地改變了中國歷史。

這一切開始於1349年張三丰和一個年輕人常遇春的相遇。據歷史記載，張三丰在從少林返回武當的路上搭救了後來明朝的開國元勳常遇春——當時只是周子旺的一個衛兵，在周子旺覆滅後被帝國軍隊所追捕。張三丰很喜歡這個年輕人，提出讓他託庇在武當的名下，這是一個彌足珍貴的機會，令張三丰驚訝的是，被常遇春堅定地謝絕了他的邀請，聲稱不願背叛自己的信仰。常遇春的態度讓張三丰認識到，明教在佔人口絕對多數的下層階級中的影響力遠比自己想像的大，並正在以驚人的速度傳播開來。（參見本書第八章）對於底層人民來說，這一信仰不是消磨時光的精神寄託，而是反抗

壓迫的力量源泉。無論張三手內心如何評價明教信仰，他都不得不承認其驚人的力量。

而隨著明教的擴展，菁英和民眾之間的分裂也到了無以復加的地步。當武術界成名的菁英們主張理性和忍耐，奉行儒家迂腐的仁義禮智的價值觀並企圖以此教化民眾，他們所不齒的憤怒青年們正在以高漲的民族主義熱情捍衛心目中的「聖火」，抵制著燒殺搶掠的番僧和頤指氣使的色目人。張三手認識到，這股蓬勃的民族主義力量雖然目前仍然被主流勢力的話語權所壓制，但很快就會衝破重重封鎖表現出來，它將推翻整個江湖秩序乃至改變中國政治。主流勢力單純的壓制策略是不可行的，更好的辦法是去理解這樣的呼聲，去與之相結合並加以改造。張三手很快認識到自己的徒孫張無忌的潛在價值：作為張翠山和殷素素的兒子（以及謝遜的義子），他是溝通主流勢力與魔教之間的一座橋樑。

在某種意義上，張無忌（*1337*—*1358*？）是一個美國人。事實上，他是有史以來第一個出生在美洲的華人。*1336* 年，在王盤山的「龍之刀展示會」上，張翠山和殷素素被突然來到的謝遜挾持著乘船出海，在暴風雨被黑潮（*Kuroshio Current*）裹挾，越過日本以東洋面，帶到白令海上。（譯者按：黑潮為西太平洋最大的洋流，從菲律賓流到北極海域）張翠山和殷素素為了求生，設法打瞎了謝遜的眼睛，最終輾轉來到阿留申群島中的卡納加島（*Kanaga Island*），第二年張無忌就出生在這裡。卡納加島是一個活火山島，面積約為 *369* 平方公里，今天屬於美國的阿拉斯加州。張翠山夫婦因為目睹了冰雪茫茫中的火山噴發的奇景而稱之為「冰與火之島（*Island of Ice and Fire*）」（冰火島），在他們登上這座島嶼後四百多年的1778年，英國航海家詹姆斯·庫克（*James Cook*）才再一次發現了它。後來的探險家們發現這個島上雖然無人居住，但是曾有人類活動的痕跡。美國學者李露曄（*Louis Levathes*）在專著《當中國統治海洋》（*When China Ruled the Seas*）中引用了中國史書的記載，證明了卡納加島正是中國史書中稱為「冰與火之島」的島嶼，中國人最早到達這裡，而中國歷史上一位著名的革命家就出生在這座島嶼上。（《當中國統治海洋》（When China Ruled the Seas:The Treasure Fleet of the Dragon Throne, 1336-1433），牛津，1997，第34頁）2007年，在張無忌出生670周年之際，中美兩國共同在卡納加島上樹立了張無忌的塑像和紀念碑。

在張翠山夫婦到達卡納加島後不久，「獅子王」謝遜也尾隨而來。在惡劣的自然環境之中，三人最終達成了和解並成為了朋友。1347年，張無忌十歲時，他隨父母一起乘木筏從海外漂流回到中國，而目盲的謝遜則拒絕返回。張翠山夫婦在海上和俞蓮舟邂逅後前往武當山。不久就發生了張翠山夫婦雙雙自殺的悲劇，而張無忌本人也被包克圖挾持並打成重傷。張三丰出於對不能拯救自己愛徒的歉疚，悉心地治療和照顧這個孩子。以至於甚至有張無忌將成為武當第三代掌門人的傳言出現。這不但令整個江湖世界感到疑懼——殷素素在臨終前，曾經在所有人面前囑託張無忌向敵人復仇——而且引起了宋遠橋、殷梨亭及其親信的不滿。

張翠山曾經是最受張三丰青睞的弟子，有證據表明，張三丰本來打算傳位給他。在他失蹤後，作為首徒的宋遠橋成為事實上最大的受益者。在張翠山回歸之前，他已經是武當內定的繼承人，實

際主持武當的日常事務，眾多的弟子使他掌握了武當最大的派系。他顯然不願意看到這位師姪受到老師格外的寵愛而威脅到自己和自己兒子的地位。（參見本書附錄七「武當七俠奪嫡考」）另一方面，殷梨亭出於未婚妻為楊逍所奪的積怨，對這個同樣出自明教的師姪也不無芥蒂。

隨著張無忌的日益康復和成長，種種潛在的矛盾逐漸暴露出來。例如，張三丰為了治療張無忌的痼疾，親自傳授給他武當九陽功，這幾乎是成為武當掌門的象徵。宋遠橋對此十分不滿：他的獨子宋青書從未蒙張三丰親授任何武術。

其他門派的壓力和幾個弟子或明或暗的抵觸，令張三丰不得不小心翼翼地處理這種微妙關係。最終，張三丰不得不做出了一個艱難的決定：以為張無忌尋醫治病為名，他帶著這個孩子離開武當山，最後託常遇春將他送到明教胡青牛的秘密診所。正如上文所述，胡青牛此時正透過治病的形式，試圖調和明教各大派別的爭端。（參見本書第八章）張無忌的到來令武當和明教透過常遇春建立了間接聯繫。雖然在這一風雨飄搖的時期，武當必須與明教在表面上劃清界線，但是張三丰有理由期望，自己所親自培養的張無忌作為明教首腦的血親，將在未來的明教發展中發揮重要作用——如果他能夠活到那個時候的話。而武當如果能夠透過張無忌對明教施加影響，也將會深刻地改變江湖政治格局。

但是事態並不總是能按照人們的預期那樣發展，在武當毫不知情的情況下，胡青牛在兩年後即1351年意外被殺，張無忌也由此失蹤。此後他的蹤跡時隱時現，直到1357年他在崑崙山下被峨嵋派的遠征軍團所發現，這六年來他的行蹤始終是一個謎團。有證據表明，他曾經在1352年左右到過崑崙山上的紅梅莊園，這是「南方的皇帝」段智興的武術流派的一個餘脈。但此後不久，就和該莊園的主人朱長齡一起失蹤。當他五年後出現時，已經完全康復，並且學到了極其高超的武術。雖然張無忌堅稱自己是在崑崙山中找到了原本的《九陽真經》，但卻始終不能拿出這一抄本作為證明。許多學者懷疑，他所學到的九陽功實際上來自於張三手的秘密傳授。（參見本書附錄三）無論如何，我們不必持過分懷疑主義的立場。

張無忌在崑崙山中隱居了數年，然後學會了——無論是透過張三手之前的傳授還是他確實在山中發現了原本的《九陽真經》——被稱為「九陽神功」的高階氣功的完整版，這是比較可信的。因此，也可以說是張三手原本的設想藉由曲折的方式實現了。由於殷天正和他的兒子沒有其他男性繼承人，只要張無忌不死，對於天鷹教就具有號召力。而張無忌在恰當的時間和地點出現，所產生的作用甚至遠超過張三手本人的預期。

另一方面，在武當表面上屈服於少林之後，少林遂得以野心勃勃地開展下一步計畫：透過征服明教而成為江湖世界的最高主宰。1357年開展的光明頂戰役就是少林在多年策劃後，聯合其餘五大門派而終於展開的軍事行動。對這一重大事件我們將在以下兩章中詳細加以分析。

第十二章 光明頂戰役的準備（1356）

在14世紀50年代，少林寺對光明頂進行攻擊的動機和可行性都是非常明顯的。少林方面沒有理由不知道，在此前很久，光明頂除了楊逍統領的天地風雷四門等微弱武裝，已經沒有多少防衛力量，僅僅是不滅的「聖火」對於明教系統仍然具有重大的象徵意義。與此同時，明教的重心完全轉移到了中國東南部，而實際的指揮中樞也由彭瑩玉、說不得及一批中下層軍官控制，光明頂早已淪為了形式上的總部。六派聯盟要完成摧毀光明頂的任務可謂輕而易舉。唯一會因此垮臺的只有駐守該處的楊逍派系，而這恰恰是明教其他各派所求之不得的。這是少林敢於發動光明頂戰役的緣由。

並且，對少林來說更有吸引力的是：這場戰役的勝利不但可以鞏固少林對於其他五派的優勢地位，而且還可以為建立以少林為首的更加廣泛的武術界聯盟奠定基礎。而如果整個武術界都服從少林寺的命令，肅清彌勒宗、天鷹教等明教殘餘勢力，進而控制整個江湖世界就輕而易舉了。

在六大門派中，至少有四個是熱衷於對明教開戰的。首先，少林是這一聯盟的組織者，他們渴望一場輝煌的勝利，從而得到獨霸江湖的權威；其次，崑崙派直接受到明教的威脅，摧毀明教不僅能保證他們的戰略安全，而且能夠讓他們取得在西域的霸權，有理由認為他們也極為熱切地渴望發動這場戰役；而華山派方面，掌門人鮮于通在幾年前透過暗殺他的同學白垣而得以繼位，根基並不穩固，因此也急於透過對外的勝利鞏固自己在華山的統治地位；最後，峨嵋不僅因為紀曉芙被楊逍姦污的事實被揭露而蒙羞，而且滅絕師太也希望參戰能夠改變本派被邊緣化的處境，在戰後的利益分割中能夠取得有利地位。

崆峒派因為多年以來一直實行老人政治，由五個元老控制一切，已經相當衰落，但是由於其在河西走廊的特殊戰略位置，能夠保證遠征的補給線，因此仍然以優厚的條件被邀請參加聯盟。事實上，唯一難以從戰爭中獲益的就是武當，少林有意利用自己主盟者的地位，讓他們充當先鋒敢死隊以損耗其實力。但在嚴峻的形勢和巨大的壓力下，武當仍然不得不加盟，並且派出除張三丰外的全部精銳，以表明其維護江湖主流勢力的堅定立場。

如此大規模的行動不可能完全保密，明教一定程度的增援和反撲在預測之中。但令少林感到意外的是，已經分崩離析的明教各支系竟在得知消息後，迅速組織起義勇軍支援光明頂——這與六派聯盟的判斷恰好相反。事實上，殷天正、韋一笑、彭瑩玉等人的義舉並非出於對昔日戰友的情誼，也不是單純因為害怕被孤立而相互支持。問題在於，明教各派的合法性全部來自於三十年前的光明頂教廷，即使是天鷹教也承認聖火的至高權威。光明頂的淪陷本身就會對明教信仰造成毀滅性的打擊，甚至可能令明教基層組織瓦解。

或許更為重要的原因是：也因為聖火象徵意義上的重要性，如果有誰能夠擊退這次空前強大的敵人，就意味著此人獲得了「明尊」的保佑，可以得到多數教眾的擁戴而成為新的教主。各巨頭們既看到了這次機遇，也不願意給自己多年的競爭者可乘之機，因此不約而同地返回光明頂的總部。在某種意義上來說，這次共同抵抗敵人的聯合作戰其實是三十年來內鬥在另一種形式下的延續。這既令明教實現了暫時的團結，也將造成嚴重的損失。

然而，影響1357年光明頂戰役的還不只是六派聯盟和原明教系統兩個方面。另外至少還有兩個不可忽視的勢力參與其中：

（一）以丐幫為主導的各幫會，長期以來處於江湖主導勢力的下游。這一點不難理解，除丐幫外，各幫會的首腦人物往往是各大門派的弟子，在不同程度上要受命於原來的門派並為之服務。但是幫會和門派具有不同的利益重心，這就造成了雙方經常性的矛盾。而大多數矛盾的解決，都是以幫會方面的退讓而告終。除了丐幫本身兼具門派的特點外，各幫會一般很難擺脫這種附庸的命運。譬如，鄱陽幫幫主劉六一是崆峒派的弟子，被要求帶領幫眾作為進攻光明頂的先鋒，在一次伏擊中全軍覆沒。（見《倚天屠龍記》，第十八章）

作為最大的獨立幫會，丐幫曾擁有強大的實力，足以滲透到江湖世界的各方面，自唐代以來的許多個世紀見證了丐幫的繁榮和興盛。（參見拙作《劍橋簡明金庸武俠史》）但是自13世紀後期在宋元

戰爭中耗盡實力後，丐幫陷入了半個世紀的衰落，而未能在新一代的江湖秩序中佔據制高點（其中一個重要原因是耶律齊的忽然陣亡，令丐幫的秘傳武術部分失傳）。他們的領導人難以和六大門派的掌門人平起平坐，而底層的幫眾則日益被新興的明教吸引走，處於青黃不接的尷尬狀態。在30年代，幫主史火龍又疾病纏身，只能將權力移交給下屬。為了不讓某個下屬一頭獨大而威脅自己的地位，史火龍讓各長老、龍頭平分權力，和明教類似，這些幫魁們為了爭權奪利而相互傾軋，同時幫中被稱為「骯髒衣服」（污衣派）的保守派和被稱為「乾淨衣服」（淨衣派）的改革派爭端又起，在任何事務上都爭吵不休，使得丐幫幾乎陷入癱瘓。

但無論如何，衰落到了極點的丐幫也不能容忍出現以少林為首的六派聯盟正式成為江湖世界主宰，而自己卻被排斥在外的前景，而其他許多幫派也有同感。在得知六大派圍剿光明頂的計畫後，丐幫方面很快想到了對策。他們也拉攏了巫山幫、巨鯨幫等幫會和一些不滿大派霸權的小門派，組建了一支獨立的軍事力量，打著支援六大派的旗號向光明頂進發。丐幫的策略是很清楚的，它們指望六派聯盟和明教方面兩敗俱傷，而自己屆時加入戰鬥，就可以輕鬆地成為最後的勝利者。即使六派聯盟能夠取得勝利，也必將承受慘重的損失，而手握重兵的丐幫就可以在日後的江湖勢力重組中居於有利地位。

（二）為帝國政府效力的御用武術家們也試圖利用這一時機使自己的利益最大化。事實上，挑動明教和江湖主流勢力的鬥爭，進而各個擊破本來就是成崑和阿魯溫在30年代制訂的計畫。現在，雖然阿魯溫已經去世，成崑卻終於有機會看到自己畢生夢想的實現：明教的滅亡即將到來。事實上，到了今天，成崑的野心已經延伸得更遠。他現在策劃在帝國政府的支持下，實現對江湖世界的控制。在這一時期他進行了一連串秘密活動，首先是以空見弟子的身分，積極參與籌備光明頂戰役，制定各種方案，並在各門派中安插親信和間諜，以便獲取其軍事力量和調動的第一手情報，他將這些情報源源不斷地傳回汗八里的汝陽王府，後者立即向甘肅行省方面調派以紹敏女公爵為首的秘密武術家軍團，在當地官員的配合下控制河西走廊的主要通道。一旦六大派在光明頂獲得勝利，他們就在歸途中伏擊對方，設法將他們俘虜並逼迫其向蒙古政府效忠。隨後，六大派會被重組，而屆時成崑將被政府指定為少林寺的方丈，成為江湖世界的最高首領。（參見筆者的博士論文《1357年光明頂的軍事行動：事件重構與評估》，劍橋大學圖書館存檔，第七章）

如果說成崑的目標在於僅僅做蒙古帝國的傀儡，那麼未免太小看了這位*14*世紀最大的陰謀家。在配合汝陽王府進行伏擊六大派準備的同時，他也將目光瞄準了丐幫。光明頂戰役前夕，成崑秘密殺害了隱居中的史火龍，並找到一個與史火龍相貌相似的人冒充他，由於史火龍早已處於隱退狀態，他的下屬對這位許久未出現的最高領導人並未產生任何懷疑。利用這個假幫主，成崑順利地將自己的學生（有人說是私生子）陳友諒安插進了丐幫領導層，這就使得他能夠輕易地慫恿丐幫建立了自己的同盟，組織起一支可觀的軍事力量，而汝陽王府方面對此毫不知情。無疑，這是成崑給自己準備的秘密王牌。有理由相信，一旦時機成熟，他將利用這支力量去達成更大的野心。

此時的汝陽王是阿魯溫的兒子察罕帖木兒，而他正當青年的兒子擴廓帖木兒日後將成為元帝國最後的中流砥柱，並以其漢名「王保保」為後人所熟知。察罕帖木兒具有卓越的軍事才能，他在1348年鎮壓了明教周子旺起義，隨後又立下過幾次戰功，被烏哈噶圖汗封為元帥。

和許多蒙古貴族一樣，察罕虔信喇嘛教，他的保衛人員的主要組成是被稱為「十八金剛（Eighteen King Kongs）」的西藏噶瑪巴派喇嘛。雖然這些僧侶的武術造詣遠不如包克圖、圖里和其他漢人武術家們，但是察罕相信他們的密宗法術會給自己帶來幸運。在他們的惡意慫恿下，察罕疏遠了原來效忠於他父親的武術家團體，而對控制江湖世界的計畫也並不熱衷。不過，他的女兒敏敏特穆爾（1338—1395）全盤接收了這些門客並加以充分利用。

敏敏特穆爾繼承了她父祖的血統，是一個野心勃勃而精明強幹的女人。察罕也十分寵愛她，在她十六歲的時候，曾帶她鎮壓女真人的暴動。當察罕在周邊作戰時，一支女真人的奇兵意外地闖入大營，敏敏特穆爾及時地組織起身邊的親兵，擊退了突襲者，在這次軍事行動中立下了功勞，被皇帝封為紹敏女公爵（Duchess de Shaw Mina），她的漢名「趙敏」（Zhao Min）由此而來。（見《元史》第一百四十一卷，「察罕帖木兒傳」附「敏敏特穆耳傳」）據史書記載，趙敏具有驚人的美貌，在汗八里朝見烏哈噶圖汗時，後者竟為她所傾倒，並打算將她納為妃子。丞相脫脫擔心這會使察罕在宮廷中的勢力太大而對自己不利，因而極力反對，並藉喇嘛之口稱趙敏為「海迷失的轉世」，令迷信的烏哈噶圖汗不得不放棄這個美麗的少女。（譯者按：海迷失是元定宗貴由的皇后，在貴由於1248年死後垂簾聽政三年，獨攬大權，禍

亂朝政。於1251年被蒙哥處死）而事實上，脫脫沒有料到的是，趙敏對元帝國所造成的損害甚至要大於海迷失。

失去了入主皇宮的機會讓對權力渴望的趙敏十分憤恨，也讓她把精力都轉移到實現對江湖世界的控制這一她父親不感興趣的計畫中。雖然趙敏只是一個年輕女貴族，但是她利用自己的美貌和權勢禮賢下士，很快贏得了王府中武術家們的傾心擁戴。譬如，丐幫中的著名武術家和扒手「八隻手」（八臂神劍）方東白在汝陽王府行竊，被包克圖和圖里捉住，歷盡拷打而不願屈服，卻拜倒在趙敏的石榴裙下，成為她最忠實的臣僕，後來在武當山為她甘願被砍斷了手臂。（見《倚天屠龍記》，第二十四章）極少和女人接觸的金剛門僧侶們更是迷上了她，將她視為雅典娜一樣的女神，並渴望在她的手下建立不世的功勳。就這樣，趙敏和成崑一起制訂出了趁光明頂戰役之機俘虜六大派這個冒險的計畫，並在觀望戰事發展的進程中等待恰當的時機將其加以實施。

第十三章 偉大的光明頂戰役（1356—1357）

1356年底，對趙敏的陰謀一無所知的六個武術門派開始了向光明頂的進軍。除了距光明頂僅數百公里的崑崙派外，其餘五派都要從中國內地出發，經歷數千公里的長途跋涉，穿越雪山、沼澤、草原和沙漠到達目的地，即使對身體強健的武術家來說，這也是相當具有考驗性的。主要的行軍路線有兩條，少林和武當等四派在蘭州會合，沿河西走廊經甘州、肅州一線出玉門關，再從羅布泊沿塔里木河南下，抵達崑崙山麓東部；而西南的峨嵋則從成都北上，穿越巴顏喀喇山脈，經由黃河上游的星宿海穿過青藏高原北部而西進，和崑崙派在崑崙山東南部會合。各方面在途中用信鴿保持聯繫，展開對光明頂的戰略包圍。

與此同時，五行旗和天鷹教的護教軍團面臨著更加嚴峻的困難。許多軍事史家疑惑於他們為什麼勞師動眾萬里奔赴西域，而不是去攻擊六大派在中國內地的大本營來迫使對方回防，因為這是中國人所熟悉的一種戰術。（參見臺灣三軍大學編：《中國歷代戰爭史》第十五卷臺北，1956年）但這一決定不能從單

純的軍事角度理解，聖火不可熄滅的象徵意義對於每一個明教徒來說都是至關重要的。他們不能冒絲毫的危險去任由對方撲滅它，而必須進行這場聖戰。此外，殷天正、莊錚等領導人也不無這樣的企圖：當異教徒的軍隊在光明頂下被消滅後，自己就可以率領勝利的大軍在光明頂舉行凱旋式，在萬眾的擁戴下登上教主的寶座。

為了防止過早暴露自己的實力，各大護教軍團出發得較晚，當各大派已經出發幾天後，他們才悄悄地開拔。為了避開敵人，他們的行軍路線大概在上述兩條路線之間，即從西寧府繞過青海湖南，接著走過千里無人區而到達崑崙山腳下。這是一條異常艱辛的道路，超過五千人從內地出發，最終到達崑崙山腳下時只剩下了兩千五百人，在他們身後的千里荒原上，鋪滿了倒斃的明教戰士的屍骨。

當教友們正在高原跋涉時，楊逍的部隊也投入了行動。1357年的中國新年，光明頂戰役的前哨戰開始了。在楊逍的率領下，天、地、風、雷四支部隊率先對崑崙派所在的三聖坳發動奇襲，試圖在其餘五派尚未趕來之前先消滅崑崙派的有生力量，以及六派聯盟可能的指揮部。然而這一突襲已經在對方的預料中，此前不久，崑崙派已經將主力轉移到紅梅莊園中。雖然三聖坳被攻陷，但是崑崙派的實力卻沒有受到損失。

隨後，何太沖率一百多名崑崙武士趁楊逍及其主力尚未回師反攻光明頂，在一線峽受阻之後撤回紅梅莊園。為了保證聖火的安全，楊逍不得不從坐忘峰回到闊別十多年的光明頂以主持戰局。

半個月後，以莊錚為首的五行旗將領來到光明頂，和楊逍會商作戰方案。楊逍的設想是依託七巔十三崖的地形優勢堅守光明頂進行戰術防禦，令六大派在光明頂的城堡下進退兩難，並由西域教眾切斷其補給線，待對方疲憊不堪時發動反攻。然而五行旗方面卻打算進行運動戰，主動殲敵於崑崙山北麓的塔克拉瑪干沙漠之中。楊逍指出，分裂了幾十年的明教缺乏一個統一的軍事指揮系統，大量東方趕來的護教軍對沙漠的地形也不熟悉，進行運動戰有很大的危險。莊錚等人卻對楊逍缺乏信任，他們認為楊逍意在阻遏五行旗獲得戰功，並趁機收攬指揮權，雙方再次發生爭執，最後楊逍不得不做出妥協：五行旗主力兵力在沙漠中出擊，而楊逍嫡系的四門部隊在光明頂進行防守。

在此後一個多月中，除崑崙、峨嵋外的四派及其附庸軍共約一千人從東北方向向光明頂挺進，而約一千五百人的五行旗護教軍則沿塔里木河的綠洲地帶進行阻擊。雖然五行旗在兵力上略佔優勢，但軍中的菁英武術家在數量上遠不如對方，無法抵擋異教徒們的攻勢，不得不步步後撤，逐漸被壓縮到崑崙山腳下。

在另一條戰線上，明教方面甚至沒有進行起碼的防守。一月底，滅絕師太和她一百多名弟子們平安到達朱武連環莊，和駐守在那裡的崑崙派主力會師。此時發生了一起意外的犯罪事件：朱氏莊園的女主人朱九真被一個神秘的年輕女人所刺殺，此人是趁各方面會合時的混亂而混入莊中的，朱九真以為她是峨嵋派的女弟子而未加以防範。崑崙派領導人何太沖夫婦等人認為她是明教的間諜，追擊她到一個村莊，卻被一個自稱「曾阿牛」的神秘少年所擊退。不久，滅絕率峨嵋派主力趕到，

俘虜了這兩個人，但並不了解他們的身分：這二人正是張無忌和他的表妹殷離。（見《倚天屠龍記》，第十六到十七章）

在張無忌短暫而充滿傳奇的一生中，朱九真是他第一個愛戀的對象。這個女郎在他十五歲那年收留了他，並讓他心甘情願地成為自己的僕從。他們之間的關係撲朔迷離，歷史真相無可避免地消散在了許多浪漫或離奇的傳說中。（參看《倚天屠龍別記．朱九真篇》，《倚天屠龍記成人版》，16－18節）與此同時，朱九真和表哥衛璧仍然保持著親密的關係。大約一年後，發現了真相的張無忌絕望地離開了朱氏莊園。接下來四年沒有人知道他在哪裡，他很可能為了奪回自己心愛的女人，以「曾阿牛」的假名隱居在當地的藏族村落中練習張三手傳給他的九陽功，直到他遇到自己的表妹殷離，當時她化名為蛛兒——「蜘蛛的女兒」。

殷離在1357年突然出現在崑崙山附近並非偶然。她是殷天正獨子殷野王的女兒，在多年前離家出走，後來被「紫衫龍王」黛綺絲所蓄意收養——不是當作政治籌碼，就是為了報復殷天正以前對她的打壓。自從丈夫死後，黛綺絲日益渴望回到波斯故鄉，卻擔心受到總教的清算，唯一能夠得到寬恕的方式是找到總教失傳多年的「天地轉換法（乾坤大挪移）」的抄本，不幸的是，光明頂的大門早已對她關閉。

為此，她在1356年讓自己和范遙的女兒小昭扮成孤兒和楊逍父女相遇，以便混入明教內部。當黛綺絲得知六派聯盟對光明頂的「十字軍」討伐時，很可能是她派遣殷離到崑崙山打扮成村姑刺探情報，並伺機接應小昭。但脫離了養母控制的殷離卻和張無忌邂逅並同居，彼此都不知道對方的真實身分。張無忌很快向殷離供認了自己對朱九真的痴情，這一點大概令殷離非常惱火，因此當她按照黛綺絲的安排去查探崑崙和峨嵋在朱武連環莊的會談時，出於嫉妒殺死了朱九真，她和張無忌也由此被峨嵋所俘虜。

這一孤立事件在最初並未對戰役進程產生任何可見的影響。二月五日，莊錚領導的五行旗集中烈火、洪水、銳金三旗主力共八百人，發動了著名的流沙地會戰，將崆峒、華山、崑崙三派主力五百人誘入伏擊圈，同時巨木和厚土旗牽制少林和武當，阻止其援救三派，而剛剛從哈密力趕來的韋一笑利用其卓越的機動性單槍匹馬對峨嵋進行游擊騷擾，以拖住其前進步伐。戰鬥一度按照明教方面的預期展開：崆峒派的中心陣營首先被粉碎，而華山、崑崙兩派組成的左右翼也被隔斷和包抄。但崆峒發出了求救信號後，峨嵋派恰好和武當的部分兵力會師，並及時趕到流沙地加入戰團。結果是莊錚被滅絕師太擊斃，銳金旗主力隨後被全殲，而洪水、烈火旗在其掩護下撤出戰場。這次空前激烈的會戰以明教的慘敗而告終。（見《倚天屠龍記》，第十八章）

會戰剛剛結束，滅絕師太就開始屠殺銳金旗的俘虜，以此慶祝她所帶來的勝利。張無忌試圖阻止這一非人道的野蠻行徑，卻被滅絕打成重傷。然而正當滅絕打算處死張無忌時，六派聯軍卻發現自己在不知不覺中已經被四百名天鷹教的精兵所包圍，指揮者正是殷天正的獨生子殷野王，而此時聯軍已經沒有多少餘力再進行新的鏖戰，只能任人宰割。

無疑，天鷹軍團此時才投入戰場是為了在五行旗和六派聯盟兩敗俱傷之時坐收漁利，但令人費解的是，殷野王並沒有下令進攻，而是迫使滅絕釋放銳金旗的俘虜之後撤退。這一奇怪做法的背後有一個不可告人的動機：雖然五行旗已經慘敗，但是除銳金旗外主力仍在，總體實力仍然超過天鷹教軍團，如果自己和六派聯盟展開殊死戰鬥，即使取得勝利也會有很大損耗，成為未來光明頂新主人的希望會相當渺茫。因此，殷野王寧願放任敵人離開，希望他們能在未來的戰鬥中消滅自己的競爭對手們，將父親甚至自己送上明教教主的寶座。

殷野王自認為拯救了銳金旗的殘部，可以得到五行旗的感恩，但一切感激都給了被滅絕所毆打的張無忌，他得到的只是猜疑和怨恨。五行旗本來已經對天鷹軍團遲遲不肯投入戰鬥而不滿，當他們得知後者在佔絕對優勢的情況下仍然不肯開戰之後，憤怒不可避免地爆發了。

第二天，五行旗宣佈要首先討伐「異端」，然後再消滅異教徒，對天鷹教開始了猛攻。猝不及防的殷野王部損失慘重，然而當殷天正、李天垣率領天鷹教另外五百人的隊伍到來後，局勢發生了逆轉，五行旗的側翼受到猛攻後崩潰，天鷹教開始了氣勢洶洶的反擊。幸運的是，彭瑩玉及時趕到，和殷天正談判後，雙方中止了敵對行動，然而造成的損失已經無可彌補。明教方面的兵力優勢不復存在。

當天下午，被戰鬥從各個方向吸引來的六派聯盟就對精疲力盡的明教發動了猛攻。明教已經無力抵抗，不得不從沙漠地帶迅速後撤到崑崙山口的一線峽，會同楊逍的部下進行防守作戰。

即使在這一階段，護教軍的剩餘力量還有近一千人，憑藉險要的地勢仍然有可能擋住敵方的總攻，但同時發生在光明頂的斬首行動卻給了明教致命的一擊。當天夜裡，成崑從三十年前他和陽頂天的妻子幽會的秘道潛入了光明頂明教總部。當時楊逍、韋一笑和五散人正在召開緊急作戰會議。五散人試圖趁局勢危急逼迫楊逍放棄最高權力，他們異口同聲地指責楊逍應該為明教的衰落而負責，並再次拋出了推舉韋一笑為教主的提案，卻被楊逍堅定地利用否決權駁回。和歷史上曾經多次發生過的一樣，這次討論很快又轉變成了爭吵、謾罵和大打出手。

當打鬥進入白熱化階段時，成崑趁機進行了突襲，在猝不及防中重創了七人，讓明教的整個領導層陷入癱瘓。正當他要殺死奄奄一息的敵人並熄滅「聖火」，完成他花了三十年所致力的事業時，卻意外地被張無忌所阻止。五散人希望透過張無忌對五行旗加以約束，因此讓他列席會議。成崑並沒有把他視為敵手，但顯然低估了這個青年的武術造詣。張無忌曾試圖保持中立，但當成崑和楊逍等人都受傷之後，他最終決定站在明教一邊。成崑就這樣在一生中最接近成功的時刻遭到了挫敗，不得不匆忙逃走。

雖然成崑的陰謀敗露了，但領導層的癱瘓仍然給了明教毀滅性的打擊。現在，除了殷天正的天鷹軍團，明教已經沒有任何希望。二月七日清晨，在反對派全部缺席的情況下，殷天正率領天鷹教軍團趕回了闊別多年的光明頂，並在軍隊簇擁下，在聖火廳匆匆舉行了即位典禮，宣稱自己為明教第三十四代教主。不過，這個不合法的程序沒有被後來的教史追認。

雖然登上了夢寐以求的教主寶座，但殷天正父子的全部努力，也不過是讓明教多存活了十幾個小時，到了二月七日下午，天鷹教的主力也被殲滅，六派聯盟的主力已經攻入光明頂聖火廳，將明教剩下的數百人團團包圍。留給他們的命運，似乎只有和大衛．考雷什（*David Koresh*）的信徒們一樣悲慘地死去。（譯者按：指1993年4月19日，美國大衛教派86名教徒在政府軍警圍攻下於卡梅爾山莊集體自焚的事件）但在這一關鍵時刻，一個來自武當的青年改變了這一切，奇蹟般地挽救了明教徒們覆滅的命運。他就是宋遠橋的獨子宋青書。

明教徒們常常傳誦張無忌的功績，卻忽略了另一個年輕人宋青書對於拯救明教有同樣重要的作用。這位明教的救星是一位富有軍事天才的青年武術家，同時兼有浪漫的詩人氣質，堪稱武當的馬克．安東尼（*Marcus Antonius*，古羅馬統帥）。事實上，他是武當新一代弟子中最傑出的人才，在他大多數同齡人還在江湖世界的底層煎熬時，他已經進入了武當的權力中樞，被普遍視為第三代掌門人的最佳人選。在這次光明頂遠征中，武當在他的戰術指揮下曾多次巧妙地在苛刻的條件下取得戰鬥的勝利並最大限度地保存了自己的實力，令少林削弱武當的圖謀一次次破滅。他在流沙地會戰中進一步展現了他的指揮才能，利用戰場上微妙的時間差進行快速機動作戰，並戰勝了佔優勢的明教軍。

在聯軍攻入光明頂後，一個顯著的難題擺在了武當面前。在戰前會議中，少林要求實力保存最完好的武當作為前鋒，掃清明教的殘餘力量。這顯然會遭到明教的殊死抵抗而讓武當蒙受巨大的損失。富於策略思維的宋青書立即提出了將混戰改為比武，由六派逐一派出人手，和明教的武術家們進行一對一比武的建議。

顯然，這對於第二代弟子出類拔萃而下一代人尚未成長起來的武當是最佳的策略：這意味著武當只要推出幾個一流武術家就可能獲得勝利，而不必冒青年弟子大批損耗的危險。更為重要的是，這個建議將作為主盟者的少林和其他門派拉到了同樣的地位，讓他們必須面對同樣的風險，而不可能利用軍事調動的許可權為所欲為。對於峨嵋、華山等中小門派來說，他們也無法像實力雄厚的少林一樣不吝惜人力硬拚，而寧願單獨對壘。因此這項提議很快得到了大多數門派的回應。作為武術界受到尊重的公平比試（*fair play*），少林對此也找不到過硬的反對理由，而不得不在各派的壓力下勉強同意。

正是這個小小的改動在無意中拯救了明教。雖然在雙方實力對比懸殊的情況下，這看上去只是六派聯盟換一種較為溫和的方式取得勝利，然而事情的進展卻令人難以想像。顯然，已經在滅亡邊緣的明教殘部必須抱著破釜沉舟的心態，盡最大的實力死戰，而六派聯盟卻各懷私心：既然勝利似乎已經在望，每一個門派都會指望其他門派去流血犧牲以消滅強敵，而自己可以保全實力，坐享其成。因此實力的發揮要打很大的折扣。當他們處於優勢時不敢過分逼迫，而當他們處於劣勢時也不會奮力拚搏，而是不吝於認輸。

這就導致了一個「囚徒悖論」式的結果：本來佔很大優勢的六派聯盟在單場較量中常常落敗，

要耗費很多人手才能消滅一個敵人。大家都想承受最小的損耗，結果總體的損耗卻要大得多。或許更重要的是，當混戰模式被「騎士比武」的模式所取代，整個遊戲的性質也完全改變。各門派在不知不覺中已經按照武術界的禮儀規定約束自己和其他門派，而不容易再隨時訴諸毫無約束的暴力。

即使在這樣寬限的條件下，幾個小時後，明教方面也只剩下殷天正在苦苦支撐，但另一方面，好消息是六大派還能出戰的人手也不多了。最後，一直設法避戰的武當派不得不和殷天正正面對敵。此時，武當幾乎是明目張膽地表現出離心的態度：根據張三手在出發前的教導，首要的目標乃是收服而非消滅明教。在這一原則指導下，宋遠橋、張松溪、莫聲谷等人對久戰疲憊的殷天正處處留情，並一再建議他率天鷹軍團離開光明頂，再明顯不過地意在保全天鷹教。這充分說明了武當之前和天鷹教劃清界線的姿態只是表象，武當在任何時候都沒有放棄這個潛在的盟友。

有一些史學家斷言，即使張無忌不出現，武當在關鍵時刻也會製造藉口保護明教殘部而背叛六派聯盟。或許宋遠橋們寧願做這樣的冒險，也不願服從否則即將出現的以少林為主導的江湖秩序。

這一天剩下的時間見證了中國武術史上最大的奇蹟之一。張無忌如同機械之神（*deus ex machina*）一樣出現，逐一挑戰六派的武術菁英們並無例外地取得了勝利，拯救了瀕臨滅亡的明教。即使他的偶像張三手也從未有過如此的輝煌時刻。

如何理解張無忌的勝利呢？

在後世明教徒的傳說中，張無忌像摩西分開紅海一樣，靠著上帝的神蹟消滅了異教徒的軍隊，這顯然是非理性的觀點；但是認為他完全依賴自身的武力趕走敵手同樣是天真的解釋。在之前的較量中，六派聯盟內部的分歧已經非常明顯，而張無忌的參與又帶來了關鍵的兩點：

第一，他讓崑崙派的領導人何太沖夫婦相信自己已經被毒藥所控制，讓這一門派喪失了戰鬥意志；第二，他擊傷了篡位的華山掌門人鮮于通，讓華山的內部矛盾突然爆發，事實上陷入癱瘓而無意延長戰鬥。加上一直暗中抵觸這次戰爭的武當作壁上觀，張無忌的幾次勝利令六派聯盟內部的問題一一暴露，最終促成了這一聯盟的瓦解。

這一點在張無忌意外受傷之後表現得非常顯著：此時的他已經無力維護明教，但是在各門派的相互牽制下，卻幾乎沒有人願意去打倒他以消滅明教。在其他門派的壓力下，武當被迫出戰，但是卻派出了武術造詣與其頭腦並不相稱的宋青書，結果被張無忌輕易擊敗。而當他們得知張無忌的真實身分後，立即毫不猶豫地站在了這位從理論上來說相當於背叛自己門派的姪子一邊。事實已經十分明顯，這次遠征失敗了。

這一天，在太陽落入崑崙山脈的雪山背後時，六派聯盟的存在已經僅僅是名義上的了，他們分散地沿著絲綢之路上的古道，失意地返回東部中國——或許只有武當懷著對光輝未來的期待。張無忌這隻崑崙山上的蝴蝶已經搧動了翅膀，其第一輪衝擊波即將隨著他們的步伐擴散到江湖世界的各個角落。

第十四章 張無忌的就職與新秩序（*1357.2—1357.8*）

我，摩尼，大光明使者耶穌的使徒，透過聖父，即造我的明尊的意志，宣佈：世界上曾有，已有，將有的一切都是透過明尊的力量被造的。他將化身人之子，來到這個黑暗的世界上，帶來至福的千年王國。聽到這一消息的人，你們有福了；理解這一消息的人，你們有智慧了；擔負這一消息的人，你們有力量了。

——摩尼《生命福音書》（*Living Gospel*）

正如曾在美索不達米亞誕生的許多宗教一樣，摩尼教從一誕生就充滿了彌賽亞主義的狂熱。誠然隨著摩尼本人在巴格達屈辱地死亡，這種狂熱已經逐漸消散。（譯者按：摩尼本人於276年被波斯國王巴赫拉姆一世釘死在十字架上，屍體被剝皮實草，懸掛在城門上）但是在一千多年後，當張無忌這顆新星飛速升起時，這種情緒在遠東世界又達到了極為熾熱的狀態。僅僅是張無忌獨自一人戰勝了數百名強敵而挽救了危急中的明教這一事實，就已經使得信徒們無法不相信他是真正的光明之子，甚至明王本人的轉世，他將帶領明教徒去征服黑暗勢力所籠罩的整個世界。張無忌展現的神奇力量所激發的宗教信仰，可以在某種程度上解釋此後十多年中明教徒前仆後繼地浴血奮戰，終於締造出一個偉大國家的心理動因。另一方面，為了意識形態的需要，人們也有意無意地將張無忌的事蹟進一步放大為不可思議的神蹟。

在這種情緒的左右下，張無忌擔任第三十四代明教教主已成定局。他原先不是明教徒的身分在此並非障礙，甚至恰恰被視為他本人不同凡人的表徵。實際上，他已經不僅僅被看作一般意義上的教主，而是被視為明尊的化身。如果他之前僅僅是一個崇拜明尊的明教教徒，那麼明教徒對他的崇敬可能大打折扣。誠然，楊逍等高層菁英或許並不相信神靈力量的左右。但是無論如何，這是三十年來唯一一個可以完全服眾的人選，而且也是原來的各大巨頭可以接受的中間人選。張無忌雖然是殷天正的外孫，但是對楊逍和韋一笑等人也表現出了足夠的尊敬，更不用說他與武當的關係可能帶來一個強大的盟友。雖然百般推辭，但二月十五日，張無忌終於在明教各方面的擁戴下舉行簡單的即位儀式，正式結束了自陽頂天死後的宗座空缺狀態。在即位儀式上，他發佈了著名的就職演說「登頂寶訓」，其中規定了三件大事：

張無忌看見這許多的人，就上了光明頂，既已坐下，教眾到他跟前來。他就開口教訓他們說：

我今有三件事要吩咐你們：你們是世上的鹽。鹽若失了味，怎能教它再鹹呢？人若因我辱罵你們，逼迫你們，捏造各樣壞話譭謗你們，雖是他們愚拙的心不明白真理，但你們之中豈沒有稗草呢？因為從心裡發出來的，有惡念、兇殺、姦淫、苟合、偷盜、妄證、誹謗，這都是污穢人的。凡向弟兄動怒的，難免受審判。所以，你在祭壇上獻禮物的時候，若想起弟兄向你懷怨，就把禮物留在壇前，先去同弟兄和好，然後來獻禮物。我要讓冷謙來掌管刑法，打人以至把人打死者，必要把他治死。若有別害，就要以命償命，以眼還眼，以牙還牙，以手還手，以腳還腳，以烙還烙，以傷還傷，以打還打，因為這是先知摩尼所留下的律法。

你們受到六大派和丐幫的殘害，你們又豈沒有殘害過他們呢？你們聽見有話說：「當愛你的鄰舍，恨你的仇敵。」只是我告訴你們：要愛你們的仇敵，為那逼迫你們的禱告。你們饒恕人的過犯，你們的明尊也必饒恕你們的過犯；你們不饒恕人的過犯，你們的明尊也必不饒恕你們的過犯。放下你們的仇恨，就可以做你們明尊的兒子，因為他教日頭照好人，也照歹人；降雨給義人，也給不義的人。你自己眼中有樑木，怎能對別人說「容我去掉你眼中的刺」呢？（周顛插口問：「倘若各門派再來惹是生非呢？」）周顛，你這假冒為善的人！先去掉自己眼中的樑木，然後才能看得清楚，去掉你弟兄眼中的刺。

第三件乃是，我們現在到海上去，我要在海上行走，去迎接我義父的降臨。並還要尋覓聖火令，然後我將要離開你們，將天國的鑰匙交給我義父謝遜：凡他在地上所捆綁的，在天上也要捆綁；凡他在地上所釋放的，在天上也要釋放。你們心裡不要憂愁，也不要膽怯。你們聽見我對你們說了，我去了還要到你們這裡來。你們若愛我，因我到義父那裡去，就必喜樂，因為義父是比我大的。我告訴你們：後來你們要看見小明王坐在那權能者的右邊，駕著天上的雲降臨。

他們聚集的時候，問張無忌說：「教主啊，你復興大漢就在這時候嗎？」

張無忌對他們說：「明尊憑著自己的權柄所定的時候、日期，不是你們可以知道的。但聖火降臨在你們身上，你們就必得著能力；並要在大都、中原全地和西域，直到地極，作我的見證。」

（《明教波斯文老檔．張無忌元年》）

在張無忌即位之後，首先要面對的就是一件嚴峻的任務：如何應對丐幫及其盟友對幾乎癱瘓的明教組織的第二波攻擊。

在光明頂戰役中，受傷的成崑偽裝成已經死亡，目睹了張無忌的勝利後悄然溜走；現在，他開始打出另外兩張王牌。首先，他通知陳友諒率丐幫聯盟對光明頂再次掃蕩，另一方面和已經來到甘肅行省的汝陽王府方面會合，讓金剛門和其他武士們裝扮成明教和天鷹教教徒在沿線各地伏擊士氣低落、無功而返的六大門派，六派聯盟事實上的解體使得這一計畫的實施變得更加容易。在半個月內，六派遠征軍主力先後中埋伏而全軍覆沒，只有少數無關緊要的人物被有意放走，讓他們四處散播明教已經殲滅六大派的虛假資訊。

另一方面，在光明頂上，丐幫聯盟的進攻也給明教的殘餘勢力造成了極大的打擊。張無忌的唯一對策是帶領他的新部屬們藏匿在地道之中，並焚燒光明頂的宮室以掩飾自己的蹤跡。如果成崑能夠和陳友諒一起返回光明頂，他無疑會提醒丐幫搜查明教龐大的地下掩體。對於明教來說幸運的是，成崑急於和汝陽王府會合去完成他野心勃勃的計畫，而未能參與在光明頂的行動。即使如此，明教仍然承受了巨大的損失：上百名教眾在戰鬥中陣亡，所有的建築物都被夷平，大批珍貴的金銀、珠寶、法器、書籍都被搶走或燒毀，甚至在山巔燃燒了半個多世紀的「聖火」也被熄滅（雖然有一點火種被保留在地宮中）。

在半個月後，丐幫聯盟心滿意足地撤走，僥倖逃生的明教徒們所面對的是只剩下斷壁殘垣的一片焦土。此時大概不會有人相信，只需要幾年時間，從這片廢墟上就將興建起一個鼎盛的帝國。

現在的光明頂即使在形式上，也不再適合作為明教總部，更不用說實質上明教的重心早已轉移到了東部。在這種形勢下，剛剛形成的明教新決策層不得不決定遷往東方，僅留下冷謙負責鎮守和重建光明頂。這是一個意義極為重大的決定，影響了此後幾個世紀的中亞和東亞局勢。譬如，明教重心的大舉東移使得後來的明帝國基本喪失了對新疆地區的控制，而這裡人們信仰上的空白不久就為它的精神姊妹伊斯蘭教所佔領。

但是要達成東遷的戰略目標，首先必須以某種方式解決明教和江湖主導勢力之間的尖銳矛盾。雖然張無忌在就職演說中已經提出了與六大派和解的政策，但要實現這一點，仍然需要得到對方的同意，首先就是少林的態度。令明教感到震驚的是，在離開光明頂後不久，他們就發現了重傷垂死的殷梨亭，其傷勢和俞岱巖極為類似，都是少林武術「金剛的大手指（金剛大力指）」造成的全身骨折。而殷梨亭的口述也證實了，他被施展少林武術的一群僧侶圍攻。看起來顯而易見的結論是：少林正在對光明頂戰役中武當背叛六派聯盟的行為進行血腥報復。而有意沒有殺死殷梨亭，或許正是在向明教和張無忌本人示威。面對這種近乎瘋狂的挑釁，明教不得不決定立刻和少林方面攤牌，在盡可能爭取和平的時候也做好武力解決的準備。因此，東行的第一站就是嵩山的少林寺。

對殷梨亭的襲擊和拷打，事實上只是紹敏女公爵或其領導下的金剛門僧侶消滅六大派計畫的一部分。而現在這一計畫瞄準了意外獲得生機的明教。不久，在莊浪河（今甘肅永登）以南的「綠色柳樹城堡」（綠柳莊），趙敏以宋朝舊貴族的假身分博取了張無忌一行的好感，並邀請他們到城堡中作客。然後趙敏對毫無防範的明教領導層暗中使用了大規模殺傷性生化武器：施放一種成分複雜的複合植物毒氣。明教上下在離開城堡後不久便紛紛無力倒下，令趙敏感到意外的是，張無忌由於特殊的體質並未中毒，並且迅速回到城堡內索取解毒的藥物。

但是女公爵拿出了精心準備的應急方案，她透過誘騙成功地令張無忌墜入事先設置的機關。然而唯一的問題是，在忙亂中，趙敏本人也落入其中，而這就決定了日後一切的不同。

張無忌制伏了趙敏，讓她打開機關放自己離去。這個神奇的逆轉，根據明教的官方說法，是張無忌身上光明的神力摧毀了趙敏內心的黑暗，讓她在瞬間轉變為一個明尊的虔誠信徒；但當時的各種野史則一口咬定是張無忌姦污了趙敏並用淫術迷惑了她——如查良鏞博士所判斷的，事實的情況或許在二者之間：張無忌以性侵犯為要脅迫使趙敏打開了機關，卻並沒有真正傷害她。這種暴力手段和紳士風度的奇妙結合在趙敏身上造成了典型的斯德哥爾摩效應，而成為此後一段羅曼史的開始。

紹敏女公爵俘虜明教行動的失敗並未影響她的整體計畫。她的第二個步驟是趁六大派本部防守空虛的時候將其各個擊破，在她看來，這樣才能一勞永逸地消除不服從的武術界對帝國政府的長期威脅。為此，她火速率領汝陽藩府的武術家集團趕回東部，並利用金剛門的少林僧侶對空虛的少林寺發動突襲。自1243年金輪噶瑪巴發動旨在殲滅全真教的終南山之役以來，帝國政府還從未有過對武術界如此大規模的圍剿行動。與那一次不同，這次趙敏取得了圓滿的成功，整個少林寺在猝不及防之中淪陷。當張無忌在兩天後率領明教的隊伍趕到少林寺時，面對的只是一座空蕩蕩的寺院。

（見《倚天屠龍記》，第二十四章）

趙敏的下一步目標是武當。那裡最可怕的存在是偉大的道教修士張三丰。人們普遍認為，面對這位武當山上的宙斯，任何正面的對敵都是不可想像的。但是趙敏巧妙地派遣一名金剛門的僧侶以少林和尚的身分出現，借警告武當的名義偷襲並重創了張三丰，以自己的生命為代價，完成了這個不可能的任務。隨後，趙敏率領五百名精銳士兵和武術家進入了張三丰的修道院。但這一摧毀武當的絕佳時機卻因為張無忌和明教主力的及時趕到而被破壞。張無忌輕易擊敗了趙敏手下的武術菁英們，使得這位女公爵不得不狼狽地率屬下們撤退。

此時，明教殲滅六派遠征軍的消息已經傳開，在江湖世界的各個角落無不嚴加戒備，再襲擊其他中小門派已經難以成功，也沒有多大意義。趙敏只能滿足於她現在的成果：她將六大派的俘虜們帶到京郊的一座佛教寺院關押了起來，徒勞地逼迫他們向帝國政府投降——直到這些俘虜在大約半年後被明教的義軍救出。

無論如何，趙敏的做法是極度令人困惑的。這一案例在此後長時間內都被作為政治學中經典的反面教材，它清楚地表明了一個戰術上的輝煌勝利是如何導致戰略上慘敗的。六大派的被俘暫時性地嚴重削弱了江湖世界對帝國政治權力的抵抗能力，但只要產生二者對立的結構性因素仍然存在，任何一勞永逸將對方納入自身統治機制的努力都只是天真的夢幻。在帝國的統治已經搖搖欲墜的時代，這一做法只能引起更加強烈的反彈，將本來只是消極不服從蒙古人權威的江湖主導勢力推向積極反抗帝國統治的立場。

可以想像，即使六大派屈服並投降，也只是暫時的妥協，在帝國權力不具有實際控制能力的情況下，刺刀下的一時服從必將轉變為反戈一擊的決心。而一旦江湖主導勢力站在了和明教相同的激進立場上，原有的均勢會被徹底打破，江湖世界會形成新的秩序，帝國的旗幟也將在狂風暴雨中被撕得粉碎。這一切正是事實上所發生的情況。一個成熟的政治家在這個時候不會夢想消滅或臣服六大派，而應該竭力維護其作為中間力量穩定的存在，正如俾斯麥在*1866*年對奧地利所做的那樣。（譯者按：指俾斯麥在對奧地利的戰爭取得勝利後並沒有試圖吞併後者或要求其割地賠款，而僅僅是寬鬆地議和，保證了奧地利在後來德意志統一進程中的中立地位）

趙敏的戰略進攻所造成的，也是構成新秩序之雛形的第一個結果，就是在武當山戰役後締結的明教─武當同盟，簡稱第一次明武同盟（*the First M-W Union*）。在某種意義上，這一同盟是張三丰主動促成的，但從另一方面來看，他此時已不再有其他的選擇。包括武當主力在內的六大派被俘，以及他本人的負傷，已經將武當置於自開創以來最危險的境地，只有和明教聯合才能最大限度地挽救武當的危機。

何況由於明教教主張無忌本來作為武當門徒的身分及對他本人的尊敬，張三丰有足夠理由相信，這種新同盟的關係將最大限度地保證武當的利益。另一方面，對明教而言，這一同盟也意味著明教開始被江湖主導勢力所接受，明教的地位將獲得極大的提升。而從歷史變遷的角度看，這一聯盟也意味著江湖世界結構性轉換的開始。

明武同盟的一個例證是戰後不久，殷梨亭和楊逍的女兒楊不悔之間締結的政治婚姻，這實際上是武當與明教之間的聯姻。由於殷梨亭和楊逍之間的歷史積怨，這一聯姻具有豐富的象徵意義：從實質上來說，楊逍用自己的女兒補償了殷梨亭未婚妻被奪所遭受的極大侮辱，這意味著明教對武當的讓步，而從形式上來說，殷梨亭在張三丰的首肯下奉昔日的仇敵為岳父，也意味著武當承認了明教地位的合法性。這樣，在張無忌之外，武當與明教之間現在有了另一條牢固的紐帶。這對武當和張三丰來說，是一個合乎時宜的政治決斷，從此之後，武當不是和明教一樣淪為人所不齒的邪惡魔鬼，就是和後者一起上升到江湖世界權力結構的頂層。

對楊逍本人來說，與殷梨亭的聯姻也帶來了意外的收穫。他曾經期望能將女兒嫁給張無忌而成為新教主的岳父，雖然這一設想未能實現，他反而在不情願的情況下將女兒嫁給條件並不理想的殷梨亭，但結果卻對他並無不利：張無忌因為對他的歉疚而越來越多地倚重於他，而韋一笑、殷天正等反對派也對他的犧牲感到敬佩。此後幾個月中，楊逍實際上是明教事務真正的決策者，在張無忌的神性權威下得以充分施展其政治軍事才能而彌補其缺乏領袖魅力的短處，直到八月十五日的第一次蝴蝶谷大公會議（蝴蝶谷大會），令他在法理上也擁有了這樣的地位。

八月十五日，在上一次大公會議後三十年，在張無忌曾居住過的蝴蝶谷召開了明教新一次的大公會議。多年前，胡青牛曾經在這裡靠自己精湛的醫術試圖彌補明教內部的裂痕，重新團結整個明教，而今天這座山谷見證了他的夢想的實現。全國各地重要的祭司、長老及護教軍官約一千人參加了會議。這一會議具有宗教和政治上的雙重重要性，在宗教上，會議發佈了後來被奉為最高權威的《蝴蝶谷信經》，解決了一系列神學問題，在形式上統一了天鷹宗、彌勒宗、白蓮宗等各宗派的教義。楊逍、殷天正、彭瑩玉等人共同宣佈世界已經到了末日，明尊降罰於世人，*1348*—*1350*年西亞和歐洲的黑死病，*1352*年的秦州大地震，以及近年的黃河水災都是明尊的懲罰。明尊、彌勒和天鷹是三位一體，化成肉身降世為人類贖罪，即張無忌本人。張無忌為了拯救犯罪的世人而降生，他在光明頂被「天之劍」所殺死，被埋在地下三天後又復活（這顯然來自於張無忌躲在地宮養傷的事蹟），從此將驅除一切黑暗力量，在大地上做王一千年，締造人間天國。（《明教波斯文老檔．蝴蝶谷信經》）

這種宗教意義的政治後果就是，明教空前成功地樹立了以張無忌為中心的最高權威。如果僅僅把張無忌看成是和方臘、陽頂天一樣的教主，就是對這種政治權威的極大誤解。張無忌所擁有的是一種嚴格意義上的「克里斯瑪」（*Charisma*）權威。這種權威無論是從其程度還是力量上都遠遠超過前任教主們的傳統和法理權威。正如馬克斯．韋伯（*MaxWeber*，德國著名社會、經濟學家）所說：「克里斯瑪統治者的權力是建立在被統治者對他個人使命的純粹實際承認的基礎上的……這種承認的淵源在於信仰上傾心於不同尋常的和聞所未聞的，對任何規則和傳統都是陌生的，並因此而被視為神聖的個人魅力和品質的東西。」（韋伯：《經濟與社會》（Economy and Society），加利福尼亞大學出版社，1978年，第1112頁）

張無忌的權威為衰頹的明教注入了嶄新的精神動力並指向彌賽亞主義的價值目標，使得明教得以排除過去種種看似不可克服的阻礙並重新組合各派系的政治資源，在總部的指導下發動全國範圍內的反元軍事行動。在蝴蝶谷會議上，以張無忌的名義發佈了一系列的命令，在全國範圍內進行了精心安排的戰略部署，其具體細節如下：

1．總指揮部：主帥張無忌，副帥楊逍、韋一笑，直接指揮五行旗。

2．江南戰區：由殷天正主持，下轄殷野王、李天垣等天鷹教舊部。

3．淮北戰區：由朱元璋主持，下轄常遇春、孫德崖諸部。

4．河南戰區：由說不得主持，下轄韓山童、劉福通、杜遵道、羅文素、盛文郁、王顯忠、韓皎兒諸部。

5．江西戰區：由彭瑩玉主持，下轄徐壽輝、鄒普旺、明五諸部。

6．兩湖戰區：由張中主持，下轄布三王、孟海馬諸部。

7．江蘇—山東戰區：由周顛主持，下轄芝麻李、趙君用諸部。

8．西域戰區：由冷謙主持，下轄西域各軍，負責對西域蒙古軍進行牽制。（見《倚天屠龍記》、第二十五章）

從這一部署中可以明顯看到，陽頂天死後所分裂而成的各大派系在這一時期的實力消長發生了意味深長的變化。

首先，也是最引人注目的是權力中樞的組成：在張無忌、楊逍、韋一笑的「三套馬車」中，權力關係是不平衡的：張無忌無疑擁有無可挑戰的最高權力，但顯著缺乏政治經驗和意願的個性使得他在很大程度上成為楊逍貫徹其意志的工具；楊逍不僅恢復了陽頂天時期的權力，其實際影響力更遠遠超過前一時期，幾乎是沒有教主頭銜的教主；另一方面，韋一笑雖然也進入了權力中樞，卻不具備和楊逍競爭的政治才能，對於張無忌也缺乏實際影響。我們記得，在空位時期韋一笑成為三巨頭之一的條件就在於其政治地位和政治才能的不成比例，被政治才能突出但缺乏地位的五散人集團推舉為教主繼承人。而一旦繼位問題獲得解決，韋一笑就是一條政治上的死狗，五散人也不願意成為他的附庸。事實上，五散人被分配到各地，成為各地方上的實權人物，也大感心滿意足。這一派系就此煙消雲散。

其次，對於殷天正來說，令人困惑的是作為教主外公的他並未得到很高的地位，更未能進入中樞，反而和五散人一樣被分配到地方。一些學者因此懷疑是楊逍在玩弄政治手腕以削弱殷天正的權力。這種懷疑並非沒有理由，但從另一個角度看，這一安排也可以得到辯護：殷天正已經耗盡了除天鷹教軍隊外全部的政治資本：他當年的分裂之舉是對明教的最大損害，而光明頂戰役中，天鷹軍團的消極作為又是導致明教幾乎覆滅的重要內因。對於這樣的行徑，除了張無忌本人之外的任何人上臺，都會予以嚴厲的懲處。張無忌繼位後對此不予追究，對於殷天正來說，這已經是最好的結果，如果再擢升殷天正將會引起大多數教眾對教主任人唯親的不滿。

另外，雖然在形式上天鷹教和明教已經統一，但是組織上的裂痕仍然存在。收編天鷹教將是極其棘手的任務，在今後的一連串整合中，大量的利益摩擦和派系衝突將會不斷湧現，這些必須由殷天正本人出面才能彈壓。而殷天正父子大概也擔心改編天鷹教的過程會觸動自己的根本利益，因此更希望回到東南部去親自掌控事情發展的走向。

或許更重要的一點是，五行旗被極大地削弱了，它們喪失了政治上的重要性，而為楊逍所控制，而與此同時，從這一母體中產生了韓山童、朱元璋等明教地方軍閥勢力，他們的獨立地位在蝴蝶谷會議中被承認。這是近十幾年來五行旗內部演變的必然結果：彌勒宗等通俗信仰的傳播令許多貧苦農民皈依在五行旗的旗幟下，同時上層組織的長期癱瘓使得這些新增的力量被一些中低級將領所吸收，成為其私人軍隊，並未充分地整合到明教母體中。

光明頂戰役在此起了催化劑的作用：在以莊錚為代表的大批忠於光明頂的老一代領導人紛紛戰死後，五行旗內部出現了嚴重的權力真空，這一權力真空很快被朱元璋、常遇春等留守東方的低級將領所佔領。在之前十多年中發展起來的大批中低層教眾越來越多地成為這些半獨立軍閥們的私家軍隊。雖然他們有時仍然打著五行旗的旗號，但無論從軍事作戰的實際需要來看，還是從政治關係的實質變化來看，五行旗作為明教主體的軍事組織，都已經名存實亡了。明教的指揮層越來越難以再用五行旗的舊統屬關係對此加以束縛，因此不得不一方面賦予這些脫胎自五行旗的軍事力量相對獨立地位，另一方面，為了加強總部的權威而將五行旗的一部分精兵重新編制後歸於總部直轄——事實上被楊逍所控制。

明教的領導層當然不可能放任地方勢力坐大而無所約束。事實上，這次會議與其說是——如查良鏞等許多傳統史學家所誤解的那樣——旨在「發動」反元起義，不如說是試圖對已經存在多年的起義力量加以約束和統合。譬如*1351*年，韓山童、劉福通等人已經在潁州起義，徐壽輝在湖北蘄春（蘄音ㄑㄧˊ）起義；第二年，郭子興和孫德崖在濠州起義，人們所熟悉的朱元璋及其開國將帥就是在此時加入了明教起義軍，並在郭子興病逝後掌握了濠州地區的大權。（見《明史》第一卷，《元代農民戰爭史料彙編》下編）這些起義發生在光明頂權威極度衰落的時期，因此絲毫也不受光明頂的控制。一些起義者甚至無法無天到了自封帝王的程度：韓山童給自己加上了「明王」的頭銜，徐壽輝也自稱為皇帝。癱瘓的光明頂只能對此裝聾作啞。但在新的最高權力樹立後，對這些危險的傾向加以整肅就成為明教整合自身首要的任務。蝴蝶谷會議明確要求僭越者廢除帝王號，服從由總部特派的五散人的指揮。

對於大多數底層教眾來說，這是一個好消息：如果全國各地的起義軍能在一個權力中樞的調派下協同、應援，推翻帝國統治的機率無疑要增加很多。但對於那些手掌兵權，自稱皇帝王公的地方軍閥來說，這一看似溫和的命令所蘊涵的訊息就不那麼令人歡迎了。在彌賽亞主義的狂熱下，一切現實的算計都會暫時讓位於「克里斯瑪」權威所帶來的美好憧憬，但當宗教的熱潮退去，權力鬥爭的冷酷邏輯又會像歷史上一再發生的那樣，將這個曾經的理想共同體再度撕得四分五裂。

第十五章 對六大門派的營救及與波斯人的衝突（*1357.8—1358.1*）

蝴蝶谷會議後不久，張無忌親自主持了對六大門派的營救行動。明教發達的情報系統迅速有了工作成果，六大派武術家在汗八里被秘密囚禁的訊息很快就被報告給張無忌。在蝴蝶谷會議後，他立即率楊逍和韋一笑前往汗八里（*Khanbaliq*）或大都。在那裡，這個出生在白令海上、一生絕大多數時間都在鄉野和山林間度過的青年第一次見識到了這個時代的世界之都，也是有史以來最繁榮的都城之一，並意識到自己很可能在不久的將來成為它的新主人。

六大派的武術家們被囚禁在西郊萬安寺的塔樓中。這座皇家寺院全稱為「大聖壽萬安寺」，即今天北京的妙應寺，約由三千間房屋組成，是*1271*年忽必烈大汗在定國號為「元」的時候專門建立的。（見《元史》第七卷）近一個世紀中，幾乎每位大汗都會來到這裡，向佛陀獻上他們的祈禱。塔樓共有十三層，高達*150*英尺，幾乎可以俯視全城。這座由西藏僧侶主持的寺院是蒙古帝國最重要的聖地之一，收藏著帝國從世界各個角落搜羅來的珍寶。（參見于敏中等：《日下舊聞考》卷五十二）對於漢族

人民來說，這座寺院是異族統治者所信奉的外族神靈的廟宇，意味著的不是福祉和庇佑，而是恐怖與壓迫。為了防備民眾可能的暴動和洗劫，萬安寺的警戒幾乎和皇宮一樣森嚴，尤其在成為關押武術家的臨時監獄後，防範更加嚴密。因此當張無忌和楊逍等人設法進入寺中，並再一次和趙敏及其部屬會面後，他們很快發現自己除了撤退外無法做任何事情。

幸運的是，此時他們得到了失蹤多年的范遙的幫助，後者以「痛苦行腳僧」（苦頭陀）的身分成為了趙敏最得力的部下之一。范遙自稱是潛伏在汝陽王府中的臥底，但正如第八章中所探討過的，他此前的一連串行徑都非常可疑，他不僅曾殺死棒胡等明教將領，而且在幾乎毀滅明教的光明頂戰役，以及柳樹城堡（綠柳莊）的陷阱中，他都可疑地保持沉默，從未向明教的舊日同僚們傳遞任何訊息。對此最合理的解釋，是范遙早已對明教的振興不抱希望而決定與之徹底脫離關係。但在看到張無忌繼任教主後局勢的迅速扭轉，他不得不認真面對明教復興及對自己進行清算的可能性，並再一次做出了政治投機，向這位新教主效忠。

不可避免地，重新出現的范遙被懷疑的目光所包圍。為了重新在明教中站住腳跟，范遙必須用實際行動表示他的忠誠。他引開了趙敏，挾持了包克圖並要脅他放出被囚禁的武術家們。圖里及時發現了范遙的陰謀並向王保保報告，王保保在忙亂中命令燒毀塔樓以阻止武術家們逃走。但這些舉措為時已晚。絕大多數武術家在張無忌的接應下安然撤離。當他們逃出後不久，高聳的塔樓就在熊熊烈焰中化為灰燼。萬安寺的大火災引起了整個京城的驚恐，許多人都在談論著天降雷火、焚毀寺院的傳說。（《元史》第五十一卷：「至元十八年九月甲寅，大都大聖壽萬安寺災。是日未時，雷中有火自空而下，其殿脊東鼇魚口火焰出，佛身上亦火起。」）對於一般漢族民眾來說，這一事件所蘊涵的訊息十分明確：有一個更強大的神靈——而且毫無疑問是站在自己一邊的——打敗了蒙古人所信奉的猙獰佛陀，讓它蒙受羞辱。一位詩人興奮地寫下了這樣的句子：

啊！驚雷在瞬間自天而降。
鋪天蓋地的血雨撲面而來。
好像有怪龍被雷電所擊中，
那佛塔卻被魔頭們所摧毀。
人們說鳳凰鳥生於這聖火，
有誰能找喇嘛來認領劫灰？
天神們今天終於報仇雪恨，
看那廢墟和灰燼佈滿荒台。

（「數聲起蟄乍聞雷，驟落千山血雨來。恐有怪龍遭雹取，未應佛塔被魔災。人傳神鳥生真火，誰覓胡僧話劫灰？豈復神靈有遺恨，冷煙殘燼滿荒台。」（張翥（翥音ㄓㄨˋ）《蛻庵集》，轉引自《日下舊聞考》卷五十二））

很自然地，這位在火焰中顯現自己威力的新神和南方明教所信奉的火神被等同起來，引起了新一輪的明王信仰狂熱，促進了明教在北方的傳播。而在明教固有的信徒之中，人們對張無忌的崇拜也因此達到了頂峰。

然而更具有歷史意義的是六大派在這次危機後的態度轉變。在營救中，除了滅絕師太身亡外，其他重要人物都安然脫險。在倉皇從汗八里逃出後，為躲避元軍的追捕，武術家們在明教的掩護下隱匿在西北的燕山中，第二天早上在那裡召開了一次具有歷史意義的臨時會議，歷史上稱為「西山會議」。在會議中，以少林空聞為首的六大派領導人正式宣佈放棄與明教的敵對立場，並和後者聯合起來，反抗帝國的壓迫。這意味著江湖主導勢力已經將帝國而非明教視為對自己生存和利益的最大威脅，而被迫拋棄一切實質上中立的幻想，走向赤裸裸的暴力對抗。在此，曾經將明教和六大派分隔開來的最重要因素——亦即江湖主導勢力自身利益的穩定性——已經不復存在，現在，整個江湖世界都必須在帝國的威脅面前保衛自己生存的權利。

但我們必須注意，這並不意味著明教能夠加入或成為江湖主導勢力，只是意味著明教和六大派以反元為共同戰略目標的暫時聯合。不用說，在暫時團結的表象背後仍然有著深刻的分歧。這一聯合本身也絕非一帆風順。至少如我們後來所知，少林仍然有自己的想法。

西山會議後不久，張無忌返回大都，隨即神秘失蹤達四個月之久。與之一起失蹤的還有其侍婢小昭、峨嵋派新任領導人周芷若，以及他最兇惡的敵人——紹敏女公爵。在他失蹤後不久，就已經有張無忌在大都被斬首示眾的謠言；而當人們發現和他一起失蹤的還有好幾個女人時，又出現了張無忌挾四美在海外荒島盡情淫樂的傳聞。張無忌和趙敏的關係成為人們關注的焦點，許多野史中都記載了張無忌如何透過淫術迷惑並誘姦了趙敏的不同版本，這個故事是明朝晚期許多豔情小說的主題。（見《醒世名言》卷四「張教主四美姻緣」；《初刻拍案驚奇》卷六「酒下酒曾阿牛迷花，機中機趙郡主著道」）這些謠言的來源可以追溯到丐幫，但真正的源頭已經不可考。無論謠言是無意的訛傳還是有意的誣衊，有一點很明確：儘管此時明教在政治層面上已經取得越來越多的認同，但在人們的觀念中，明教的邪惡異端形象仍然根深蒂固，因而一切訊息都按照這一刻板印象被選擇性地接受。

在明教的官方記載中，張無忌確實進行了海外之行。與之相關的是一連串光輝燦爛的成就：他迎回了自己的義父謝遜，懲戒並放逐了叛教的黛綺絲，並在東海上擊退了波斯總教的艦隊，取回了失落多年的聖火令，以及最後，他竟迫使對方立自己的婢女小昭為教主。然而，真實的情況可能要複雜得多。我們從波斯方面的史料中得知：在*1355*年，第七十七代教主病故，此時應當按照傳統從三名「聖處女」中選擇一名立為教主，然而三名遊歷四方的聖處女中的一名已經在義大利死於黑死病，另一名則被惡名昭著的跛子帖木爾（*Tamerlane*）所誘姦。波斯明教聖處女的體制已經搖搖欲墜，不僅在政治上，而且在信仰上出現了嚴重的危機。主持教務的「十二寶樹王」不得不率艦隊大舉東來，把最後的希望寄託在「東方聖女」黛綺絲上。（《波斯摩尼教檔案彙編》，第2951號）與此同時，他們希望能夠藉機重新臣服固執的中國教友，恢復「鷹窠頂（*Alamut*）」昔日的尊嚴。（譯者按：鷹窠頂在裡海

南岸的阿爾博茲山上，曾是「山中老人」霍山所創立的阿薩辛教派的所在地，1256年被蒙古人攻陷後成為波斯明教的總部）他們聰明地沒有選擇從中亞高原進入中國的陸路，而從印度洋繞過麻六甲海峽駛向東中國海，在那裡他們不僅能找到叛教的黛綺絲，而且能夠繞過光明頂，直接掌控主要在中國東南部活動的明教組織，這一組織——據他們從情報中得知——正處於極度的混亂中。

當他們在1357年初出發時，這一選擇無疑是正確的，然而當他們在當年秋天抵達黛綺絲所藏身的靈蛇島時，局勢已經發生了根本的變化。黛綺絲在西域的計畫全盤落空，但卻意外地得知謝遜的下落——可能是得到了張無忌在紅梅莊園中留下的線索。在剩下的半年時間中，她在殷離的陪伴下遠赴卡納加島接回了謝遜，並將其隱藏在自己的島嶼上。黛綺絲希望將龍之刀（屠龍刀）獻給總教以減輕自己的罪愆。為了找到與龍之刀齊名的「天之劍（倚天劍）」，她又綁架了峨嵋派的掌門人周芷若。

元帝國海軍一份調動紀錄顯示，張無忌和趙敏調用了一艘軍艦，追蹤黛綺絲來到了靈蛇島上，與波斯人發生了衝突。據推測，張無忌以精湛的格鬥技巧擊敗了波斯人中的若干菁英武術家，並奪回了六十多年前由王嗚帶到波斯的聖火令。當波斯人得知這個貌不驚人的青年已經成為擁有無上權威的中國明教新教主時，他們也不得不承認自己的圖謀難以成功，況且他們已經找到了解決波斯明教危機的辦法。最終達成的折中結果是：黛綺絲和女兒小昭返回波斯，由小昭繼任為新任教主。作為中國明教教主，張無忌向小昭表示形式上的臣服，而小昭的繼位無疑有利於張無忌對中國明教的

統治，這或許是唯一令雙方都能滿意的解決方式。（見《倚天屠龍記》，第三十章）

在這一危機解決後，張無忌和他的女友們漂流到了一座荒島上。中國官方史學家們認為，這座島嶼就是那座後來被鹿鼎公爵命名為「一切勝利島」（*All-Win Island*）（通吃島）的釣魚臺島，並以此作為中國在元朝已經對該島行使主權的論據：他們強調，張無忌是第一個對該島進行巡邏的中國領導人。

不久，張無忌和周芷若在謝遜的主持下訂婚。周芷若據說是宋朝的著名貴族「汝南周氏」的後裔，這一家族在宋元戰爭中慘遭荼毒。周芷若的父親已經淪為漢江上的船夫，死於元軍的鐵蹄下。幸運的是，喪父的周芷若得到了滅絕師太的器重，成為峨嵋派第四代掌門人。在滅絕的影響下，周芷若成為了一個狂熱的民族主義者，同時貴族的出身和貧賤的早年生活也令她充滿了重振衰落的峨嵋、恢復家族榮耀的野心。但，周芷若的武術水準卻並不像她的美貌那麼出色，這令她最初在滅絕死後的峨嵋派並不受歡迎。她的同門丁敏君召開臨時會議要罷免她的掌門之位，並得到

了大多數成員的默許。黛綺絲對她的意外劫持反而把她從第一個被廢黜的峨嵋掌門的羞辱中拯救了出來。

當張無忌將她從黛綺絲的囚禁中救出來後，周芷若再次發現幸運女神在向她微笑。她和張無忌在光明頂戰役中就已經相識，並用她驚人的美貌征服了後者。現在，抓住張無忌對她來說就是唯一翻身的機會。然而，兩大看似不可逾越的阻礙橫亙在她面前：第一是在崑崙山已經和張無忌訂婚的殷離（蛛兒），第二是和張無忌情感日益升溫的趙敏。不久，殷離離奇的死去和趙敏的失蹤令周芷若輕易克服了這些障礙。張無忌和謝遜都相信，是趙敏謀殺了殷離，偷走了龍之刀而盜船離去。這一事件是歷史上最著名的疑案之一。種種相互矛盾的記載和推斷使得真相或許已經永遠被埋沒在了釣魚臺島上（筆者曾經兩次搭乘中國漁船前往釣魚臺島實地考察，然而遺憾的是，都被日本軍艦所驅趕而無法登陸）。無論如何，這一事件的直接受益者不言而喻，幾天後，周芷若已經成為未來教主夫人的不二人選。

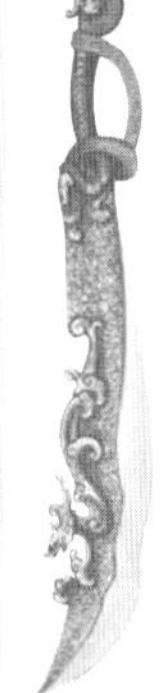

第十六章 張無忌統治的終結和朱元璋的崛起（1358.1—1358.5）

當人們眼中的救世主張無忌在東中國海從事秘密的冒險活動時，他的主要副手楊逍和韋一笑在潁州建立了明教的新司令部。這裡位於中國腹地，是韓山童和劉福通在之前的起義中奪取的根據地。在西南，徐壽輝已經攻佔了兩湖的大部分地區，並向廣西、江西、貴州等地區挺進；在東南，濠州的朱元璋已經攻佔了安徽大部，正在進攻長江沿岸的大城市集慶——這裡很快將成為明教的下一個中心以及未來明帝國的首都南京；在北方，劉福通攻佔了古老的宋朝首都汴梁，並雄心勃勃地從三個方向發動了對大都的北伐。似乎在一夜之間，整個元帝國已經被猛然迸發的紅色火焰所吞沒。

但在長江下游地區，情況則比較複雜。在四、五〇年代天鷹教長期的萎縮後，海沙派和巨鯨幫相繼興起，並奪取了大片的地區。在天鷹教的菁英組成護教軍團開赴中亞後，天鷹教在這裡的霸權地位已經完全被顛覆；趁機崛起的是海沙派的張士誠和巨鯨幫的方國珍兩大勢力。張士誠本來是海

沙派的一個地方頭目，他和他的弟弟張士德擅自在蘇北發動起義後，又刺殺了掌門人元彪（元廣波之子），然後自任掌門。在1358年初，他佔領了江蘇的大部分地區，控制了南北漕運的主要通道，並在高郵戰役中擊敗了元朝大軍，這一帶高度發達的經濟為他提供了強大的經濟支援。他將全世界最繁華的城市之一蘇州作為他的首都，並覬覦著浙江的大片沃土。

方國珍是巨鯨幫前幫主麥鯨的養子，在養父被謝遜殺死後，他在一些元老的支持下逐步掌握了幫中的大權，成為新幫主後，他依賴強大的海軍控制了浙江和福建沿海。由於養父之死，方國珍對明教的仇恨要遠遠超過對蒙古人的不滿。他曾經親自率幫眾在六大門派之後佔據了光明頂，然而不久就被明教所擊退。在這次失敗後，由於懼怕明教的報復，他公開向元帝國投誠，帝國政府為了提拔他，甚至給予了他江浙行省左丞相的高位。（《明史》第一百二十三卷）

隨著起義的發展，已經有越來越多的非明教甚至反明教勢力投身到這一收益和風險同樣巨大的冒險事業中來。明教在深受鼓舞的同時，也感到其中的巨大隱患。為了牢牢確立明教對反元事業的主導權，作為教主的張無忌應該發揮更為積極的作用，然而此時卻沒有人知道他在哪裡。教主失蹤，甚至已經被元軍擒殺的謠言，一開始雖然只是作為可笑的無稽之談，但很快引起了越來越多的猜疑。

1357年底，毛貴率領的明教北伐軍在距大都僅幾十公里的柳林（今北京通州）被元軍擊潰，讓明教徒們的士氣愈加低落。楊逍和他的同僚們不得不鋌而走險：為了安定軍心，1358年初，他們讓韓山童的兒子韓林兒假扮成張無忌，在潁州城樓上舉行閱兵。這個計策十分成功，將士們無法看清教主的臉，也不用和他進一步接觸。隨後，他們宣佈教主返回光明頂巡視，從而暫時平息了謠言。這一事件或許是後來朱元璋下令編撰的史書中將韓林兒當成明教教主的緣由。（《明史》第一百二十二卷）

面對明教在一年不到的時間內所取得的一連串軍事勝利，大多數江湖勢力都採取了審慎的觀望態度。他們看到，這個昔日的敵人已經掌握了遠遠超出江湖世界所能控制的力量，而具備了新帝國雛形。並且在萬安寺戰役前後，明教也伸給了江湖主流勢力和解的橄欖枝，讓他們至少能夠保持中立，甚至予以明教有限的支持。唯一突出的例外是丐幫，顯然，明教在底層民眾中的迅速發展首先最大地損害了它的利益。在中國各個城市，當丐幫的地方幹部向自己所管轄的乞丐收取會費時，卻一再發現他們戴上了紅色的頭巾，舉起了火焰的旗幟，置身於明教組織的保護下，這順理成章地激起了他們的不滿和憎恨。對丐幫上層來說，明教所描繪出的推翻異族統治的前景對他們雖然具有吸引力，但一個異教的皇帝卻遠比一個異族的皇帝更為可怕。在他們看來，洪七公和黃蓉的繼承者比來自西方的魔鬼更有資格戴上未來中華帝國的皇冠。

正是這一心態為成崑和陳友諒所利用。目前，丐幫是他們對抗明教的最後底牌。不過，他們很快找到了一個新的盟友：宋青書。

宋青書在歷史上一向被描繪為為了周芷若的美貌而背叛師門的變節者。必須指出，這一指控毫無根據。在很大程度上，宋青書不過是武當派內鬥的犧牲品。他和張無忌的矛盾可以追溯到二十年前他們的父親對武當派繼承人地位的爭奪。而八年前，也正是在宋遠橋的排擠下，張無忌才被迫離開武當。當張無忌返回武當之後，立即成為了張三丰所發明的高級武術太極拳和太極劍的傳人，宋遠橋父子不得不為自己的地位擔心。宋青書立即想到了反對明教最為堅決的外援峨嵋派，如果能夠和峨嵋派新任掌門周芷若締結婚姻，將大大有利於鞏固他在武當的接班人地位。

當宋青書發現峨嵋派正在天津活動時，他就在晚上秘密潛入她們的住處找周芷若會談。然而如我們所知，周芷若此刻已經被黛綺絲擄走，宋青書只找到了代理掌門的丁敏君——一個四十歲的老處女。丁敏君正在為自己岌岌可危的地位擔心，立刻同意了宋青書提出的反明教聯盟。但由於她的年齡太大，和宋青書正式結婚是不可能的，因此她退而求其次，甘願委身為宋青書的情婦。

可能出於峨嵋派內部人員的告密，這一不倫關係在幾天之後就被張三丰的小弟子莫聲谷發現。他早就對宋氏父子的特權地位感到不滿，這一醜聞正為他提供了扳倒宋氏父子的絕佳理由。他抓住了宋青書，並要把他帶回武當受審。宋青書卻意外地得到了陳友諒的幫助，殺死了莫聲谷。宋青書現在被迫和陳友諒合作，後者要求他毒死張三丰和他的父親，讓丐幫能控制武當，進而脅迫明教聽命。這個設想未免過於一廂情願：它可能毀滅武當，但不會對明教造成多少實質性的打擊。雖然如此，如果這一計畫得以實施，丐幫和明教兩大勢力必然走向全面的對抗，無論誰勝誰敗都將給剛剛興起的反元起義軍造成沉重的打擊。但一股強大的力量制止了這個陰謀，並將歷史導入正軌。

在控制宋青書的同時，丐幫偷襲並俘虜了韓林兒，並逼迫他的父親韓山童投降。這一計畫雖然沒有成功，但是在一定程度上分散了明教的注意力，間接導致了汴梁的失守。不僅如此，當1358年初，張無忌和他的同伴們返回大陸後，他們的行蹤很快被陳友諒控制下的丐幫情報系統所偵知，後者秘密地俘虜並帶走了謝遜和周芷若。謝遜無疑是更有價值的目標，很快被成崑轉移到少林寺。而周芷若則被作為籠絡宋青書的禮物。宋青書現在重新寄希望於和周芷若聯姻，後者很可能會被迫成為他的妻子，如果不是被張無忌找到的話。

張無忌追擊到盧龍，在那裡，他與丐幫的領導層會面並發生了肢體衝突。這代表明教與丐幫的衝突集中爆發，而任何一方都不可能讓步。只有史火龍的親生女兒史紅石的及時出現才令局面有了轉機。史紅石用鐵一樣的事實指出了陳友諒指使他人冒充她的父親並以此控制丐幫，迫使陳友諒不得不倉促逃走，摧毀武當的計畫也無疾而終。

丐幫的長老們現在發現自己處於極其危險的境地，長期被陳友諒愚弄的事實一旦揭露，必然會遭到底層幫眾的質疑和唾棄，而幫主之位的空缺又會帶來新的紛爭，並毫無疑問會導致這一古老團體進一步的衰落。與明教的鬥爭在這一空前危機面前已經退居次要地位。他們做出了最明智的選擇：立史紅石為教主，並和明教及時和解。（見《倚天屠龍記》，第三十三章）

促成這一切的是一個身分詭異的中年女人「楊」，雖然沒有確鑿的證據，但她被廣泛地認為是「西方狂人」楊過的後裔。她的家族一直保持著和丐幫的聯繫，因此，史紅石才會在危險中向她求助。而她動用了在丐幫中的影響力，扶植史紅石成為丐幫的幫主。

這一切或許不僅僅是為了幫助丐幫那麼簡單。在不久之後，她再度出現在少林寺並化解了另一個危機。有許多陰謀論者懷疑，「楊」是一個試圖操縱歷史的神秘組織「慈航靜齋」在這一時代的主持人，她的目的是促成武術界的普遍同盟並催生未來的新王朝。

無論如何，在「楊」的協助下，張無忌和丐幫達成了和解。不久，他帶著他的未婚妻南下到亳州的明教總部。但在汴梁失守後，察罕帖木兒開始全面進攻，明教軍節節敗退，韓山童戰死。出於安全的考慮，在彭瑩玉的建議下，張無忌在二月轉移到濠州的朱元璋駐地。察罕在北方的進攻並沒有對淮泗一帶構成實質威脅，相反，只是削弱了說不得和劉福通的力量，反而促成了朱元璋部在其遮罩下不斷坐大。

在這一時期，原洪水旗的朱元璋吸收了常遇春部等原巨木旗各部，組成明教東路軍的「水木軍團」，與此同時，在西面，徐壽輝、鄒普勝也吸收火土金三旗的原屬人馬，號稱「天完軍團」，成為明教的西路軍。（「天完」字面上是「上天保全」的意思，但在漢字結構中，「天完」是「大」和「元」各加上一個詞頭組成，同時也意味著「壓倒大元」）這一明教的重新整合史稱「整天完水木」。這兩大勢力的分化在此時只是雛形，但它們將在下一個十年中崛起，角逐最後的勝利果實。

當張無忌到達濠州後，就召集明教的主要幹部來組建他的新司令部。與周芷若的婚約一經宣告，就受到了明教上下的廣泛歡迎。明武聯盟急需這樣的婚姻。對於武當來說，這不僅讓他們延續了幾十年來兩派的友好關係，也讓他們回憶起一百年前張三手和郭襄的短暫交往，雖然在當時這段關係並未結出果實；而對於明教來說，意義甚至更為重大，曾幾何時，反明教最堅定的峨嵋派現在和明教結成了最親密的關係，這不僅意味著明教將獲得江湖主流勢力的承認，更意味著郭靖、郭襄時代的抗元旗幟現在已經移交到了明教手上。

周芷若的掌門問題也輕鬆獲得了解決：在丁敏君的臨時執政結束後，日益衰落的峨嵋不可能再和明教為敵，而尤須得到一個強大的盟友。在多方面的催促下，婚禮於三月十五日舉行。這場昔日宿敵之間的婚姻不禁令人想起拿破崙和奧地利的瑪麗—路易莎公主的聯姻。但與之不同的是，紹敏女公爵並不是約瑟芬皇后。

在三月十五日當天，趙敏意外地在舉行婚禮的明教教堂出現，衝破重重阻撓後要求出現在新郎面前。在她的要求下，張無忌停止儀式，承諾延遲婚禮，並隨即隨她離去。此後，張無忌失蹤了一個多月，而當他再度現身時，趙敏已經成為他的未婚妻。這段撲朔迷離的故事曾經讓所有的歷史學家都感到困惑。過去六百年的主要歷史學家都異口同聲地稱，這是蒙元朝廷拆散反元聯盟的另一個陰謀。但是這無法解釋一樁在元朝秘檔中被披露的歷史事實：在包克圖、圖里和一群西藏僧侶以絕對優勢包圍了張無忌的時候，是趙敏毅然幫助他逃走。

另一個版本的陰謀論者聲稱，這是帝國方面布下的陷阱，目的在於引誘張無忌向他們投降並出賣反叛軍，但是後者從未發生過。雖然明朝的官方史書對張無忌盡可能加以醜化，但是迄今為止，沒有任何證據表明張無忌曾經在任何情況下出賣過起義者的利益。事實上，20世紀的中國史學家查

良鏞提出了另一種更加簡明，因而不久被廣泛接受的假設——他們相愛了。

然而在最近二十年中，查良鏞的假設卻因為過分浪漫化而受到心理史學家的批評。他們認為能夠在更加科學的基礎上重建張無忌和趙敏之間的關係。就此而言，美國著名心理史學家 *E*・*H*・艾瑞克森（*E. H. Erikson*）提出了一段經典的分析：

趙敏所做的一切都可以從精神分析上得到完美的解釋。這個女孩擁有濃厚的權力欲，但是卻一直受到壓抑，主要是來自她的哥哥王保保。按照阿爾弗雷德·阿德勒的自卑情結（*Inferiority Complex*）理論，她主要的困擾來自於她和她哥哥之間的競爭。出於這一情結，我們看到她在想像中認同於成吉思汗和忽必烈這樣的祖先，而不是——譬如說——華箏公主。這個想像中的認同，最終被證明為是一種不可能實現的空想。由於生而為女人這個事實，使得她不可能成為成吉思汗。而更糟糕的是，她看到她的競爭對象哥哥不斷向這一目標邁進，對她的心理造成日益嚴重的壓力。

她本來應該在童年時期就實現自我調整，給自己一個更準確的定位。但是由於父親的縱容和她自身能力的發揚，反而讓她能夠將自己放在一個更為男子化的地位上，在武術界一連串冒險行動的成功更加深了這一幻想。與此同時，她同樣也意識到自己的女性身分，她所接受的文化教育——詩歌、書法、音樂、繪畫和刺繡——更加強化了這一點。這就形成了一種雙重人格的分化：一方面她是一個男性化的蒙古統治者，另一方面她又只是一個嬌弱的中國化的女孩。在深層心理上，她是一個蒙古男人和一個漢族女人的矛盾結合。這一分化實際上是把她和她哥哥的矛盾內在化到了她的人格之中。認同男人的她憎恨自己的女性身分，而認同女性的她也同樣憎惡自己的男性化「超我」對自身的壓制。而雙重民族性的教育，更強化了這一內心的分化。

在和明教的鬥爭中，這一內在關係發生了轉化。柳樹城堡（綠柳莊）之戰無疑是一次可恥的失敗；在武當山的計畫也同樣失敗了；而最可悲的是萬安寺的慘敗。在一連串失敗中，受到沉重打擊的無疑是她作為一個成功的男性統治者的幻想中的自我認同。這足以把一個普通的男人擊垮，但這一打擊卻只是幫助她粉碎了自己的幻想，而完成了她對自己心理的轉型，讓她作為女性的人格佔據上風。由於被打垮的實際上是她父親或者哥哥的內在投射，因此她在這一過程中更加感到了復仇的快意。

明教所擊敗的不僅是她本人，也是她竭力想要認同的蒙古菁英男性們。既然這種認同不可能實現，那麼她寧願選擇和他們的仇敵一起毀滅對方，這裡存在著一種變種的弒父情結。因此就產生了趙敏對張無忌的愛情：不僅由於這個男人有助於實現她最隱秘的願望，也因為她的中國化教育讓她作為女性的一面更容易認同漢人。而和張無忌的浪漫關係，讓她充分釋放了自己的被壓抑的人格。現在她的權力欲只剩下了一點，就是對這個男人的控制，而我們看到了她是如何堅決地貫徹這一點的。（《紹敏女公爵：一部心理傳記》（Duchess de Shawmina: A Psychological Biography），牛津，1972，230—231頁）

另一方面，張無忌的心理也是經常引起熱烈爭論的話題。心理史學家們一般認為，在某種程度上，他對趙敏的愛戀是受強烈的戀母情結影響。我們曾看到，這一情感一度被寄託在殷離身上，但

很快就找到更合適的對象。對此，早稻田大學的鈴木清一教授有一個有趣的解釋：

母親在臨終前的話，會對童年的無忌有深刻的影響吧，人類一般會這麼想。但或許和人們的意料不同，真正的影響卻是反面的。無忌被告誡要防備漂亮的女人，因為母親就是這樣的人，她在臨死前還騙了所有的人。但是雖然母親這樣說，無忌又如何能痛恨像母親一樣的人呢？美麗、聰明而又鬼靈精怪，為正義之士所不容的趙敏，就好像是殷素素的化身一樣的呢。並且殷素素捉弄了逼死父親的名門正派，在無忌的心目中，趙敏對諸大門派所做的，是否正是母親的復仇的延續呢？

雖然在武當受到嚴格的儒者教育，讓無忌壓抑了內心復仇的願望，但對於趙敏折磨諸巨大門派的行為，卻滿足了無忌深藏的復仇欲，想必他也會為此感到快意吧。趙敏的諸多詭計並未傷害到他，而卻是在悉心保護他，那麼結果也無非是讓她填補了殷素素的位置，而增加了對無忌的吸引力而已。並且在無忌內心，周芷若總是屬於名門正派的淑女，屬於曾經迫害過母親的一方，雖然同樣不禁為之吸引，而母親的詛咒卻或多或少造成了雙方距離的遙遠。（見《張無忌とその時代》，東京：德間書店，1985，第133頁）

另一方面，史密斯教授堅持認為：

在嚴格意義上來說，如果說張無忌愛過什麼人的話，那麼只有一個人，就是朱九真。這個美麗而狠毒的女人雖然被殷離所殺——而這無疑是張後來在心理上疏遠殷離的原因——但卻在趙敏身上復活了。朱九真和趙敏這兩個張所愛過的女人都是強勢的人格，這絕非偶然。在張的心靈深處的象徵秩序中，神箭八雄等手下無疑是朱九真所豢養的狼狗的升級，他們簇擁著一個發號施令的女王，而她對張的態度是曖昧的。性愛的可能與致命的危險並存，這種曖昧性是愛的欲望的源泉。（中略）最後，一切親密關係被證明是假象，這種被朱九真所欺騙的痛苦，實際上是確認了二人間原有的距離，這令他能夠感受到受虐的秘密歡樂。同樣，當張以為趙敏欺騙和背叛他時，類似的感覺又回來了。因此，這種充滿危險的關係不是愛的阻礙，相反卻是愛的動力。這是在他和周芷若的關係中所不可能體驗到的。（《明教史研究》，劍橋，1998，第245頁）

無論歷史真相如何，我們都可以同意，張無忌和趙敏的關係是心理史學的一個範例，它表明在一切看似非理性的選擇背後都有複雜深刻的動因，而個人心理的微妙取向也一再影響和塑造了歷史進程。

心理學的問題到此為止。張無忌從婚禮現場的突兀離去，直接後果就是峨嵋急劇轉向孤立主義。被遺棄的周芷若並不是痛苦的狄多（*Dido*），而成為了憤怒的美狄亞（*Medea*）。（譯者按：美狄亞是古希臘傳說中英雄伊阿宋（Jason）的妻子，因為丈夫移情別戀拋棄她而矢志復仇，殺死了她和伊阿宋的兩個兒子並且用下毒的衣服害死了她的情敵）她決心以更激進的方式捍衛自己和自己門派的尊嚴。當她返回峨嵋後，立即鎮壓了幸災樂禍的丁敏君派系，並刻苦練習據說是從天之劍和龍之刀中取得的古代武術典籍《九陰真經》。

不僅如此，周芷若還敏感地把握了這一時代發展的新趨勢。她可能是中國歷史上第一個意識到熱武器重要性的武術家。和大多數守舊的武術家不同，周芷若並不迷信武術和冷兵器的力量。她從阿拉伯商人那裡購買了先進的火器技術，研發了被稱為「霹靂雷火彈」的彈射爆炸式武器——一種雛形的手榴彈——並將其用於武術格鬥（由於武術界當時並未對冷兵器和熱兵器做出任何區分，這一做法被認為是合法的）。但是峨嵋的一切行動，目的僅僅在於以武力壓倒其他的門派以及向明教報復，而完全缺乏戰略上的考慮。為了在未來的衝突中獲勝，周芷若還收留了已經離開武當的宋青書，並從他那裡得到了武當武術的抄本。這在派系關係上被認為是極為不友好的舉動，理所當然地引起了武明聯盟的強烈反對。

但相比少林可能帶來的威脅，峨嵋的敵對態度僅僅是次要問題。面對明武聯盟的蒸蒸日上，少林目前也和丐幫一樣面臨著艱難的抉擇。一邊是維護由自己主導的，但搖搖欲墜的舊秩序，另一邊是主動加入武當和明教正在締造的新秩序中。對於許多世紀以來都是江湖世界最高權威的少林派，所背負的傳統壓力比衰落的丐幫要沉重得多。

正當少林的領導人猶豫不決時，「獅子王」謝遜的被俘令他們終於倒向了前者，決心與武當和明教做最後的較量。作為明教四大法王之一的謝遜，同時也是一個臭名昭著的殺人兇手。因此，少林現在實際上不需要直接挑戰明教的權威，只需要以公審罪犯的名義召開大會，就可以組織一個實質上的反明教聯盟，並重新樹立自己在江湖世界的至高權威。因此就出現了歷史上罕見的一幕：作為中國最著名的佛教寺院，少林在這一年的三月向整個江湖世界宣佈，要在五月五日召開（屠龍）大會，公開處死謝遜。

在20年代和陽頂天的戰鬥慘敗後，渡厄、渡難和渡劫三名元老就隱居在後山，他們被稱為「面壁者」（坐枯禪），少林在未來與明教對抗中的勝利希望寄託在他們身上。在謝遜被俘後，為了防備明教可能的救援，他們被請來看守謝遜。他們所組成的「金剛伏魔圈」是利用三體問題（*Three-body Problem*）的不可預測性來組成各種變幻莫測的戰陣，以迷惑和困擾對手（由於這種陣法極其繁複艱深，足以令智慧女神感到困擾，因此在西方又被稱為「雅典娜的驚嘆（*Athena Exclamation*）」）。憑藉這種威力驚人的戰陣，他們成功阻止了張無忌兩次救人的嘗試，並殺死了何太沖、班淑嫻等其他「破壁人」。

五月五日的少林寺英雄大會是1259年襄陽會議之後第一次江湖世界的代表會議。這種會議的形式在中國有著悠久的傳統：主辦方向江湖世界各個勢力的被公認的代表——他們被尊稱為「英雄（*Heroes*）」——發送邀請，而後者視乎主辦方的地位及其與自己的關係決定是否與會。通常情況下，只有少林和丐幫這樣最大的勢力才能召開整個江湖範圍內的會議，譬如1094年丐幫發起的少林寺會議。1259年「北方騎士」郭靖認為自己已經有足夠資格召開英雄大會，但仍然有許多資深武術家不承認他的地位。具有諷刺意味的是，在郭靖舉行會議的同時，「西方狂人」楊過在同一天集合了另一批武術家召開了「英雄小會」。但1358年的會議與九十九年前不同，這次會議的表面議程只是如何

處理謝遜及屠龍刀，但本質上仍然是重新決定江湖世界秩序的較量。與會者並非都是出於對少林的地位的承認，也有許多代表為了聲援明教而來——譬如改組後的丐幫。同時，也不乏峨嵋這樣試圖依靠暴力在會議上取得壓倒性優勢的單邊主義勢力。

會議討論很快決定，以武術比賽的傳統形式決定謝遜的歸屬。在比賽中，峨嵋正如自己所預期的那樣取得了輝煌的勝利，即使張無忌也出於偶然因素敗給了周芷若。但明教特種部隊在會場上進行的一次演習已經使這一切前臺的較量都失去了意義：在楊逍的指揮下，被收歸中央的五行旗特種部隊展示了類似羅馬軍團投擲標槍的集體作戰方式，讓驕傲的武術家們認識到，在戰場上，自己的武術造詣無足輕重，面前這支訓練有素的實戰軍隊就可以將這裡所有的人全部殲滅。（見《倚天屠龍記》，第三十八章）只有周芷若這種最狂熱的武術沙文主義者才會看不到，明教所掌握的暴力資源已經遠遠超出了江湖世界的範圍——他們所面對的，事實上是另一個帝國的雛形。儘管明教或許尚未取得江湖世界的最高權威，但即使沒有這種權威，他們也能夠成為「中央之國」真正的主人：他們已經可以甩開江湖世界的盟友們單獨挑戰帝國政府。

在這樣的新形勢下，少林的「面壁計畫」迅速轉變為向明教示好的橄欖枝。在英雄大會召開的前夕，「面壁者」渡厄默許了陰謀已被發現的成崑發動一場奪取少林寺統治權的政變，以便在不利的情況下以空聞方丈等人的生命為賭注，換取明教方面的諒解；同時利用一種獨特的催眠術反覆念誦佛經，為謝遜打上信仰佛教的「思想鋼印」，將其拉攏到自己這邊。這兩方面的努力都取得了成功，成崑的陰謀被揭穿，從而成為了少林野心的替罪羊；而謝遜則一百八十度轉變了態度，從狂熱的明教徒改宗為虔誠的佛教徒，而表示要留在少林。

這兩個因素加起來，從消極和積極兩個方面實現了少林與明教的順利和解。而帝國軍隊此時的進攻，成為江湖世界反元聯盟最終形成的催化劑。在張無忌的指揮下，明教帶領數百名武術家們取得了作戰的勝利。（見《倚天屠龍記》，第三十九章）此時，即使是最愚鈍者也能看出江湖世界大勢所趨的明顯走向：張無忌所率領的明教將成為這個世界無所爭議的主人，甚至成為中華帝國的新主人。

但是，某些最為敏銳的觀察家卻能夠看出這一表面趨勢下潛伏的危機和可能的變動。在濠州逃婚事件之後，明教內部已經對教主被蒙古女公爵所左右的醜聞感到不安。不久，張無忌和趙敏以未婚夫婦的身分公然出現，進一步引起了明教上下的不滿。令局勢更加微妙的是，根據一些跡象分析，周芷若在少林的慘敗後，也回到了張無忌的身邊。

這一轉變並不奇怪：此時周芷若的武術造詣已經被廢掉，她即使在峨嵋內部也難以容身，何況在少林寺會議上，她的狂妄表現已經惹惱了丐幫、明教和武當各方面。現在，張無忌成為她唯一可以指望的庇護者。但是周芷若的出現，只會令明教方面更加不滿，他們無疑不會忘記，在不久前的少林寺會議上，周芷若是如何窮兇極惡地要殺死他們的同志金毛獅王謝遜的。

現在，張無忌雖然仍被視為明王的化身，但卻暴露了沉溺色欲的幼稚青年的面目。中國的傳統史學家們，經常從儒家觀念出發指責「禍水」趙敏敗壞了張無忌本來蒸蒸日上的事業。這至少部分

是不公正的。可以看出，根本原因仍然在於中樞和地方，宗教核心和軍事力量自陽頂天死後以來的脫節。張無忌短暫的統治並未扭轉這一趨勢，他甚至可能根本沒有意識到問題何在。

張無忌和趙敏的羅曼史，既可以解釋成教主對蒙古女公爵的征服，也可以解釋成被狡猾的蒙古女公爵所擺佈，問題只是誰掌握著對軍隊及底層教眾宣傳的管道。而明教手握實權的地方軍閥們不會願意粉飾這位名義上的主人。與之形成鮮明對比的是，在19世紀中期的「和平天堂」（太平天國）基督教異端起義中，儘管領導者們紛紛建立起龐大的後宮以滿足自己的色欲，他們卻被教眾和後來的崇拜者們奉為刻苦自律、清心寡欲的聖賢。

事實上，趙敏對張無忌的「敗壞」可能絕大部分只存在於明朝修撰的史書中，從少林寺會議到張無忌離開政治舞臺，時間的短促使得張無忌的名聲幾乎不可能受到致命打擊。大量有關張無忌如何倒行逆施、眾叛親離、走向滅亡的記載都出自於明朝史官的虛構。不幸的是，根據這些記載，臺灣知名電視製作人楊佩佩在一部電視劇中重構了張無忌在濠州如何在朱元璋的陰謀下一步步被孤立和反對，最終去職的過程。（《倚天屠龍記》，臺北：臺視公司，1994年）這些富有想像力的描述很難符合真實的時間表。

根據正史記載，張無忌大概在1358年七月中旬帶著趙敏秘密來到濠州視察，在那裡他意外地發現野心勃勃的朱元璋囚禁了主帥韓林兒，篡奪了明教東部軍團的最高統治權。面對政治生命即將被斷送的前景，朱元璋進行了一次大膽至極的冒險。當天夜裡，朱元璋以宴請張無忌的名義，用藥物將他迷暈。暈倒的張無忌和趙敏在黎明時被放入馬車中，由朱元璋的部將廖永忠駕車，而朱元璋率領心腹部將大張旗鼓送到城外，造成教主已經離開濠州、前往應天視察的假象。在廖永忠「護送」張無忌和韓林兒的路途中，當他們乘船渡過揚子江時，船意外傾覆，導致張無忌和韓林兒一起被溺死在揚子江中，而或許在此之前很久這位年輕的武術大師已經被殺。這次謀殺的細節永遠是個謎。在這件事情幾年後被披露時，朱元璋已經擁有了無可動搖的實力，他輕描淡寫地指責廖永忠沒有保護教主周全，不久後又藉機處死了這位知情者。（《明史》第一百二十二、一百二十九卷）

和張無忌一起被俘虜的趙敏可能由於其特殊身分長期被秘密囚禁，朱元璋利用她做誘餌，命令詐降的田豐等人刺殺了察罕帖木兒。在明朝建立後的1371年，為了籠絡她的哥哥擴廓帖木兒（王保保），已經三十多歲的趙敏可能被迫嫁給了朱元璋的兒子秦王朱爽。1396年，當朱爽死後，趙敏被迫

殉葬，結束了悲劇性的一生。（《明史》第一百一十六卷）

當然，仍有一種可能是張無忌並沒有死去，只是厭倦於周旋在蒙古女公爵趙敏和他反蒙情緒高漲的下屬之間，選擇了辭職和退隱。查良鏞博士堅定地相信這一說法。（《倚天屠龍記》，第四十章）事實上，虔誠的明教徒們從不認為張無忌會死亡。在明朝中期發現的教籍中，描述了張無忌發現了朱元璋陰謀後的反應：他對人類根深蒂固的愚蠢和邪惡感到絕望，因而帶著一小部分受拯救者——包括趙敏、楊逍，甚至周芷若——離開了被黑暗所滲透的世界，回到了光明的天國，和他的父神明尊聖者團聚。（任我行：《明尊飛升記》，見《日月神教資料選輯》第二卷，第84—128頁）

如果張無忌確實是選擇離去的話，我們必須考慮趙敏在張無忌失蹤事件中的作用，毫無疑問在此她是最大的受益者。周芷若也可能起了一定的作用，經過少林寺事件，和明教結下深仇大恨的她自然也希望張無忌儘快遠離明教。不過關於這一點，由於完全缺乏任何可信的歷史資料，任何分析都是沒有意義的。

張無忌的意外失蹤延緩了但沒有中斷明教日益壯大的政治事業。正如上文所論述的，張無忌和明教中樞並不實際掌握軍權，他的消失僅僅是局部打擊了明教徒的士氣，卻並未使他們變成一團散沙。朱元璋對張無忌的暗殺當然要冒很大的政治風險，如果當時這一罪行被揭露，他將被憤怒的教眾撕成碎片。但只要這一點能夠保證機密，張無忌的死絕不會妨礙朱元璋得到數十萬軍隊的效忠。

很可能是為了掩蓋張無忌的死亡——由於其無與倫比的武術造詣，沒有人相信他會自然死亡或戰死——朱元璋偽造了張無忌的書信，聲稱將放棄教主之位和趙敏隱居，並將這一職位傳給楊逍。這是遵循一位儒家學者（朱升）的教誨：「高高地築起城牆，廣泛地囤積糧食，但是暫時不要競爭教主（高築牆，廣積糧，緩稱王）。」（《明史》第一百三十六卷）

朱元璋此時的聲望和實力還不足以參與教主的競爭，但他無疑很清楚，除了張無忌，沒有人能夠坐穩這個位置，而楊逍的無能早在*30*年代就已經很明顯了。教主之位的另一個競爭者韋一笑甚至比楊逍更不適合。若干年後，當實力足夠壯大時，這一聖冠必將戴在自己的頭上，屆時它將變成一頂真正的皇冠。現在，身為殷天正死後明教最大的軍隊首領，朱元璋耐心地等待著屬於自己的日子到來。

第十七章 明教的再度分裂和內戰（1358—1363）

1358年，中國曆八月十五日，蝴蝶谷大公會議後整整一年，仍然是在蝴蝶谷，楊逍在少數幾個將領的簇擁下舉行了冷清的繼位典禮。明教的另外兩個實權人物，天完政權的徐壽輝和應天政權的朱元璋，都只是派使者參加典禮而並未親自到來。在張無忌突然失蹤後，韋一笑也因為不滿楊逍的繼位而遠走波斯，明教中樞的權力被進一步削弱，這導致軍隊脫離中央教廷控制的趨勢更加無法遏制，楊逍的教主之位幾乎被架空。

在西部，徐壽輝的統治並未維持很長時間。野心勃勃的徐壽輝對楊逍的指示不予理睬，他不僅收容了成崑的私生子陳友諒，而且賦予他舉足輕重的權力。徐壽輝試圖透過籠絡陳友諒接觸和利用丐幫的勢力，但他的做法反而讓陳友諒鞏固和擴充了自己的力量。1359年底，陳友諒囚禁了徐壽輝，自己則取而代之，成為天完政權真正的主宰，彭瑩玉在這次政變中死去。（《明史》，第一百二十三卷）不肯服從陳友諒的徐壽輝部將明玉珍宣佈向楊逍效忠，令楊逍的實力大為壯大，在明玉珍的擁戴下，楊逍率軍進入四川盆地並攻陷了重慶，在第二年佔領了整個四川。四川戰役耗盡了楊逍老邁的精力，他在1361年去世。另一名元老范遙在嘉定會戰中面對敵人的優勢兵力，扔下數萬名士兵逃走，他因此被譏笑為「范跑者（*Fan the Runner*）」。此後的范遙銷聲匿跡，他的政治生命也從此終結。明教由此進入了明玉珍、陳友諒和朱元璋三足鼎立的「後三頭」時期。

明玉珍接收了張無忌、楊逍時代所剩下來的中央禁衛軍，以及徐壽輝的部分兵力，更重要的是楊逍所傳給他的明教第三十六代教主之位，這使他在名義上對陳友諒和朱元璋具有了君主對藩臣的地位——如果後二者肯承認他的地位的話。但陳友諒並不打算這麼做，他宣佈自己為真正的教主，儘管既沒有任何人的授權也沒有教義上的依據。這就出現了相當滑稽的一幕：三年前還在丐幫中聲嘶力竭要打倒明教的鼓吹者——對這一點許多人仍然記憶猶新——現在宣佈自己是明教的教主。為了擺脫這種尷尬，陳友諒一方面掩耳盜鈴地將他的軍隊改名為「衛明軍團」，另一方面則訴諸民族主義的支持，將「天完」政權改稱為「大漢」，這不僅是對應於漢人（*ethnic-Chinese*）的自稱，也試圖喚起人們對古代的漢帝國（西元前202—西元221）這一漢人最為榮耀的時代的回憶。他的年號是「大義」，意思是「偉大的正義（*Great Justice*）」，這真是莫大的諷刺。

他在東方的對手朱元璋也同樣不承認明玉珍的地位。但朱元璋並未提出對於教主之位的要求，這不僅是由於朱升勸誡他要「暫緩自稱教主」，也由於朱元璋從這一時期起，身邊已經聚攏了一批傳統的儒家知識分子，他們勸說這位大權在握的統治者盡早和靠不住的異端宗教脫離關係，而恢復

儒家學說的正統地位——自從漢武帝以降的一千多年來，儒學被認為是唯一適合統治中國的意識形態。在他們的勸說下，朱元璋採用了「吳國公爵（*Duke of Wu*）」（吳國公）這樣一個毫無明教色彩的平庸稱號。儘管朱元璋此時還沒有脫離明教的計畫，但他已經越來越淡化他的根據地中的異端宗教色彩。

事實上，朱元璋向主流意識形態靠近還有更深遠的考慮。與明玉珍和陳友諒這樣相對出色的武術家相比，朱元璋的武術造詣相當平庸。幸運的是，在彭瑩玉死後，四散人出於和楊逍和陳友諒的積怨，堅定地站在他這一邊，這一點帶來了明教暫時的勢力均衡。但朱元璋仍然缺乏來自江湖世界的支持。在明教分裂後，已經決定和明教聯盟的各主要門派再次採取了觀望態度，成為明教各方面都爭取的對象。陳友諒不僅利用他在丐幫中的政治資源，挑起丐幫的內鬥，並使得淨衣派向他效忠，甚至作為漢人反抗運動象徵的峨嵋，在其根據地四川被明玉珍攻佔後，也和舉起民族主義旗幟的陳友諒結盟。峨嵋派的新任掌門人——我們所熟悉的丁敏君——在*1361*年和陳友諒結婚。

但朱元璋卻找到了比婚姻更有成效的手段：共同利益。在江湖主流勢力和明教的合作關係中，所存在的共同利益只在於推翻元帝國這一消極方面，而對於未來帝國的建設卻有著不可調和的分歧。明教徒強烈的原教旨主義不僅發動了他們去推翻元帝國，也會發動他們去消滅一切不符合自己教義的宗教、政治、社會形勢。他們要締造的是一個純粹光明的世界：一個透明、同質、上下一致、政教合一的極權社會。這是江湖主流勢力無法忍受的前景。朱元璋向主流意識形態靠近的目的之一，就是說服對方自己絕不會觸動對方的利益，而將締造一個政治秩序和江湖世界互不侵犯的社會。因此，不難理解為什麼他對於佛教和道教表現得如此虔誠，這不僅是因為他曾經做過僧侶，更不是因為他想要得到道教所許諾的永生，而是透過對佛教和道教神明的禮敬，他成功地爭取到了武當和少林等宗教門派對自己的支持。同時這些舉措也向心懷疑慮的江湖世界宣佈：自己是一個熱情的漢民族主義者，但絕非一個固執的原教旨教徒。（見《朱元璋傳》，第289—293頁）

武當對朱元璋的支持是一個典型的例子。在張無忌失蹤後，武當和明教之間的聯盟關係也出現了危機。雖然殷梨亭和楊不悔的婚姻仍然是聯繫二者的紐帶，但是這種外在的聯繫並不足以讓張三丰推行他偉大的計畫：透過與明教的聯盟，或者說透過張無忌的特殊身分，讓武當參與到明教內部事務中，用主流的意識形態改造明教，讓它成為一個長治久安的新帝國的基礎。在楊逍短暫的統治時期，這一聯盟關係已經日益鬆散。而他「正統」的繼承人明玉珍，則是個狂熱的原教旨主義者，將一切其他宗教都視為魔鬼的傳聲筒。另一方面，雖然陳友諒想要爭取武當的合作，但是武當卻無法忘記幾年前他和宋青書企圖摧毀自己的陰謀，雙方不可能有充分的信任。此時一心向中國傳統意識形態靠近的朱元璋就成了最佳選擇。

在明朝流行的通俗小說《英烈傳》中記載了朱元璋和他的大將們曾到武當參拜的事蹟。我們認為，這是以一種扭曲的形式記載了朱元璋和武當領導人在1361年左右的會面。這是很大的政治冒險：雖然張三丰並不知道是朱元璋謀殺了他最鍾愛的徒孫，但張無忌畢竟在朱元璋的轄區內失蹤，武當

對此並非毫無懷疑。

朱元璋親自來到武當拜見張三丰，並謙卑地向後者請教統一和治理國家的策略，終於得到了武當方面的信任。張三丰欣慰地看到，自己的計畫，儘管經過了一連串變動，仍然可能在這位吳國公的身上得到實現。與此同時，朱元璋也憑藉自己昔日的佛教僧侶身分，派人到少林寺進香，和少林建立了友好的關係。武當和少林這兩大門派的風向標令許多江湖勢力都投向朱元璋方面，讓朱元璋順利地繼承了張無忌時代的大部分政治遺產。

儘管陳友諒因為昔日和少林和武當的怨恨而難以得到大部分江湖勢力的支持，但他得以控制巫山幫、鄱陽幫等揚子江上的幫派，從而控制了揚子江水路這一中國內地最重要的航線，並建立了一支極其強大的內河艦隊。他在1360年率領十萬人的艦隊沿揚子江東下，攻佔了太平，並直抵朱元璋的都城應天城下。這次偉大的軍事行動因為一個可笑的失誤而告慘敗：當他企圖從揚子江轉入秦淮河時，卻意外地發現一座堅固的石橋聳立在那裡。無法進入秦淮河水道的艦隊被迫退回長江，並在那裡的一處港灣登陸休息，在那裡他們被朱元璋的伏兵所襲擊並退走。這次失敗讓陳友諒丟失了江西，朱元璋隨後派他的姪子朱文正駐守南昌。

經過幾年的整頓，在1363年陳友諒再次捲土重來。陳友諒動員了湖北和湖南的所有壯丁，並建立了一支新水軍。他的艦隊的主力擁有三層甲板的大戰船，上有掩護弓箭手的包鐵塔樓，其船尾高得可以爬上任何城牆。有一份資料說，每一艘這種戰船可載兩三千人。它們還附有各種各樣的大小船隻。陳友諒把他的軍隊及其家屬、馬匹和供給全都放到了船上，在春汛時他開始順流而下。史料說他帶有六十萬人馬；實際上可能只有一半左右。漢軍的無敵艦隊現在與明軍主力相比，無論噸位還是數量都大佔優勢。1363年四月二十七日，漢軍艦隊出現在南昌水面上。如果南昌陷落，陳友諒就有理由希望江西的各地城防守將（他們之中的多數人原來是擁戴他的）會回心轉意，重新回到他的麾下。（參見《劍橋中國明代史》第一章第三節「明漢之戰」）

但是事態並沒有像陳友諒所計畫的方向發展，南昌並未輕易被攻佔。一向被認為是花花公子的朱文正意外地守住了南昌達三個月之久，頂住了數十萬大軍的進攻，將陳友諒的龐大軍隊一直拖在江西，而不能像在1360年的軍事行動中那樣直搗應天，直到六月份朱元璋的援軍到來為止。朱文正和他的將士們也付出了慘重的代價，一度不得不以吃木炭維生。因為這場艱苦的戰役，朱文正後來被同僚們親切地稱為「朱堅強」。

七月十六日，朱元璋親率水木軍二十萬人及兩千艘艦船從揚子江下游抵達湖口，隨後爆發了長達一個多月的鄱陽湖水戰。在戰鬥的最初幾天，水木軍所面臨的前景十分暗淡：衛明軍的戰艦遠比他們的高大，它們並在一起，像水上的城牆一樣，將自己的戰線不斷逼迫後退。朱元璋的旗艦「特快號」也受到了對方的炮擊，被炸得粉碎，朱元璋本人在周顛的拚死救護下轉移了戰船，才倖免於難，但是已經有多名大將戰死。

最後，水木軍決定冒險用火攻的方式摧毀對方的密集艦隊。這是自西元3世紀的赤壁之戰以來就為中國人所熟悉的戰術，衛明軍不可能對此沒有防範。但是朱元璋得到了武當派資深武術家們的協助。他們乘坐幾艘小船，輕鬆地突破了衛明軍的箭雨，而進入對方的陣地縱火，直到這座水上堡壘像罪惡之城索多瑪一樣燃燒起來為止。

鄱陽湖戰役並沒有摧毀陳友諒的主力。但是衛明軍損失慘重，而水木軍乘機封鎖了通向揚子江的湖口。在又僵持了一個月後，八月二十六日，陳友諒下令全力突圍，奪取通向揚子江的水道，撤回武昌。他幾乎取得了成功，但在最後關頭頭部中箭而死，可能是被張中射死的。丁敏君帶著她和陳友諒的幼子陳理殺出重圍，逃回了武昌，在那裡她讓陳理繼位稱帝，而自己成為了攝政太后。但是她的統治只維持了半年。在鄱陽湖之戰勝利結束的兩個星期之後，朱元璋又把他的水軍開向上游，這一次是開向武昌。他圍困武昌兩個月而迄無成效，於是返回南京，把兵權交給常遇春。這是系統地征服漢政權從前領土的開端。

《大明英烈傳》中記載了在鄱陽湖戰後不久一位道教神靈——「武當山北極真君」——和朱元璋相見，這可能是以隱諱的形式記載了張三丰和朱元璋的第二次會面。（《大明英烈傳》第三十九回）張三丰現在支持朱元璋向更宏大的政治目標邁進。1364年中國曆新年，朱元璋稱「吳王」，並建立了相對全面的統治機構，向未來的明帝國又邁進了一步。兩個月後，朱元璋再次率水木軍親征武昌，衛明軍全軍覆沒。丁敏君自殺，陳理在大臣的簇擁下投降。長江中游的大片領土被併入他的權力基地，使得朱元璋控制的人口約兩倍於任何其他對手所控制的人口。僅僅是這種數量上而非品質上的優勢，就是朱元璋以後贏得一連串勝利的主要因素，它終於像滾雪球那樣使他最後征服了全中國。

在1365年到1367年之間，「吳王」朱元璋投身於對另一位「吳王」張士誠的戰爭中。張士誠本可以在1360—1364年的「水木—衛明」戰爭中和陳友諒聯合起來對朱元璋前後夾擊。但他抱著讓明教徒們兩敗俱傷的意圖而袖手旁觀，現在他必須為此付出代價。比以前強大一倍以上的朱元璋已經對他具有了絕對優勢。朱元璋派遣徐達、常遇春進攻張士誠在揚子江北的控制區，另一方面派殷野王率天鷹軍進攻浙西，最後兩軍南北夾擊，合圍蘇州。

雖然張士誠已經注定要遭遇失敗，但是朱元璋在這場戰爭中仍然遭到了猛烈的抵抗。這些抵抗主要來自江南士紳對明教紅色恐怖的厭惡。在天鷹教肆虐的時代，他們曾經飽受蹂躪。雖然朱元璋已經竭力向儒家傳統靠近，但在江南上層階級眼中，他仍然是不折不扣的異教徒。而張士誠已經受到元朝帝國的招安，反而成為正統的象徵。對蘇州的圍攻維持了十個月之久，殷野王也戰死在蘇州。最後，常遇春的軍隊打開了蘇州城門。隨後蘇州遭到了殘酷的屠殺。戰後，朱元璋命令將城中富戶遷徙到北面的荒涼地帶，並對整個地區課以重稅。在這次戰役中，朱元璋顯示了他暴戾的性格。在以後的三十多年中，整個中國將反覆感受到這一點。

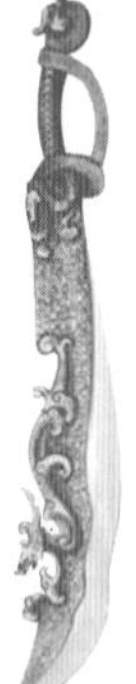

第十八章 從明教到大明帝國（*1363—1368*）

在南方的兩大強敵被肅清後，剩下的幾個較小軍閥已經無力和朱元璋對抗。朱元璋現在將目光投向更為重要的北方。應該注意到，在中國歷史上從來沒有過一次南方征服北方的先例。誠然，朱元璋所號稱的「吳國」，是仿效一個古代的南方王國，它曾在西元前5世紀初短暫地取得過中原的霸權地位，但其覆滅也同樣迅速。（古代吳國的覆滅據說和一位神秘的「越女」有關，參見拙著《劍橋簡明金庸武俠史》）而明教軍的北方分支劉福通部在不久前的北伐中也被擊敗。對於汗八里的統治者來說，劉福通的失敗，不啻於再一次證明了北方的決定性優勢。因此，朱元璋在長江流域和陳友諒及張士誠的戰爭，更多地被他們視為南方叛亂者內訌和覆滅的前兆，而非一個新帝國的興起。但是如果不是帝國政府本身在北方的分裂和內亂，他們至少可以更好地利用這個機會對南方的叛亂者們加以打擊。

讓我們略述在這段時間內北方政治形勢的變化。在察罕死後，他的兒子擴廓帖木兒繼承了他的爵位、官職和軍隊——以及汗八里政府空穴來風的猜疑。如果說朱元璋是張無忌的政治繼承者，那麼擴廓也接收了汝陽王府的武術家集團——如我們在第七章中所述，這一集團的前身是三十年前札牙篤汗的御用軍團。金剛門的僧侶、西藏的喇嘛武術家，以及其餘向蒙古政府效忠的武師們，現在成為擴廓的王牌。他的第一個成就就是派遣武術菁英們擒拿了刺殺他父親的田豐等人，挖出了他們的心肝祭奠察罕。（參見《明史》第一百二十四卷）這給朱元璋帶來了曠日持久的噩夢。為了預防擴廓可能的暗殺，他有段時間每天都和周顛睡在同一張床上。

擴廓向烏哈噶圖汗保證在五年之內平定全國的局勢，贏得了這位末代皇帝的信任。依賴這支特種部隊他很快擊潰了山西的勃羅帖木兒，後者雖然也是資深的軍閥，但很快發現這位新崛起的年輕人不可小覷。在進攻冀寧的戰役中，他被擴廓擊敗而難以南下。勃羅沒有再在河南和擴廓對峙，而在1365年七月出其不意地直接翻越太行山，從居庸關進犯汗八里，史稱「乙巳之變」。擴廓聞訊後立即率軍追擊，並命令部將白鎖住率軍三萬主持汗八里防務，另外分兵四萬進攻大同。但勃羅帖木兒並未被擋住，終於攻入汗八里，隨後逼迫中央政府任命他本人為中書右丞相。當擴廓率軍趕到大都城下時，皇帝已經在勃羅的左右下下詔命令他們和解。擴廓並未從命，而是打出了他的王牌，讓金剛門的秘密武術家們刺殺了勃羅，隨後帶著他的喇嘛們進入了大都。

「乙巳之變」讓烏哈噶圖汗對擴廓失去了信任。皇太子愛猷識里答臘——亦即未來的必里克圖汗（昭宗）——秘密聯絡擴廓擁立自己，儘管被擴廓所拒絕。但是烏哈噶圖汗仍然懷疑擴廓在圖謀不軌，他要求擴廓立即離開大都，南下去進攻明教徒。擴廓服從了，回到了河南的屬地。在那裡他看到明教已經強大到不可能藉由一兩次戰役就剿滅的地步，因此私下和朱元璋議和，並賑濟河南的災民以防止他們投入明教的懷抱。

他提出了一個以議和爭取時間，然後東西並進，摧毀叛亂者的戰略，而這必然要求全國所有的軍隊都歸屬他的指揮。為此他擒殺了貊高、關保等跋扈的地方軍閥，同時要求李思齊、張良弼等將領對他服從。這在多疑的烏哈噶圖汗眼中無不成為了擴廓謀反的證據。他在1368年下詔褫奪了擴廓的一切官職爵位，並命令所有忠於帝國的軍隊一起進攻擴廓帖木兒。其罪名是「以擴廓帖木兒付託不效，專恃欺隱，縱敵長驅，頓兵不戰，援兵四集，盡行遣散，及兵薄城下，又潛攜喇嘛，堅請入城，以賑米則資盜，以謀款則斬帥，種種罪惡，非磔示無以懲之」。（談遷：《國榷》第九十一卷）

具有諷刺性的是，正當這道詔書通傳全國，使得擴廓成為蒙古人所唾罵的賣國賊時，朱元璋已經在當年一月稱帝，並且開始了大張旗鼓的北伐。擴廓在南北夾擊下無力做出任何有效的抵擋，只能坐視朱元璋的軍隊自南而北，一路勢如破竹地佔領山東、河南和河北，最後攻入汗八里。烏哈噶圖汗在汗八里淪陷前，又緊急恢復了擴廓的官爵和權力，然而一切已經太遲了。

張士誠的覆滅和元帝國持久的內亂為朱元璋宣佈恢復古老的中華帝國掃除了最後的幾個障礙。朱元璋在1368年中國曆新年登基，宣佈自己是中國皇帝。他並沒有按照歷史上的慣例，將他的帝國命名為「吳」，雖然秦、漢、唐及其他王朝的開國者們都是這麼做的，卻不無突兀地使用了「大明」的國號。直到這個新帝國在近三個世紀後覆滅，人們都以「大明」稱呼這一階段的中華帝國。

就此而言，明教在中國歷史上留下了不可磨滅的痕跡。這是摩尼教自創始以來最大的輝煌，同時也是最後的餘暉。

在整個60年代，朱元璋在一群知識分子的協助下，一直不遺餘力地將他控制下的明教組織改組為正統的儒家政府，並將其中的異端色彩降到最低程度。為此，他甚至放棄了對教主之位的要求。這一點當然不會不引起說不得、周顛等教中元老的警覺，在驅除野蠻人、統一中國的崇高名義下，他們不得不一再做出妥協，但在國號問題上，他們停止了讓步，並威脅要舉行兵諫。朱元璋手下的將士們，儘管已經日益成為新的統治利益集團而淡漠了彌賽亞主義的信念，但仍然希望新的國號能夠反映他們當年的夢想。他們說服了朱元璋，「大明」的含義和他的姓氏正相匹配：據說火神祝融的一個名字就叫做「朱明」。最後，儒生集團也同意了這個國號，因為他們在儒家經典中為之找到了依據。在最古老的儒家文獻《詩經》中，有一篇就叫做〈大明〉：「下面是光明的，而上面是顯赫的……上帝注視著下界，而誡命已經下達……偉大的武王啊，消滅了強大的商朝，在一個明亮的早晨。」（原文為：明明在下，赫赫在上……天監在下，有命既集……涼彼帝王，肆伐大商，會朝清明。）（《詩經．大明》）

但除了國號之外，朱元璋不願意再保留任何明教的痕跡。在他著名的即位詔書和北伐檄文中沒有體現明教的教義。而在後來的官方歷史書寫中，朱元璋及其政權及明教組織的關係也被小心翼翼地描述為暫時的屈從和相互利用。更加戲劇性的是，朱元璋在即位後當年就下詔禁止一切「旁門左

道」：白蓮宗、彌勒宗和天鷹教等明教支派都被當作荒誕的異端邪說遭到禁止。（參見《明教與大明帝國》，《吳晗史學論著選集》第二卷，第415頁）儘管朱元璋竭力和明教拉開距離，但是正如史密斯教授所說：

朱元璋，不管他本人承認與否，骨子裡都是一個明教徒。即使在他放棄明教信仰後很久，他的許多殘酷的政治舉措仍然要從早年的宗教生活中找到原因。他對人民行為控制的嚴厲，對官員貪腐的恐怖懲處，對臣僚絕對忠誠的要求，對奢華生活方式的擯棄，無不滲透著明教教義的影響。他一生都在為了締造一個純潔的光明世界而奮鬥。這使得他所統治的時代比起之前和之後的許多時代都更為怪異地遠離中國傳統的社會形態。（《明教史研究》，第45頁）

在1368年的北伐攻勢後，烏哈噶圖汗和他的朝廷倉促地退守漠北，但是仍然沒有放棄對中國其他地區的主權要求。這不能不引起朱元璋的憤怒，他急不可耐地命令史官修撰了《元史》，並送給烏哈噶圖汗「恭順的皇帝」（元順帝）這樣一個侮辱性的稱號。與此同時，統一中國的戰爭仍在繼續著。元帝國的殘部並未像朱元璋所設想的那樣恭順歸降，在擴廓的幾次反擊下，它倖存了下來，並歷經種種變遷一直持續到17世紀，才臣服在滿洲征服者的腳下。但除此之外，中國的其他部分都順利地併入明帝國的版圖，只有在攻打四川的明夏政權時，遭到了一些阻力。

在明玉珍死後，他的兒子明升繼任為有名無實的明教教主，並拒絕了朱元璋招降的建議。1371年五月，朱元璋派遣傅友德從陝西直搗成都，與此同時，廖永忠從揚子江率艦隊進攻重慶。他們遭到最後一批虔誠明教徒的頑強抵抗，傷亡慘重。但最後，明升和他的教眾們向重慶江面的廖永忠艦隊

投降。（《明史》第一百二十三卷）

廖永忠的過分得意讓他做出了皇帝所未曾料想的舉動，他狂妄地宣佈明教就此終結，並吐露了十三年前朱元璋殺害張無忌的秘密。這個驚人的消息，儘管已經失去了時效性，但仍然迅速傳播開來。雖然在十三年後，已經沒有人敢於公開反對新皇帝的權威，但崇拜張無忌的將士們仍然對皇帝曾經犯下的罪行感到不安。朱元璋當然矢口否認這一切，並嚴禁人們提起這件事。他處死了吐露機密的廖永忠，並安撫其他的將軍們，但他們之中的大多數人都在此後十多年中以各種罪名被殺害。四散人也遭到了清洗而紛紛離開南京，不知所蹤。據說說不得（布袋和尚）曾經在寺院牆外留下一首意味深長的諷刺詩：

> 大千世界浩茫茫，
> 收拾都將一袋裝。
> 畢竟有收還有散，
> 放寬些子又何妨？

這種多元主義的論調或許也是對明教自身殘酷的鬥爭哲學的反思。

在對明教的殘餘進行大清洗後，終於，明教這兩個字也被嚴禁提起。明帝國政權的起源成為了

最高的機密，而朱元璋取得帝位，則被形容為是「天命所歸」的結果——一種傳統的儒家式表述。

張三丰本人已經在1369年去世，他在死前，終於欣慰地看到了蒙古人被驅逐出中國本土。但他的繼承者現在被另一個問題所困擾。在真武觀中保存的一份密檔表明，在1373年，俞蓮舟和一批武當的武術家們闖入南京的皇宮，再一次和朱元璋會面。武當方面要求朱元璋就張無忌之死做出解釋，否則就要殺死他。朱元璋沒有解釋，而是寫下了一個奇怪的短語：「天下（*Under Heaven*）」。武術家們沉默了片刻，隨即離開了皇宮。第二年，俞蓮舟宣佈退休，將掌門的職位傳給了俞岱巖的學生谷虛子，這標誌著武當成為了一個完全意義上的出世門派。新上臺的武當領導人和張無忌之間關係已經非常疏遠，不會再有為他報仇的意願。在以後的幾個世紀中，武當和南京或北京的中國政府之間，保持了長久的和平狀態。

如果武當曾經對朱元璋進行報復的話，那麼唯一的報復則發生在15世紀初的靖難戰爭時期，朱元璋的孫子建文皇帝在戰爭瀕臨失敗時向武當求助。武當拒絕了他。此後，作為勝利者的朱棣出於對武當的感激或愧疚，在武當山修建了規模宏大的道觀。武當與明皇室自此後變得相當友好，以至於在滿族的清朝取代明朝後，武當成為地下抵抗組織的重要力量之一。

但對於感到被欺騙的虔誠明教徒來說，沒有什麼約束能夠阻止他們向篡位者復仇。在朱元璋宣佈禁止明教後，大大小小的「明王」再度興起，要推翻虛偽的明朝，重新建立真正的光明世界。然而曠日持久的反元戰爭已經耗盡了民眾對起義的興趣，他們渴望安定的環境，這些小規模的暴動很快被撲滅。

而明教與重新穩定下來的江湖主導勢力之間的鴻溝越來越大，在幾代人的時間裡，14世紀中期的攜手合作就被遺忘，明教的殘餘再度被視為邪惡的「魔教」而遭到憎恨。

在明升以後，雖然仍然不斷有人號稱張無忌的繼承人，但明教教主的傳承已經中斷。在半個多世紀後的1420年，一個女子唐賽兒自稱明教「聖女」，在山東發動起義。這可能是波斯總教企圖在中國重振明教的努力。這次起義是半個世紀以來最大的一次，但仍然歸於失敗。儘管如此，唐賽兒成功地轉移到了河北，並建立了明教的新總部黑木崖。此後，明教的這一分支以日月神教的名稱進行活動，並延續了一個多世紀。

與新的「魔教」抗衡的，主要並不是明朝政府，而是武當和少林為主導的新江湖秩序。在明朝建立後，無論是支持陳友諒的峨嵋派或是支持李思齊的華山派，都不可避免地陷入了長期的衰落。而明朝從未有效地統治中國西域，崑崙山成為東察合台汗國和西藏諸王朝的轄區，和中國本土的聯繫逐漸中斷，這也導致了崑崙派的衰亡。只有其中在內地活動的一部分才保留了崑崙的名號，但卻不再具有根據地。崆峒派仍然存在著，卻顯然不具有和一流門派並列的實力。唯有源遠流長的少林和蒸蒸日上的武當仍然保持著強盛，經過14世紀中期長達四、五十年的較量，終於達到了戰略平衡，一同在廣闊的江湖世界中分享霸權，直到冷兵器時代的結束。

從13世紀下半葉到14世紀中葉的蒙元時代，是中國武術史和江湖世界史上最意義深遠也最令人驚奇的時代之一。在上個世紀的「五絕」體系終結後，爭奪天之劍和龍之刀的鬥爭，反映了在一個混亂時代追求秩序的精神需求。最終，各種野心和力量在長期的複雜博弈中找到了方向：這不僅意味著江湖世界以門派政治的形式達成了長達幾百年的穩定秩序，也意味著蒙古帝國的崩潰和新中華帝國的誕生。武術界和江湖世界對中國歷史的影響達到了史無前例的高度，這一成就是空前也是絕後的，自此以後，雖然江湖世界繼續維持了數百年的穩定存在，但再也沒有出現可以與之相比擬的運動。

附錄一：大事年表

1195 第一屆華山論劍。

1220 第二屆華山論劍。

1243 郭襄誕生。

1247 張君寶誕生。

1259 蒙哥汗被楊過殺死。第三次華山論劍。

1262 郭襄訪問少林，覺遠、張君寶逃出少林，張君寶定居武當山，後改名張三丰。

約1272 郭靖、黃蓉鑄成倚天劍與屠龍刀。

1273 襄陽淪陷，郭靖、黃蓉犧牲。

1276 元軍橫掃南宋，臨安淪陷。

1279 崖山海戰，宋亡。

1283 文天祥就義。郭襄四十歲，上峨嵋山創立峨嵋派。

約1285 張三丰神功大成，下武當山，自此名動天下。

1294 元世祖忽必烈駕崩，成宗鐵穆耳繼位。

約1305 張三丰陸續收七弟子，創立武當派。

1307 元成宗駕崩，元朝逐漸進入中衰與動盪時期。

約1310 郭襄死，風陵師太繼任峨嵋掌門。

約1311 陽頂天任明教教主，明教蒸蒸日上。

約1315 陽頂天成婚，成崑誓滅明教。

1321 謝遜投入明教，後被封「金毛獅王」。

約1324 陽頂天擊敗三渡。

約1325 風陵死，滅絕師太繼任峨嵋掌門。

約1326 楊逍與孤鴻子戰，孤鴻子死。

約1326 黛綺絲到光明頂，後被封紫衫龍王。

1327 陽頂天暴死，成崑計激謝遜，明教大亂。

1328 朱元璋出生。

約1332 謝遜殺空見。

1333 元順帝即位。

約1334 范遙扮成苦頭陀，投入汝陽王府。

1336 俞岱巖被害，張翠山邂逅殷素素，王盤山大會。

1337 張無忌出世。棒胡起義。

約1341 紀曉芙失身，楊不悔出生。

1343 范遙毒殺韓千葉。

1346 張翠山一家回歸中原，張翠山、殷素素自殺。

1348 周子旺起義敗死，張三丰再上少林，張無忌結識常遇春、周芷若。

1350 金花婆婆殺胡青牛，張無忌、楊不悔離開蝴蝶谷，前往崑崙山。

1352 張無忌入崑崙山桃源，發現《九陽真經》。

1357 六大派圍攻明教，張無忌成為明教教主，入大都救六大派。

1358 屠獅英雄會，朱元璋殺韓林兒，張無忌辭去教主，楊逍接任。

1363 鄱陽湖之戰，朱元璋滅陳友諒。

1368 朱元璋建立明朝，北伐，元亡，朱元璋禁明教。

附錄二：明教歷代教主列表

第二十九代杜可用（？—1283）

空位期（1283—1287）

第三十代鍾明亮（1287—1291）

第三十一代石元（1291—1298）

第三十二代衣琇（1298—1311）

第三十三代陽頂天（1311—1327）

空位期（1327—1357）

（殷天正1358）

第三十四代張無忌（1357—1358）

第三十五代楊逍（1358—1361）

第三十六代明玉珍（*1361*—*1366*）

（陳友諒*1361*—*1363*）

第三十七代明升（*1366*—*1371*）

附錄三：對話：張三丰：中國歷史上最大的剽竊者？

在西方世界，最偉大的作家莎士比亞同時也是最有爭議的作家，常常被指控為無恥的剽竊者：這個沒有受過任何正規教育，據說是半文盲的小演員能夠寫出如此文采斐然的劇作，令許多人產生了嚴重的懷疑：或許這些著作都是培根、馬洛或者其他才子的作品，而莎士比亞只是肆無忌憚地剽竊了它們。在中國歷史上我們也可以找到對應的爭議人物，這就是常常被指控為剽竊了《九陽真經》的張三丰。

這一事件的官方版本是：張三丰從師父那裡學到了一小部分《九陽真經》的武功，並且「以自悟的拳理、道家沖虛圓通之道和《九陽真經》中所載的內功相發明」，創造了極具特色的武當派武術。但長期以來，也有許多學者宣稱，張三丰實際上學到了完整的《九陽真經》，並且將其拆分為武當派的各種具體武術，只是秘而不宣，將這些武術的發明權篡為己有。雖然因為《九陽真經》的原本已經失傳，無法得出確鑿的證據，但在史書中仍然有不少蛛絲馬跡可尋。劍橋大學的史密斯教授是這一剽竊說的力主者，在三十年的學術生涯中，他發展出了一套完整、有力的剽竊理論；與之相對立的，是牛津大學的約翰生教授，他以力證張三丰的原創性而聞名。這兩位著名學者分別是中國武術史研究中牛津學派和劍橋學派的代表人物。2005年在北京舉行的第三次國際張三丰研討會上，他們進行了一次激烈的正面交鋒。下文即根據他們的問答整理而成，從這一對話錄中，讀者可以了解到這一爭論的概況。進一步的閱讀，請參閱筆者的著作：《張三丰與〈九陽真經〉：一項批判性研究》（劍橋大學出版社，2006年）。

史密斯：（上略）是的，難道這還不明顯嗎？張跟隨了覺遠整整十年！十年！覺遠每天都在教他。而郭襄和無色不過聽了一晚上，你認為他們學到的內容是同等的？

約翰生：或許張學到的多一點，但是……

史密斯：多一點？我的天哪，十年的時間你足以從1+1=2學到微積分了，或者能把整本《聖經》從頭背到尾，如果你足夠聰明的話。那麼《九陽真經》究竟有多大篇幅，字數有《聖經》那麼多麼？張無忌也不過學了五年而已。我們完全有理由相信，在張離開覺遠的那一年，他已經記住了全部的《九陽真經》。

約翰生：但是張離開覺遠的時候只有十六歲，而張無忌開始學習的時候也是十六歲。那時候他還是一個孩子！你能教一個孩子學會相對論麼？

史密斯：親愛的先生，十六歲可不是孩子。你要知道，高斯在十六歲的時候已經解決好幾個著名的世界數學難題了，而莫札特……

約翰生：這不是一回事。如果張已經從覺遠那裡學到了整部《九陽真經》，那麼就不能解釋他被何足道輕易推倒，他應該在十六歲的時候，就具有和張無忌二十歲時同樣的格鬥水準。

史密斯：親愛的先生，您顯然混淆了理論知識和實際水準。張可能在十六歲之前已經熟讀了《九陽真經》的原文，但是並沒有練習到相應的層次。雖然他可能還沒有突破最後幾道關卡，但是顯然他手中已經有了指路明燈。

約翰生：啊哈，那他為什麼會宣稱自己掌握部分的《九陽真經》？他應該裝作對此一無所知，然後再把那些武術悄悄地、改頭換面地搬上來。

史密斯：不，那他就走得太遠了。沒有人會相信他對《九陽真經》一無所知，特別是在他意外地抵擋住了何足道的進攻之後。在覺遠死後，郭襄和無色一定知道，張就是《九陽真經》唯一的傳人，他害怕被逼迫交出全本的《九陽真經》，因此在武當山上躲藏了十幾年，直到他有充分的保護自己的信心之後才重新露面。

約翰生：荒謬的推論。郭襄和無色從未表現出對《九陽真經》的覬覦……

史密斯：是麼？那麼是誰躲在樹後聽了整整一個晚上呢？

約翰生：但是郭襄……

史密斯：你要知道，三年前在華山上，郭襄就知道《九陽真經》失落的事情，她一定急於得到這部武術的寶藏。但是，她當時並沒有戰勝張的把握，她不能暴露自己的意圖。所以她要求張去見郭靖，說郭靖會收他為弟子，這讓你想起了什麼？岳不群讓林平之成為自己的追隨者，以得到《葵花寶典》的故事？如果張成為郭靖的學生，那麼郭家就有充分的理由要求他獻出《九陽真經》。但是張並沒有上當，而是逃走了。

約翰生：無可救藥的陰謀論者！無色為什麼沒有採取行動？按照你的理論，他也應該覬覦這部經書才對。

史密斯：這更容易解釋。當時的無色根本不知道《九陽真經》的存在，他只是從覺遠神志錯亂的念誦中敏銳地感到了其中的武學價值，所以偷聽了很長時間，但是當他發現這一切都是來自於一部被稱為《九陽真經》的武術教程，並了解其真正價值的時候，已經太晚了，張已經逃得不知去向。因此，當張在多年後重新出現的時候，少林和峨嵋必然重新燃起對《九陽真經》的欲望，並可能和張有過交涉。但是張已經不是過去的張君寶了，他成了真正的武術大師張三丰。他們拿他無可奈何。張無法否認自己曾經學過《九陽真經》的事實，但是為了欺世盜名，卻隱瞞了自己學過全本的《九陽真經》，反而說他所學到的並不比郭襄和無色多。但誰會相信呢？他的武術成就遠遠超過後二者。

約翰生：很精彩的故事，但是可惜。這一切都是您的想像。沒有任何證據證明覺遠曾經傳授給張全部的《九陽真經》。

史密斯：那麼您認為武當的一切武術都是張三丰原創的了？您大概沒有讀過我的《武當派武術的歷史源流》，我在其中已經成功地從武當派的武術系統中復原《九陽真經》的原貌。這就是張所做的一切，一切！把《九陽真經》拆分成一片片，然後東一套拳法，西一種內功，全部是從《九陽真經》變化出來，然後偽裝成自己的原創。您能相信麼？張居然（約翰生插話：「事實是，我根本不相信！」哄笑）——剽竊了這一切，出於他貧賤的出身，想要改變自己命運的強烈願望……

約翰生：就別提您的著作了。我早已經在《國際漢學年鑑》第*120*期中指出了其中的方法論問題。您已經預設了張剽竊了《九陽真經》的前提，然後從中尋找結論，這完全違反了正當的史學原則。這是徹底的無效推論。您必須注意到武當派武術和《九陽真經》武術的根本區別……

史密斯：這一點我們可以具體分析：在中國傳統中，內家拳的宗旨是「後發制人」、「以靜制動」、「貫穿一氣」，而這一切在《九陽真經》的殘本中早已有記載了：「彼不動，己不動，彼微動，己已動。勁似寬而非鬆，將展未展，勁斷意不斷……」（漢語原文）請注意張三丰對俞岱巖講授的太極拳：「這拳勁首要在似鬆非鬆，將展未展，勁斷意不斷……」（漢語原文）張三丰最後發明的武術竟然與他最早聽到的武術口訣一模一樣！這難道是巧合麼？不，這是張三丰剽竊《九陽真經》的最大文本證據。

約翰生：您的想像力非常充沛，但是事實恰恰相反。我認為，所謂《九陽真經》的殘本本來就是後人根據太極拳經等武當派武術著作偽造的。如果是這樣的話，那麼出現文本上的重合也就無足為怪了。

史密斯：您的看法毫無證據，《九陽真經》的殘本是從少林、峨嵋、武當分別流傳下來的，要偽造的難度非常高。我們有什麼理由採納這樣一個牽強的假設？

約翰生：那好吧，我再提供給您一個證據：根據《倚天屠龍記》的描述，張無忌是從張三丰那裡學到太極拳的，這難道不足以說明太極拳和《九陽真經》毫無關係麼？

史密斯（嘲笑地）：那麼請問教授先生，根據《倚天屠龍記》，張無忌從哪裡學到《九陽真經》的？

約翰生：眾所周知是從一隻白猿的肚子裡取出了一部經書，那就是一百年前瀟湘子和尹克西藏匿的那部經書。

史密斯：一隻白猿的肚子裡！一隻白猿的肚子裡！（哄笑）先生們，我們在講神話故事麼？一隻猿猴，肚子裡被放進了一個大油布包，在一個神秘的山谷活了整整一百年！直到一個年輕人從全世界唯一一個入口進入這個山谷——順便說說，他還是從懸崖上跳下來才發現了這個入口——才發現了這隻長壽的猿猴！（哄笑）然後怎麼說，哦，這隻猿猴主動來找他：「哦，親愛的大夫，請給我做手術好麼，我想我肚子裡有一個腫瘤！」（哄堂大笑）

約翰生（有些支吾）：您認為這不可能發生？我看不出您有什麼資格嘲笑東方人的歷史，在我們的福音書中也記載了處女懷孕，記載了死後三天復活！

史密斯（劃了一下十字）：是的，我相信我們神聖的宗教，但是我不相信東方人的這些故事。是的，這是可能的。正如一股龍捲風把我從這裡捲起，再颳到三一學院門口落下一樣是可能的——省了我的回國機票。讓我們祈禱吧！（哄笑）

約翰生：你……你這是詭辯！亞里斯多德的手稿是如何被發現的？我們都知道那個故事。

史密斯：我提醒您，張懂得《九陽真經》的全貌是當時人人都知道的事實，只是沒有人當著他的面揭穿！不，有人，您如果熟悉《倚天屠龍記》的文本，應該記得空智當面說的話：「張真人自幼服侍覺遠，他豈有不暗中傳你之理？今日武當派名揚天下，那便是覺遠之功了。」（漢語原文）

約翰生（冷笑）：真是太荒謬了，您難道忘記了為了治張無忌的病，張三手在九十二歲的時候還去少林寺，拋棄王者的尊嚴和體面，懇求他們和自己交換少林九陽功的奧秘麼？如果他已經通曉了《九陽真經》的全文，他有什麼理由要這麼做？

史密斯：這正是我要說的。讓我們來重新建構一下歷史進程。讓我們回到張翠山死後、張無忌性命垂危的時期。當時，只有學習了全部《九陽真經》的武術，才能夠治癒張無忌的傷勢，不是麼？（約翰生點頭）那麼張面臨的實際上是一個兩難選擇：如果他不吐露《九陽真經》的全文，他的門徒們一定會抱怨自己的老師見死不救，而如果他吐露全文，又等於承認了他已經懂得全文的事實，承認了他的剽竊（約翰生插口：「不是，是你已經預設了他知道全部的《九陽真經》……」）……不，讓我說完。並且他的門徒們也會知道老師掌握《九陽真經》的全文，會覬覦這部經書，引起不必要的紛爭。張在這裡進退維谷。然後張選擇了他唯一能夠做的，他紆尊降貴，去少林要求交換少林九陽功，這一做法唯一的目的，是讓張無忌有一個藉口學到九陽功：既能夠痊癒又不暴露自己懂得全部《九陽真經》的事實。可惜，少林寺看透了張的陰謀，他們拒絕了（約翰生插口：「啊哈，你的理論有一個致命的缺陷！」）……我已經說了，請等一下！然後發生了什麼？張無忌躲了起來，幾年以後，當他重新出現時，已經學會了全部的《九陽真經》，然後出現了一連串神奇的傳說，什麼白猿的肚子之類。那麼真相到底是什麼，還不明顯麼？張三丰把無忌藏了起來，秘密傳授給他《九陽真經》中的武術，然後再讓他出面，演一場戲給全世界看。比如從張三丰那裡學到了太極拳：他當著所有人的面，花了一個小時就學會了人類歷史上最深奧的武術。而旁觀者看了半天，卻什麼也沒看懂。如果你不認為張無忌是愛因斯坦的話，那麼只有一個原因可以解釋：他事先已經學過這套武術。

約翰生：很遺憾，你的理論有一個致命的缺陷。如果是這樣，少林就不應該拒絕交換，因為他們並沒有任何損失——張三丰實際上已經懂得了全部的《九陽真經》，相反，他們可以從張那裡學到自己所缺乏的武術。

史密斯：是的，但是你忘記了，少林不缺乏武術。一千年來沒有人有時間學完他們那七十二項全能的武術課程。（笑）相反，如果同意交換會使得少林的道德優勢蕩然無存。這會讓全世界認為，張三丰的武功並非來自覺遠傳授的《九陽真經》，而這是少林花了至少半個世紀想說服人們相

信的：張三丰剽竊了少林的秘傳武術！他是個無恥的剽竊者。少林必須維持自己的尊嚴，張顯然低估了少林方面的決心。為此他不得不另闢蹊徑：他首先把無忌送到一位全中國最有名的醫生那裡——為的就是讓大家相信無忌不學《九陽真經》也能自己痊癒——可惜這位醫生不久就被人謀殺。然後張無奈之下，把孩子送到了崑崙山——傳說中《九陽真經》失落的地方。無忌隨意就可以說從哪裡挖出了真經。幾年後，張無忌果然學會了《九陽真經》，實際上這是他在進入蝴蝶谷之前已經背下來的，教導他的人正是張三丰！

約翰生（思考片刻）：您的這套理論仍然有問題。為什麼？為什麼張三丰要教給無忌《九陽真經》，為什麼他不能乾脆犧牲無忌？

史密斯：您知道，我有一個最新的理論，我將在明年出版的一部新著中闡述：張無忌的父親張翠山是張三丰和風陵師太的私生子——啊，教授先生，您怎麼了？您醒醒！您醒醒！*Help*！*Help*！

（約翰生教授當場吐血暈倒，這次討論到此結束。）

史密斯教授附言：在整理這份對話的時候，我的腦海中時常縈繞著我的好友，已故的約翰生教授的音容笑貌。我們去年（*2005*）在北京舉行的討論會上，約翰生教授因為得知我的最新理論成果，過於興奮而突發腦溢血，不幸逝世。孔夫子有一句古話：「朝聞道，夕死可矣！」我謹將以下這篇《張翠山身世研究》獻給我敬愛的朋友約翰生教授。

附錄四：謝遜思想傳記

（引自侯外廬《中國思想通史》元代卷）

謝遜（1300—1372），字退思，號「金毛獅王」，元末革命家、武術家、傑出的唯物主義思想家。他出生於一個獵戶家庭，童年時被武術家、理學家成崑收養，在成崑的指導下系統學習過武術以及儒學，特別是朱熹的理學思想。理學認為世界有一個最高的、不變的「天理」，它高於物質世界並且指導物質世界的運行，這是一種典型的唯心主義反動理論。

謝遜在少年時就對理學產生了懷疑，遭到了成崑的壓制。謝遜成年後，到西方崑崙山地區留學，思想上受到了西方思潮的衝擊，對儒學產生了懷疑，後來加入了地下的宗教革命組織明教，明教認為所謂「天理」或現實世界的倫理法則，實際上是一種黑暗的力量，蒙蔽人的心靈，真正的光明在黑暗之外，將會在不久後降臨。這雖然也是一種唯心主義思想，但是強調人的主觀能動性和黑暗向光明轉化的辯證法，在當時具有進步的意義。

1328年，成崑到謝遜家裡作客，發現謝遜拋棄了儒家思想，轉而信奉明教後，在思想上和謝遜發生了激烈的交鋒。最後，理屈詞窮的成崑撕下了道德君子的虛偽面目，強暴了謝遜的妻子，並殺死了他的家人。成崑的暴行讓謝遜對封建理學思想扼殺人性的反動本質有了深刻的認識，拋棄了成崑的反動影響，也對超自然的所謂的光明力量進行了揚棄，走上了獨自進行思想探索的道路。

謝遜認為，宇宙是一個沒有意識的物質實體，不存在道德屬性，道德是人類發明的概念，具有階級性。而階級社會的道德觀念是階級壓迫產生的意識形態，只是為統治階級服務，掩蓋其弱肉強食、剝削壓迫人民的實質，不具有神聖性。只有被壓迫的人民具有了現實的改造世界的力量，才能夠實現真正的光明世界。

謝遜在武術思想上也做出了重大的革新，他揚棄了「混元霹靂手」等以儒家、道家思想為基礎的傳統武術，對於「習武養生」等封建地主階級麻痹廣大勞動人民的宣傳進行了深入批判，將其中的合理成分和新興武術「七傷拳」相結合，發展出了以不妥協的鬥爭為目的，以對敵人的打擊為本位，即使傷害自身也在所不惜的武術思想。這反映出勞動人民堅決和階級敵人鬥爭到底、不怕犧牲、不怕困難的革命思想，是武術思想史上的重大革命，和他的鬥爭哲學也是一脈相承的。

這些光輝的思想，上承南宋陳亮的功利主義，下啟明代李贄的童心說，鼓舞了人民反抗封建壓迫的鬥志，在中國思想史上具有極其重要的意義。謝遜在反元起義的革命鬥爭中，也先後擊斃了封建統治階級的許多爪牙。少林寺的封建僧侶集團頭子空見試圖用佛教唯心主義的說教來迷惑謝遜，最後被謝遜在堅定的革命鬥爭中所消滅。謝遜的養子張無忌從小在他的教導下，成為一名堅定的革命戰士。後來張無忌也成為了明教領導人，在元末人民大起義中建立了卓越的功勳。

但是，由於謝遜不懂得歷史唯物主義的原理，沒有認清歷史發展的規律，不知道階級鬥爭推動社會進步的實質，因此並未擺脫思想的局限性。他的思想仍然是機械唯物論和形而上學的，從而在晚年又陷入了佛教唯心主義的泥淖，放棄了明教的革命主義精神，改而鼓吹佛教的禪宗思想，認為一切都沒有差別，要求人民放棄革命，用佛教的「頓悟」、「慈悲」來改變世界，最後在少林寺出家。這不能不說是他思想的嚴重倒退，但是這些歷史局限性無損於謝遜思想的偉大和超前。

謝遜的著作已經散佚，僅在《元史》、《倚天屠龍史》等歷史記載中保存了他的一部分思想，後人輯有《謝退思集》一卷，有四部叢刊刻本。

參考文獻：

《謝退思集》，四部叢刊本。

《倚天屠龍史》，中華書局，*1960*。

《元史》，中華書局，*1981*。

《明史》，中華書局，*1976*。

馮友蘭：《謝遜的唯物主義思想研究》，《三松堂全集》第*10*卷，*1974*。

附錄五：《明史．韋一笑傳》

《明史》卷一百二十四，列傳第十二《韋一笑傳》

韋福娃，字一笑，以字行，唐南康忠武郡王韋皋二十一世孫也。少貧賤，延祐間用兵西北，征入行伍。一笑為軍吏所驅辱，怒而殺之，遂亡入崑崙山，匿武氏莊中。莊主武正陽，宋末義士武修文之幼子也。修文及兄敦儒死襄陽，正陽與友朱光理等攜家徙崑崙。一笑身僅六尺，形貌粗陋，然慷慨豪邁，英氣過人，正陽異之，授以內家吐納之術，且欲螟蛉之（意指收為養子）。正陽孫烈嫉，讒一笑於正陽，乃止，然亦頗厚遇。

正陽死，囑烈以兄弟待一笑，烈竟驅逐之。一笑以採藥自給。越數年，見一蠶蟲於山間，晶瑩如玉，蠕爬如蛇，一笑大奇，追攫之，竟為之所螫，須臾，奇寒徹骨，手足冰結，幾欲凍斃。一笑以正陽所授內家術禦之，久之漸暖，覺腋下生風，周身輕盈，自此縱躍如飛，力大無窮，單掌可開碑碎石，中人立僵斃。一笑大喜，以得之冰蠶故，號之曰「寒冰綿掌」，自此名動西域。

泰定間，明尊教陽頂天據光明頂為叛，一笑往投之，甚為頂天所重。累遷至雷字門主，隸光明左使者楊逍。逍以一笑無學貌陋，頗輕之，一笑亦深惡逍。後頂天與少林僧渡厄等激鬥，大敗之，然頂天亦為渡厄所傷，未幾創發。醫者言唯天山雪蓮可續命，天山距崑崙千里，往來須月餘，且雪蓮生懸崖絕壁間，覓採絕難，療救恐不及。一笑請纓往之，七日即攜雪蓮歸，眾驚喜問之。一笑笑曰：「余，福娃也，以福得之。」然眾訛為「余，蝠王也，以蝠得之」，以為一笑驅飛蝠採之也。頂天癒，遂封之為「青翼蝠王」。其時，一笑與殷天正、謝遜、黛綺絲皆有大功於明教，號「紫白金青，四大法王」。

王與布袋僧說不得善，說不得聞武烈嘗開罪於王，即親往武氏莊以布袋擒之。武烈度必無幸，長跪不起，涕不能仰。然王亦不罪之，曰：「非公所不能容，福娃焉有今日乎？且公先人有恩於福娃，安可害公？」遂釋之。烈愧而歸。

頂天死，鷹王以勢大欲篡位，王與楊逍等共制之。鷹王事敗，與其黨李天垣等逃歸浙江，事

在天正傳中。時五散人、諸旗使共推王繼位。逍不允，欲專權於己。王怒而與之相鬥。逍技擊未及王，然屢施詭詐，王竟為逍所敗，咯血數升而走。說不得曰：「逍凶狡如此，不可正面與之爭，何不趁夜群襲之，定取逍首。」周顛等共許之。王曰：「不可，兄弟鬩於牆，外禦其侮。逍不仁，吾不可以不義。」遂去光明頂。

後王內傷猝發，延名醫胡青牛診視之，青牛曰：「此冰蠶寒毒未化，適王為人所傷，致寒毒鬱結三陰，卒不可去，唯火蟾可解之。」然火蟾急迫間不可覓。青牛又告以飲人鮮血可保經脈不傷。王嘆曰：「吾雖不學，亦知天地之大德曰生，豈能為此禽獸行乎？」彭瑩玉曰：「夷狄，禽獸也。岳武穆曰：『壯志飢餐胡虜肉，笑談渴飲匈奴血』，飲夷狄血而何傷！」王悅，遂避居哈密力，日啖色目人血。

至正十六年，六大派起義師合攻光明頂，王自哈密力赴援。與五散人同上光明頂。五散人以為本教衰敗至此，皆無主故也，力主立王。逍仍不應，周顛固爭。逍怒，毆之，竟成混戰，皆為少林僧圓真乘隙暗傷，事見圓真傳中。後武當張無忌力救王、逍得免，又助王療傷，驅盡寒毒，王感無忌恩德，遂主立無忌，後果立以為主。王與逍隨無忌執掌總壇，為全教主帥。

十七年，王隨無忌東征，至武當，敗汝陽王勁旅；後入大都，劫汝陽王姬妾以救六派義士。十八年，至少林寺，與救獅王謝遜。未幾，無忌辭位，傳位於楊逍。王聞，怒曰：「吾與逍同為全教主帥，功不在逍下，而逍素無德行，焉能居此大位！」遂決意圖之。以五散人為「五福使者」，改五行旗為五環旗，用《洪範》意也。約期於十八年八月八日會於大都，燃聖火而舉大會，推王為主。逍聞，以王於哈密力濫殺事示天下，且多誣構，事竟不成。王不甘，出走波斯，訴逍於總教主韓昭。昭幼為婢女，嘗侍逍女不悔，多為逍父女所辱，幸為無忌所贖，後波斯人迎以為主，以其聖女後也。昭聞亦怒，然以無忌意，未可明廢，但遣秘使至東，囑周顛等另擇賢者立之。顛等不知王在波斯，以為已為楊逍所害，遂商而立吳王。眾皆歡悅，逍聞之震怒，欲親東征，然其眾多叛離，尋病卒。天下之大柄遂歸太祖矣。

王以總教終不助己，恚怒攻心，病發復飲人血。總教上下稍嫌之，王亦慚恨，遂辭去，遠遁泰西佛朗機國。王出沒若飛，來去如電，擄人啜血，如鬼如魅。彼國上下皆驚懼，遂有吸血蝙蝠之怪談，其說至今猶存。王不知薨於何時，然據西人湯若望言，彼邦至今有僵屍吸血，而得不死之說。或王之精魄，尚在人間耶！

洪武五年，周顛特表王之功德於太祖，太祖喟嘆良久，曰：「一笑誠天下奇男子，恨不得此人而用之，則擒王保保易如反掌爾！」追贈王為哈密王，謚武福，配享太廟。

王妃武氏，閨字青嬰，武烈之獨女也，嘗與烈為陳友諒所錮，後王力救得脫。烈尋卒，武氏無依，王感正陽恩德，遂妻之，生子羽。王出走波斯，而武氏母子為楊逍所獲，欲誅之，說不得等力救得免，遂投太祖。太祖以王故待之甚厚，洪武間，羽從藍玉軍北伐有功，封揚州指揮使，遂世居揚州。順治二年，大清兵南征，王十九世孫德昭殉難。德昭無子，女春芳沒入妓寮，遂絕後。

贊曰：明教以下武嗣興，遂造鴻基，蝠王雖出於微賤，然奇才異能，居功甚偉。其進退若神，騰躍如飛，固並世無二，而援明頂，闖少林，擄徒眾而戲劍尼，劫姬人以陷淫奸，大皆人所不能，其神勇也如此。至於其結親黨，抗楊逍，固非無所私心，然適足以挫逍之奸謀，而以大位留歸太祖。帝王之興，必有先驅者資之以成其業，信哉！然擄人飲血，過傷天和，聖賢所不取，宜其絕後。仲尼曰：「始作俑者，其無後乎！」此之謂也。

附錄六：勸進表

元　楊逍撰

屬下光明左使者楊逍、白眉鷹王殷天正、青翼蝠王韋一笑等頓首頓首，死罪死罪！屬下聞火神御宇，光耀天淵，明王降世，化垂陸海；曰若曁古，聖人傳教化於西土，唯我時憲，神尊化肉身於東朝。伏維殿下，體膺上德，運成下武；初生之際，海北有龍光之耀，還國之時，漢南有慶雲之生。參道於真武之山，歷劫於玄冥之境。坐蝶谷而百花齊放，立昆山而千里開顏。雪中芭蕉，經寒而法體長堅，世外桃源，再生而道心不改。（中謝）

本教自先主中道崩殂，鷹王未幾遠飛，兄弟鬩牆，菁英離散，神器無主，萬機空懸。大位既已久虛，聖焰亦垂暗滅。天地閉而賢人隱，正法沒而奸邪出。故六派多幫，敢肆犬羊，凌虐光頂。伏維殿下，法王苗裔，醫仙傳人，行萬里而護遺孤，受三掌以拯金旅；聖火廳中，顧視而妖僧遠竄，

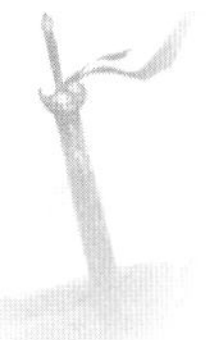

光明頂下，頓悟則心法重光。運一拳而七傷，先敗崆峒；破八卦以兩儀，再挫崑崙。鷹飛長雲，降華山之鷹搏，龍戰玄野，破少林之龍爪。抱佳人而奪寶劍，滅絕滅絕，受利刃而挫名手，武當武當。神勇無倫，過賁育而羞關張，俠義蓋世，邁朱郭而睨荊聶。雖少康以一旅興夏，肅宗而匹馬昌唐，重陽臨華山而群雄頓伏，改之出襄陽則韃主立斃，豈若殿下德並周孔，武邁禹湯，十年磨劍，越千山而西來，三尺青鋒，雖萬軍而往矣。握乾符而秉坤德，受天命以化人文，夫天下誰能與爭哉！（中謝）

自前日光明頂戰後，萬眾歸心，無不欣戴，願為犬馬，聽從驅策。且鷹獅之亂，唯有殿下。億兆攸歸，豈有他人？天命率道，必將有主，為教主者，非殿下而誰哉？自宋廟既傾，北狄入寇，胡元竊位，神州陸沉，綱常不存，冠履倒置。四海有群飛之象，九州有兵戈之征，天下率獸食人者不知凡幾。遺民有恨，欲餐胡虜之肉，蒼生無主，皆待明王之出。天下之盼殿下，如大旱之望雲霓，實百穀之仰膏雨，是以屬下等敢依華夏之義，順天地之心，昧死以上尊號。願殿下速正天位，以主聖教，紹百代之大統，成歷數之有歸。然後虔奉明尊，昭告后土，廣發明詔，五旗夕展於日下，大出王師，六軍曉征於雲間。揚炎黃之威，窮夷狄之伐。狼居山上，渴飲匈奴之血，黃龍府中，慶成一統之功。千載一時，何待蓍龜（蓍音ㄕ，古時取其莖以為占卜），此實天與，豈人能授。望殿下以大公為重，勿以小節為先，但效文武之德，豈從夷齊之避。本教定而蒼生幸，神人安而天地和，豈不美哉？屬下等世受教恩，身荷重遇，敢不盡言！不勝區區之至，謹奉表以聞。

（李修正編：《全元文》第二十九冊，八百六十七卷）

附錄七：倚天從考

一、空見真實面目考

《倚天屠龍記》中有一個隱藏得很深的偽君子，深到了絕大多數人都把他當聖人看待的地步。此人地位極高，名聲極好，然而本質上卻是一個心計深沉、手腕高明的政治人物，對許多重大事件都起了推波助瀾的作用。此人是誰？什麼，張三丰？這個……我們以後再談。現在筆者要說的這個人正是少林四大神僧之首：空見大師！

空見在《倚天屠龍記》中從未親自出場，只是透過幾個人的回憶給了讀者一個遠遠的背影。大多數讀者對空見的好印象都來自謝遜對他的崇敬，因為此人不但武功通神，而且心地慈悲，為化解謝遜的仇恨不惜被打上十三記七傷拳，以致最後慘死。然而這不過是第一眼的先入為主，故事的真相到了幾十回後才隱約透露出來，而且，只是冰山一角。

要還原空見之死的真相，就要將全書中的一些暗線結合起來，重新梳理出事實的因果關係。真相究竟如何，請聽說書人一一道來：

話說蒙元入主中原，混一華夏，在此改天換地的大變中，原來的武林勢力都被掃得乾乾淨淨：什麼丐幫、全真教、桃花島、古墓派，不是灰飛煙滅，或銷聲匿跡，就是徹底衰敗。南宋時期式微已久的少林派沒有直接參與抗元鬥爭，得以保全了實力，在元初的江湖權力真空中迅速脫穎而出。憑藉唐宋以來的歷史聲望，逐漸恢復了武林領袖的地位。到了元朝中期，又湧現出三渡、四空等一批一流高手，成為武林中威望最高的門派。不過話說回來，畢竟今非昔比，天下早已不是少林的天下，武當、峨嵋、崑崙、華山等門派如雨後春筍般冒了出來，光張三丰一個人就足以傲視少林一切高手，所以少林的這個領袖地位，只是名義上的，真正買帳的人不多，比起當年全真派都頗有不如。

滅絕師太有言，生平一大志願是讓峨嵋成為天下第一大派，蓋過少林、武當。滅絕一介女尼之輩都能有如此志向，何況向來領袖群倫的少林高僧？《倚天屠龍記》中一條隱匿的線索就是少林圖謀稱霸的歷史（筆者將另文闡述），三渡、四空都為少林的霸業殫精竭慮，四處奔走。然而大家都是名門正派，又沒有統屬關係，公然向武當峨嵋施壓名不正言不順。為了領袖武林，少林必須做出讓武林敬服的大事業。如果少林能推翻蒙元，自然是當之無愧的武林領袖。不過少林寺的大和尚有自知之明，知道以自己這點實力純粹以卵擊石，所以從來不敢舉起反元的大旗。另一個武林公敵就是人人痛恨的魔教，這個敵人看起來還好對付一點。何況明教本是武林中的勢力，其崛起對少林有直接的威脅。所以在《倚天屠龍記》中，少林先是主持發動了轟轟烈烈的圍剿明教戰役，後又大開志在揚刀立威的屠獅英雄會，都是為了稱霸。不過少林和明教結仇遠在此之前，早在三十年前的陽頂天時代，就和明教幹上了。

當年少林和明教積不相能，以致最後發生三渡圍攻明教教主陽頂天的大戰，此事表面上看似乎是成崑挑撥的結果，但實際上卻是武林中兩個最大勢力間必然爆發的衝突。成崑不過找準了時機，充當了催化劑的角色。從少林的角度看，成崑本來是正教人士，站在自己一邊反對魔教再正常不過，不會疑心是成崑要報私仇。而當年一戰之後，少林一敗塗地，渡厄一隻眼睛被打瞎。成崑在多年間更是鞍前馬後地熱心奔跑，幫少林方面謀劃復仇的大計。終於贏得了少林的信任，許他投身空見門下。（「老衲與陽頂天結仇，這成崑為我出了大力，後來他意欲拜老衲為師，老衲向來不收弟子，這才引薦他拜在空見師姪的門下。」）

成崑本是武林中成名的高手，像他這樣級別的高手居然帶藝投師，此事極不尋常。空見的武功雖然高過成崑，但年齡上大不了幾歲，成崑本欲拜在長一輩的渡厄門下，但渡厄不納，卻轉而拜空見為師，不免有些屈就。這中間必然有極其驚人的內幕。

「見聞智性」四大神僧，以空見的武功為最高，頭腦也最好，居於四人之首。當時掌握實權的渡厄等早已內定將掌門之位傳給空見（「空見師姪德高藝深，我三人最為眷愛，原期他發揚少林一派武學……」）。若非空見意外早死，少林掌門之位斷落不到空聞頭上。而空見的弟子，武功最高的自然是成崑（圓真）。空見如果成為少林掌門，成崑自然也可以分享少林派中的大權，當個羅漢堂首座、般若堂首座之類毫無問題。空見死後，還有機會繼任成為少林方丈。這自然是極其優厚的條件，足以成為成崑幫助少林對付明教的酬勞。而且成崑秘密加入少林，江湖上無人知曉。其理由也在於成崑不在少林的正式編制之內，可以做很多正式的少林弟子不方便做的事，因此暫時需要將其身分保密。這自然是不折不扣的政治交易。背後不知道有多少骯髒齷齪之事。成崑也由此獲傳少林絕學九陽神功。

在這段時間內，陽頂天暴死，明教大亂。成崑也姦殺了謝遜的妻子，害他家破人亡。謝遜幾次復仇，成崑都沒殺他，就是要讓他多鬧出點亂子來。成崑和謝遜之間的恩怨，少林方面最初自然一無所知。直到有一天，江湖上到處出現「成崑殺ＸＸ」的血案，空見當然又驚又怒，找成崑來質問。成崑此時想必也頗為後悔：明教自從陽頂天死後早已四分五裂，岌岌可危，靠謝遜四處殺人去激起公憤已經用處不大。而且謝遜殺了那麼多人，都是留下自己的名號，害得自己東躲西藏，以後如何能見人？如果站出來公開對質，自己姦殺徒妻的醜行也會暴露無疑。無奈之下，只有避重就輕地向師父空見坦白自己的罪行，請空見出頭去擺平此事。

空見如果真是處事公允的「神僧」，聽說此等神人共憤的行徑，即使不當場擊斃成崑，也應該廢其武功，清理門戶，然後再去找謝遜說清楚。然而成崑在少林派中參與機密多年，不知道掌握多少少林的把柄，而且對少林還很有用。空見自然不願因小失大，因為成崑曾殺死徒弟滿門這樣的小事，就和他徹底翻臉。如果不懲處成崑，那麼就必須要對付謝遜。可是問題在於如果暗中殺了謝遜，他做的那些血案就死無對證，到頭來都得算到成崑和少林頭上。此事確實相當兩難，空見暗中監視了謝遜一段時間，卻一直沒有出手，原因就在於此。

直到謝遜要殺宋遠橋，空見這才真的急了。宋遠橋一死，張三丰必定要為徒弟報仇，第一步就是要找到成崑。以此人通天徹地之能，在江湖上威望之高，發現成崑和少林的勾結並非難事。到時不但武當少林兩大派要起衝突，少林派也會成為眾矢之的，弄不好自己也會身敗名裂。因此，不得不親自出來阻止。空見口中一再說：「那宋大俠是武當派張真人首徒，你要是害了他，這個禍闖得可實在太大。」其實若無少林與成崑的勾結，最多不過是張三丰殺了成崑或謝遜，有什麼大禍可言？關鍵是像他自己說的「要是害了宋大俠，那成崑確是非出頭不行」，這樣自己和少林也會被拖下水。空見的說法，正表明他對少林和自己名聲掃地、前途盡毀的憂慮。

空見在謝遜面前，絕口不提成崑早已投入自己門下的事實，自然是故作公允的和事佬。若是謝遜得知空見早已收成崑為徒，不過是為自己徒弟說話，又怎會聽他調停？空見的理由也很滑稽，一面說成崑早已懺悔，一面又說他沒臉見徒弟，不肯出面，試問連出面說清楚都不願意，談什麼已經懺悔？又以讚許的口吻說成崑暗中縱容且幫助謝遜殺人，所以對謝遜有恩，這算哪門子的慈悲為懷？更離奇的是有這樣的說法：「你若一念向善，便此罷手，過去之事大家一筆勾銷。否則你要找人報仇，難道為你所害那些人的弟子家人，便不想找你報仇麼？」他空見有什麼權利替謝遜的所有仇家承諾「過去之事大家一筆勾銷」？

這話其實是暗示，如果謝遜罷手，少林就會出面設法把此事壓下去，如果仍不罷手，就抖出是謝遜殺人的真相，讓天下人找謝遜報仇，甚至以除害為名殺了謝遜這個武林公敵。這純粹是江湖中人的討價還價，哪有半分高僧大德的心態？

談到後來，空見提出讓謝遜打自己一十三拳，化解恩仇。空見自恃武功遠高於謝遜，有金剛不壞體神功護身，讓他打十幾拳絕無妨礙，不過做個順水人情。如果空見能預見到自己會被一拳打死，怎麼說也不敢提出這個交換條件。況且空見為人精明，還說「倘若打傷了我，老衲便罷手不理此事，尊師自會出來見你」，分明是早已埋伏了成崑在一邊，萬一打鬥中出現意外，成崑本人就出來動手。反正「老衲便罷手不理此事」，成崑武功又高，當場殺了謝遜也不奇怪。空見萬萬想不到，以自己的武功，會死在謝遜的拳下。

空見輕輕鬆鬆，連接謝遜十幾拳，為了試驗自己武功進境，還有意用小腹去接拳，結果吃了點小虧。但如果不出意外，謝遜就是打上二、三十拳，空見也不會受什麼重傷。不料謝遜突施詭計，假意尋死，空見大吃一驚，立刻來救。因為謝遜一死，死無對證，殺人的罪名就得成崑來承擔，還會牽連自己。即使說出真相，旁人都會認為是自己為了庇護徒弟而殺死謝遜，也是名聲盡毀。因此不及多想，必須來救，結果中了謝遜的詭計，一拳正中胸腹之間。

空見受了致命內傷，還彌留了很長時間。此時自然盼望成崑趕緊出來給自己報仇，最好還能救自己一命，結果成崑眼睜睜地看著自己送命，就是不肯出來，空見才明白自己上了大當，自己一代高僧，少林派未來掌門，眼看就要莫名其妙斃命於此。驚怒攻心，更加速了自己的死亡。然而空見對少林忠心耿耿，為了顧及少林派的利益，仍然沒有吐露實情，就這麼不明不白地掛了。

要知道成崑不出頭也有理由，空見早死固然對自己當上少林方丈的圖謀不利，然而謝遜殺了未來掌門空見，明教和少林又結下深仇大恨，遠非當年渡厄損失一隻眼睛可比。少林派首腦人物都知道自己早已秘密投入少林，又怎麼會相信是自己殺了師父空見？輕而易舉就可以把此仇引到明教頭上。這個誘惑對成崑來說實在太大。但若說成崑是有意害死空見，未免過了，成崑也不是神仙，哪能想到武功遠超過謝遜的空見會被對方打死？

不過空見臨死前，還是吐露了一個重大的機密，即讓謝遜去找出屠龍刀中的秘密：「你武功不及他……除非……除非……能找到屠龍刀，找到……找到刀中的秘……」要知這屠龍刀雖然是武林至寶，但是刀中有什麼秘密，卻是誰也不知道，只是武林中一個故老相傳的說法。屠龍刀的事情，謝遜早就知道，但只有聽到了空見的話才上了心，自然是空見的說法有權威性。

然而，空見在臨死前為何特意提到屠龍刀呢？甚至還知道其中的秘密能幫助人提高武功？看來，空見很可能知道刀中的機密所在，至於他是如何知道的，恐怕只有滅絕師太本人才知道其中原委了。

空見死後，少林方面對外宣稱是病死，不僅是為了保全空見的顏面，恐怕也是為了掩飾其中的種種見不得光的內幕。謝遜幾年後因為尋找屠龍刀而失蹤，當年殺人的事也被翻出來成為武林公敵（此事可能就是少林抖出來的），少林方面就跳出來宣稱謝遜是殺死空見的兇手，這樣做是一石二鳥，不但以受害人的身分出面，可以撇清少林在成崑謝遜之爭中的責任，而且也為奪取屠龍刀製造了藉口。當然，敏感人物成崑是再也不能出面了，少林派的稱霸陰謀，由此進入下一個階段。

二、武當七俠奪嫡考

武當七俠，親如兄弟，《倚天屠龍記》中描繪了他們許多「兄弟般的感情」，但他們並不是親兄弟，甚至不是結義兄弟，而是武當派的第二代弟子，天下第一高手張三丰的傳人。他們之間的關係，並不是純粹的親情、友情或義氣，而首先是同門關係，處於高於他們的門派中，被門派的規則支配。門派本質上是一個政治體制，必須靠權力機制維繫。因此權力關係也無可避免地滲透進了這七位武當派的第二代弟子中，雖然往往只是間接、隱蔽地發揮著作用。而其中根本性的問題就是：誰來繼承張三丰的地位？誰將成為武當派第二任掌門人？不管是對有野心還是對沒有野心的人，這個問題都很重要，這關係到每一個人的前途和命運。

武當七俠可以分成兩組，第一組是從宋遠橋到張翠山，他們是張三丰親授的弟子，和張三丰的關係親如父子；第二組是殷梨亭、莫聲谷，他們雖然也是張三丰的弟子，但是武功是宋遠橋等代傳的，和師父的關係就比較疏遠，而在權力體系中自然處於較下游的位置，基本上是沒有繼位的希望的。但他們站在哪一方面，對於局勢也很有影響。

從第一組來說，最有希望獲得衣缽傳承的莫過於宋遠橋、張翠山二人。宋是首徒，正如帝王有傳位給長子的傳統一樣，武林中也有首徒繼位的慣例。因為首徒一般武功較師弟為高，又比較有權威，做掌門人較少爭議。何況江湖凶險，武林中人得享遐齡的沒有幾個，一般都要盡早確定接班人，而這時首徒自然大佔優勢，令狐沖就是一個例子。一般家族中還有「嫡庶」的分別，師徒之間基本沒有這個因素，這時候年齡長幼就成為最重要的標準之一。

當然，傳位給誰，一般是掌門人自己的權力，理論上他喜歡傳給誰就可以傳給誰。但是為了維護本派的穩定，還是要有一定的慣例，否則就容易出亂子。

滅絕師太把掌門傳給了自己喜歡的小徒弟周芷若，許多大弟子不服，就鬧得雞飛狗跳，如果周芷若不是得到了絕世秘笈，武功大進，這個位置是肯定坐不穩的。一個有智慧的領導人，不可能單純從自己的喜好出發，而要考慮多方面的因素，選擇最佳的繼承人，才能把自己的門派發揚光大。張三丰就是這樣一個領導人。

張三丰是武當的創始人，武當剛創派的時候，無非是一個老道士收了幾個徒弟，還談不上什麼未來。等到過了二、三十年，宋大、俞二這些人都成長起來了，開始收自己的弟子了。武當派成了氣候，在武林中坐上了第二把交椅，挑選繼承人的事情也就提上了議程。其時宋遠橋已經有四十來歲，在江湖上相當有聲望，其他弟子相對來說就差一點，他自然成為被默認的接班人。

但是問題的複雜性在於，張三丰明顯更偏愛五弟子張翠山。故事開始時，張翠山不過二十出頭，武功威望都很一般，當然還不存在繼位的現實可能性，但是張三丰當時雖然已經九十歲，卻身體康健，精力旺盛，如果能再活十來年（事實上他老人家又活了至少二十多年），等張翠山到了三十多歲，武功上突飛猛進，再立下一些功勞，地位就會大大提高。而宋遠橋已經快六十了，年紀太大也不適合繼位。這對宋遠橋來說是一個現實的威脅。古往今來，廢長立幼的帝王不計其數，更何況宋遠橋還沒有正式的名分呢？

張翠山失蹤後，張三丰一席話透露了自己的心扉：「我七個弟子之中，悟性最高，文武雙全，唯有翠山。我原盼他能承受我的衣缽……」可見，在張翠山還二十出頭時，張三丰就有了傳位給他的打算。但當時並未表露，直到張翠山失蹤五年，張三丰對他生還已經不抱希望時才明說，可見張三丰是充分考慮到師兄弟之間微妙的關係的。

接著就是俞岱巖殘廢，張翠山失蹤。俞岱巖資質平平，殘廢與否無關大局，張翠山失蹤卻從根本上改變了武當的局勢。張翠山失蹤後，武當的前景如何呢？首先，宋遠橋顯然大大鞏固了其地位，到了十年後張翠山還山，看到宋遠橋作道士打扮，處處很有威嚴。宋明明有妻有子，和張三丰一樣打扮成道士，根本上就是從一個側面宣示自己作為武當掌門的法定繼承人。殷梨亭說：「這幾年大哥越來越愛做濫好人，江湖上遇到什麼疑難大事，往往便來請大哥出面。」也顯示出宋遠橋的地位明顯高於他們幾個，幾乎被江湖上公認為武當派的第二代領導人。

但是張三丰此時還沒有完全確定宋遠橋的掌門弟子身分，他說：「我七個弟子之中，悟性最高，文武雙全，唯有翠山。我原盼他能承受我的衣缽。」這話其實也就是藉失蹤的張翠山向弟子們暗示，你們各有各的問題，還不夠資格繼承我的衣缽。這實際上打壓的是被默認將繼位的宋遠橋，同時也給其他人希望，主要就是俞蓮舟。

此時，俞蓮舟的武功在七個弟子中是最高的，甚至超過宋遠橋，這是他的一個有利條件。書中言道：「近年來俞蓮舟威名大震，便是崑崙、崆峒這些名門大派的掌門人，名聲也尚不及他響亮。」從性格上來說，宋遠橋為人寬厚親和，俞蓮舟卻古板嚴厲，書中說：「俞蓮舟外剛內熱，在武當七俠之中最是不苟言笑，幾個小師弟對他甚是敬畏，比怕大師兄宋遠橋還厲害得多。」俞蓮舟這樣的性格和宋遠橋各有利弊，一個和善謙沖，八面玲瓏，一個威嚴有餘，人望不足。派中大多數人不會希望俞蓮舟接任掌門，但是一旦接任也鎮得住局面，不會有人敢和他作對。此時，除了是大弟子，宋遠橋並沒有明顯勝過俞蓮舟的地方。但是宋遠橋的勢力已經日益鞏固，未來掌門的身分已經被江湖上所默認，即使張三丰想傳位給其他人，也不得不考慮做出變動對於派內派外的諸多不利影響。

除了這兩人外，張松溪武功也不錯，為人足智多謀，心計比較重。這樣的人聰明是聰明，但是缺乏領袖魅力，只適合做幕僚、副手，出謀劃策。而殷、莫兩個小弟子呢，不但地位上和前幾個人差一截，而且一個優柔寡斷，一個脾氣火爆，毫無競爭力。這幾個人都是不用考慮的。因此，掌門之位的爭奪，看來只在宋大、俞二之間；可是此時，張翠山卻回來了。

張翠山回山後，離開師門十年，武功落後師兄弟一大截，又和天鷹教的魔女結婚，張三丰居然一一寬容不問，表現出明顯的偏愛。聯繫到前幾年張三丰表示自己想傳衣缽給張翠山，師兄弟們是略有些不快的：「宋遠橋等均想：師父對五弟果然厚愛，愛屋及烏，連他岳父這等大魔頭，居然也肯下交。」事實上，他們會進一步想到，如果張三丰肯下交殷天正，張翠山的短處就變成了長處，這意味著張翠山有天鷹教的勢力作為外援，這對他主掌武當是很有幫助的，宋遠橋的地位將再度不保。

但是形勢急轉直下，不久各大門派趁張三丰壽筵逼迫武當，令張翠山自殺而死，這一潛在的衝突沒有激化就消泯了。張翠山雖然留下了兒子張無忌，但是年紀尚小，又得了絕症，不可能挑戰宋遠橋的地位。

經過張翠山自殺一事的刺激，又上少林被羞辱了一番，張三丰閉關修煉，不問世事，將掌門之位正式傳給宋遠橋，這樣一來宋遠橋事實上接掌了武當掌門，其地位已經是無可動搖，很快就擺明要把掌門之位傳給自己的兒子宋青書。張三丰閉關不出，宋氏父子掌握大權，雖然不能說是肆無忌憚，卻也沒多少顧忌。

這時武當派的上下關係已經有了微妙的不同，以致在光明頂之役中，宋青書堂而皇之地以武當少掌門的身分出現，對殷梨亭等人發號施令。實際上宋遠橋雖然是掌門，宋青書雖然有才幹，但是他們忘記了，掌門廢立，還是張三丰說了算的事情，真正的大權還在張三丰手上。張三丰本人不一定對宋青書反感，但是他對宋氏父子將掌門私相授受也微有不滿，會想到只要自己一死，武當派就變成了宋家的私人產業，非宋遠橋派系的其他各支很可能被排擠，這對武當的發展是很不利的。

到了光明頂一戰，張無忌成就大名，後來又救援武當，立下無人可及的功勞。形勢頓時逆轉，張三丰把張無忌當親孫子一樣看待，把太極拳太極劍等絕學傾囊相授，命他當少掌門大有可能。張無忌雖然當了明教教主，再當個武當掌門也很正常（舊版裡甚至當了峨嵋掌門）。而和張無忌關係比較親密的，有小時候照顧過他的俞蓮舟和他救過性命，且和明教結成親家的殷梨亭。宋遠橋和張松溪則相對和他關係較疏遠。張無忌地位的飛升，也引起了武當內部關係的微妙變動，至少宋氏父子在武當的核心地位已經不存在了：武當遠征光明頂的人馬被趙敏智擒，宋遠橋作為領導是要負相關責任的，張三丰肯定對此不滿，和張無忌立下奇功相比，反差更加明顯。加上宋青書從全派的寵兒變成二流角色，往常還被少掌門身分約束的一些惡劣品質逐漸暴露出來，引發了和莫聲谷的衝突，結果導致宋氏勢力的覆滅。

宋青書偷窺峨嵋派女弟子寢室，此事可大可小，往大了說是喪德敗行、玷污女俠清白，往小了說無非是去找周芷若走錯了門，根本不用讓別人知道。莫聲谷發現後卻無限上綱，要「清理門戶」，本質上還是不滿宋氏父子專權、長期積怨的爆發。想來他作為無權無勢的小師叔，宋青書這個少掌門一直沒把他放在眼裡，讓他受了不少氣。宋青書無論如何是罪不至死的，莫聲谷多半也不是想殺了他，而是要把他帶回武當，當著所有人的面讓宋遠橋用門規處置，這樣一來宋青書身敗名裂，宋遠橋也會大受打擊。結果宋青書死活不回去，二人大打出手，在陳友諒暗助之下，莫聲谷反而被宋青書所殺。

後來，此事被武當四俠知道，宋青書在武當派的政治生命也就斷送。加上和陳友諒合謀謀害張三丰的事情，在任何門派都是令人無法容忍的叛逆大罪。此時武當派內部卻出現了意味深長的分歧。讓我們仔細分析一下事件前後武當諸俠的表現。

一開始，武當四俠到山洞中，還沒有發現莫聲谷的屍體，宋遠橋和張松溪卻一搭一唱，莫名其妙地一定要安給張無忌罪名：

只聽得宋遠橋道：「七弟到北路尋覓無忌，似乎已找得了什麼線索，只是他在天津客店中匆匆留下的那八個字，卻叫人猜想不透。」張松溪道：「『門戶有變，亟須清理。』咱們武當門下，難道還會出什麼敗類不成？莫非無忌這孩子……」說到這裡，便停了話頭，語音中似暗藏深憂。殷梨亭道：「無忌這孩子絕不會做什麼敗壞門戶之事，那是我信得過的。」張松溪道：「我是怕趙敏這妖女太過奸詐惡毒，無忌少年血氣方剛，惑於美色，別要似他爹爹一般，鬧得身敗名裂……」四人不再言語，都長嘆了一聲。

只聽得宋遠橋忽然顫聲道：「四弟，我心中一直藏著一個疑竇，不便出口，若是沒講出來，不免對不起咱們故世了的五弟。」張松溪緩緩地道：「大哥是否擔心無忌會對七弟忽下毒手？」宋遠橋不答。張無忌雖不見他身形，猜想他定是緩緩點了點頭。

只聽張松溪道：「無忌這孩兒本性淳厚，按理說是決計不會的。我只擔心七弟脾氣太過莽撞，若是逼得無忌急了，令他難於兩全，再加上趙敏那妖女安排奸計，從中挑撥是非，那就……那就……唉，人心叵測，世事難於預料，自來英雄難過美人關，只盼無忌在大關頭能把持得定才好。」殷梨亭道：「大哥，四哥，你們說這些空話，不是杞人憂天麼？七弟未必會遇上什麼凶險。」宋遠橋道：「可是我見到七弟這柄隨身的長劍，總是忍不住心驚肉跳，寢食難安。」俞蓮舟道：「這件事確也費解，咱們練武之人，隨身兵刃不會隨手亂放，何況此劍是師父所賜，當真是劍在人在，劍亡人……」說到這個「人」字，驀地住口，下面這個「亡」字硬生生忍口不言。（第三十二回）

由此可見，宋遠橋、張松溪二人是一夥，對張無忌是很不信任的，而殷梨亭、俞蓮舟則相對傾向張無忌一邊。看來此時，武當已經明顯分成了維護和反對張無忌的兩派。本質上來說，這不是對張無忌的看法問題，而是是否支持宋遠橋父子主持武當的立場問題。可人算不如天算，不久宋青書便東窗事發，宋遠橋沒法再把髒水潑到張無忌頭上，不得不做出姿態要去「追殺」兒子，此時張松溪又奇怪地出來阻止：

張松溪勸道：「大哥，青書做出這等大逆不道的事來，武當門中人人容他不得。但清理門戶事小，與復江山事大，咱們可不能因小失大。」宋遠橋圓睜雙眼，怒道：「你……你說清理門戶之事還小了？我……我生下這等忤逆兒子……」張松溪道：「聽那陳友諒之言，丐幫還想假手青書，謀害我等恩師，挾制武林諸大門派，圖謀江山。恩師的安危是本門第一大事，天下武林和蒼生的禍福，更是第一等的大事。青書這孩兒多行不義，遲早必遭報應。咱們還是商量大事要緊。」宋遠橋聽他言之有理，恨恨地還劍入鞘，說道：「我方寸已亂，便聽四弟說罷。」殷梨亭取出金創藥來，替他包紮頸中傷處。

張松溪道：「丐幫既謀對恩師不利，此刻恩師尚自毫不知情，咱們須得連日連夜趕回武當。這陳友諒雖說要假手於青書，但此等奸徒詭計百出，說不定提早下手，咱們眼前第一要務是維護恩師金軀。恩師年事已高，若再有假少林僧報訊之事，我輩做弟子的萬死莫贖。」說著向站在遠處的趙敏瞪了一眼，對她派人謀害張三丰之事猶有餘憤。

宋遠橋背上出了一陣冷汗，顫聲道：「不錯，不錯。我急於追殺逆子，竟將恩師的安危置於腦後，真是該死，輕重倒置，實是氣得糊塗了。」連叫：「快走，快走！」（同上）

張松溪的理由是很牽強的：張三丰武功出神入化，宋青書只有利用他對自己的信賴才有可能加以暗算。要保護他只要派一個人去告訴他宋青書叛變，一切小心就行了。完全不必要武當諸俠都趕回去守在張三丰身邊。再說，如果能生擒或斬殺宋青書，丐幫的陰謀消弭於無形，自然也不用回武當，即使要防備丐幫，也應該先從宋青書下手，透過他搞清楚丐幫圖謀的具體內容。張松溪卻罔顧事實，顛倒輕重，讓大家不去管宋青書，反而一起趕回武當，本質上就是維護宋氏父子。後來又暗示到趙敏頭上，更是試圖激起武當諸俠同仇敵愾之心而混淆視聽了。

宋青書叛變事發，對於宋遠橋在武當的勢力是極其沉重的打擊。宋遠橋一時無法應對，只有暫時先回武當穩定局面再說，張松溪的話正好給他提供了一個及時的藉口。但是回了武當，問題也無法解決，很明顯，只要張三丰一知道此事，宋遠橋一派就完了。因此，宋遠橋還得想方設法瞞著張三丰，為此想必施加給俞蓮舟和殷梨亭不小的壓力。此時宋遠橋和張松溪絕對不敢離開武當，以防其他人向張三丰告發。後來張無忌大婚，宋遠橋不得不奉師命出來，也得拉著俞、殷一起，而讓張松溪留在武當山看著。更明顯的是後來的屠獅英雄會，宋遠橋和張松溪都沒有來，只有俞、殷二人被打發出來：

武當派只到了俞蓮舟和殷梨亭二人。張無忌上前拜見，請問張三丰安好。俞蓮舟悄聲問道：

「你可曾聽到青書與陳友諒的訊息？」張無忌將別來情由簡略說了，得知陳宋二人並未上武當滋擾，這次宋遠橋、張松溪二人所以不至，便是為了在山上護師保觀，以防奸謀。俞蓮舟又說起宋遠橋自親耳聽到獨子的逆謀之後，傷心愁急，茶飯不思，身子幾乎瘦了一半，卻又瞞著師尊，不敢說起此事，恐貽師父之憂。張無忌道：「但盼宋師哥迷途知返，即速悔悟，和宋大師伯父子團圓。」俞蓮舟道：「話雖如此，但這逆賊害死莫七弟，可決計饒他不得。」說著恨恨不已。（第三十七回）

宋遠橋所謂「恐貽師父之憂」純屬託詞，根本上是害怕東窗事發牽連到自己，所以才傷心愁急，日漸消瘦。俞蓮舟「恨恨不已」，也有對宋遠橋的怨憤在內。不久俞蓮舟和宋青書比武，出手狠辣，意在取宋青書的性命：

但見俞蓮舟雙臂一圈一轉，使出「六合勁」中的「鑽翻」、「螺旋」二勁，已將宋青書雙臂圈住，格格兩響，宋青書雙臂骨節寸斷。俞蓮舟喝道：「今日替七弟報仇！」兩臂一合，一招「雙風貫耳」，雙拳擊在他的左右兩耳。這一招綿勁中蓄，宋青書立時頭骨碎裂。（第三十八回）

宋青書一殘，宋遠橋想瞞天過海的打算就此泡湯，宋派大勢已去，宋青書被抬上武當，被張三丰親手擊斃，宋遠橋勢力冰消瓦解。張三丰革除了宋遠橋掌門之位，命俞蓮舟接任。只是因為宋遠橋勢力深遠，不願引起大的震動，才沒有完全追究他的責任。武當派大權由此落到俞蓮舟一系上。

接下去的演變書中沒有明寫，但是結合歷史和前面給出的種種線索，可以推斷出一個出人意料的結局：親張無忌的俞蓮舟雖然掌權，但是宋遠橋、張松溪的勢力仍在，兩派矛盾並未因此消解，仍然有一些摩擦。十年後，元亡明興，政治環境發生了根本的變化。武當對明朝建立應該是立了不少功勞（《英烈傳》裡多次提到朱元璋得武當山神靈庇佑），同時也有些令明帝猜忌的事情，譬如武當和明教張無忌、楊逍的關係。武當此時不宜再以世俗門派的身分出現，而應該充分宗教化，變成不問世事的道教勢力，才能保全自己並獲得進一步發展的機會。在這個時候，武當派中一個小角色承擔了這個歷史性轉變的任務，這個人就是全書中從來沒有出來過，只是提到過名字的——谷虛子。

谷虛子是俞岱巖的門下，俞岱巖殘廢已久，早就退出了掌門之位的競爭，他的門下也只是主持武當作為道觀的日常事務，這是其他人的弟子都不願意幹的。武當遠征明教之時，真武觀中的日常事務就由谷虛子主持。可見從宗教角度來說，他已經是武當的「掌門」了。明朝建立之後，張三丰被明太祖、成祖屢賜殊榮，當然不會不明白皇帝抬舉自己的意思，他知道武當只有道教化才是最好的出路，而這時候谷虛子及其手下的清風、明月等道人就成為現成的接班人。而讓谷虛子繼位對於宋、俞二派來說也都是可以接受的。俞蓮舟死後或退位後，各派達成妥協，谷虛子成為第四代武當掌門人。而武當也由此完成了歷史性的轉型，成為一個真正的以道士為主的道教門派。

三、龍門鏢局滅門案真相考

《倚天屠龍記》一開頭就寫到，武當弟子俞岱巖被害，武當弟子張翠山受師命到臨安查探真相。結果剛到龍門鏢局就發現全鏢局上下都已經死光，只有幾個倖存的少林和尚指認他是兇手，說親眼看到他殺人。張翠山蒙受不白之冤，驚怒交加，卻又不知所措。

按一般小說的寫法，這起撲朔迷離的事件必然要大書特書，寫上幾萬乃至幾十萬字：張翠山如何蒙受不白之冤，如何被人人唾棄，如何得到神秘人物相助一步步查明真相，最後找出陷害他的大魔頭。可是金庸的手法鬼斧神工，豈是庸手可比，故事到了下一回便真相大白：天鷹教的殷素素親口承認龍門鏢局滅門案是她做的。張翠山也沒有把這女魔頭繩之以法，二人還互有好感，展開了一段浪漫的愛情故事。後來王盤山大會，謝遜到來，挾持兩人到了海外，劇情急轉直下，龍門鏢局滅門案似乎早已水落石出，也就沒人理會了。

可是真相當真僅此而已麼？實際上殷素素的說法破綻很多，仔細讀來，不難一一發現，而這些破綻以及文中的蛛絲馬跡，卻引出一個令人毛骨悚然的幕後真相。

首先，殷素素為什麼要殺人？按殷素素的說法，主要還不是因為她曾說過「殺得你滿門雞犬不留」的恐嚇的話，而是因為她被打傷之後：

「我回到江南，叫人一看這梅花鏢，有人識得是少林派的獨門暗器，說道除非是發暗器之人的本門解藥，否則毒性難除。臨安府除了龍門鏢局，還有誰是少林派？於是我夜入鏢局，要逼他們給解藥，豈知他們不但不給，還埋伏下了人馬，我一進門便對我猛下毒手。」（第五回）

殷素素是天鷹教主的女兒，天鷹教紫微堂堂主，她「叫人一看這梅花鏢」，顯然對方是天鷹教的屬下。從書中其敘述看，殷素素回到臨安後，肯定和教內有過聯繫。教主的女兒受傷，討要解藥這種事情，屬下們即使不完全包辦，也應該跟隨左右保護，怎麼當時一個人也不出來，任受傷的上司自己去闖龍潭虎穴呢？

在張翠山面前，殷素素號稱「昨天晚上在那些少林僧身邊又沒搜到解藥」，但據少林僧人慧風的描述：

「我親眼見你一掌把慧光師兄推到牆上，將他撞死。我自知不是你這惡賊的敵手，便伏在窗上，只見你直奔後院殺人，接著鏢局子的八個人從後院逃了出來，你跟蹤追到，伸指一一點斃，直至鏢局中滿門老少給你殺得精光，你才躍牆出去。」（第四回）

可見殷素素殺人是一個連續的過程，中間並沒有搜尋解藥的舉動。況且，如果真是意在解藥，應該將對方制住後加以拷問，以得到盡可能多的訊息。而不是先殺了再說，可見殷素素說自己是為了解藥才殺人，純粹是一個幌子。

其次，殷素素有滅龍門鏢局滿門的能力麼?龍門鏢局死亡共七十一口，連帶死了好幾個少林和尚。其中相當一部分是有武功的。雖然都不是殷素素的對手，但是除了幾個埋伏的少林僧外，一個也沒有逃走，未免太奇怪了。對比《笑傲江湖》中福威鏢局的滅門案：

「當天晚上，我和小師妹又上福威鏢局去察看，只見余觀主率領了侯人英、洪人雄等十多個大弟子都已到了。我們怕給青城派的人發覺，站得遠遠的瞧熱鬧，眼見他們將局中的鏢頭和趟子手一個個殺了，鏢局派出去求援的眾鏢頭，也都給他們治死了，一具具屍首都送了回來，下的手可也真狠毒。」（第三回）

福威鏢局林震南的武功差勁之極，被青城派玩弄於股掌之上，即使這樣余滄海也要帶著十幾個大弟子一起才能保證滅門不出岔子。都大錦是少林派的嫡系弟子，武功不會比林震南差，而殷素素的武功雖不弱，但是顯然比不上張翠山，更不能和真正的高手比，加上左臂受了重傷，一條胳膊幾

乎要廢了，怎麼可能戰鬥力那麼強呢？何況殷素素擅長用銀針，此處殺人者據慧風的描述，卻是用指掌殺人，從武功上來說也不對路。「我親眼見你一掌把慧光師兄推到牆上，將他撞死。」明顯是大力氣的男人的招式，殷素素有這樣的武功造詣麼？難以置信。

第三，殷素素最初說自己看到張翠山衣服好看，於是也去買了一套，這個說法更加不能成立，看到異性衣服好看，最多對對方有欽慕之意，怎麼會去買同樣的衣服呢？再說為什麼在穿上和對方一樣的衣服後再去殺人？除了有意栽贓，沒有別的解釋。

以上疑點說明：第一，將龍門鏢局滅門不是偶然的結果，而是蓄意的行為；第二，行為的主體不是，或者不只是殷素素；第三，殷素素確實是有意栽贓給張翠山。

其實，金庸在書中已經交代了一部分的真相，當張翠山問出殷素素栽贓的做法後：

殷素素微笑道：「我也不是想陷害你，只是少林、武當，號稱當世武學兩大宗派，我想要你們兩派鬥上一鬥，且看到底是誰強誰弱？」（第五回）

這些話足以說明，上面的解釋是謊言，殷素素的目的就是假扮張翠山，挑撥少林武當相鬥。但這就帶來了更多的問題。這麼大的事情是一個少女能決定的麼？她難道不怕引火焚身？再說，她挑撥兩派相鬥的目的又是什麼？她能夠從中得到什麼呢？

結合上面分析的第二點，不難看出，除了殷素素外，必然有其他人參與對龍門鏢局的滅門案，以挑起少林、武當兩派的爭端。這些人的身分，當然只可能是殷素素的天鷹教同仁，甚至是她的家人——殷天正和殷野王。也就是說，龍門鏢局滅門事件，確實不是殷素素一時的意氣，也不是她拿人命當草芥那麼簡單，而是天鷹教蓄意造成的一個陰謀。那麼天鷹教為什麼要這麼做呢？

當然不可能是純粹要鬧事，「看看誰強誰弱」這麼簡單。天鷹教這個計畫也並非天衣無縫，是要承擔一定的風險的。萬一被發現後，少林、武當兩大勢力，足以對天鷹教形成泰山壓頂之勢，威脅它的生存。我們知道，所謂天鷹教，不過是明教中殷天正一派的分號，真實的力量比明教差得遠，在江南的勢力也並不牢固。殷天正、李天垣等都是精明之人，不可能為了好玩去冒天下之大不韙。

也不會是出於野心。天鷹教在武林中只是一股較小的勢力，如果武當少林發生火拼，出現權力真空，直接受益者應該是丐幫、明教其他支系或者峨嵋、崑崙、青海等門派。天鷹教即使能分到一些好處也不會太多，不值得如此冒險。天鷹教實際上對大門派還是比較小心翼翼的，像俞岱巖受傷後還護送回武當去，就是明顯的例子。

那麼真實原因何在呢？我們必須首先從天鷹教的角度去思考問題。

在俞岱巖爭奪屠龍刀的過程中，已經有疑似少林派的人參與。而殷素素在武當山上又碰到了「少林」的高手，親眼看到他們將俞岱巖擄走。天鷹教方面當然做夢也想不到還有個金剛門的存在，他們會認為：少林派志在屠龍刀，並且透過拷問俞岱巖，很可能已經知道了屠龍刀在自己手上。

湊巧的是，這個時候少林有不少僧徒南下支援龍門鏢局。對於天鷹教來說，這就建構起一條完整的因果鏈：少林從俞岱巖口中問出了屠龍刀在自己手中，於是派人前來奪刀，並且以龍門鏢局為據點。天鷹教自然知道少林的厲害，自己羽翼未豐，還不是對手。因此會判斷自己已經處於十分危急的情況下，不惜鋌而走險。

在這種情況下，最好的對策，就是籌劃這次龍門鏢局滅門案：利用這次事件中武當弟子也牽涉其中，來挑撥本來就互有心病的少林和武當相鬥。當然，這樣重大的決定，能夠拍板的只有一個人——教主殷天正。

整個事件可能都是殷天正精心策劃的：張翠山、俞蓮舟和莫聲谷一進入東部，他就已經知曉。俞、莫二人共同行動，特別是俞蓮舟江湖經驗豐富，不好控制，本來如果他們先到臨安會比較麻煩一點，但是卻出了蹊蹺之事：

俞蓮舟嘆了口氣道：「這是陰錯陽差，原也怪不得你。那日師父派我和七弟趕赴臨安，保護龍門鏢局，但行至江西上饒，遇上了一件大不平事，我倆無法不出手，終於耽擱了幾日，救了十餘個無辜之人的性命，待得趕到臨安，龍門鏢局的案子已然發了。」（第九回）

這件突然出現的「大不平事」很可能是殷天正緊急安排的事端，以攔住二人。另一方面則派女兒到臨安，準備對付單槍匹馬的張翠山。而他本人當時很可能也在臨安。

張翠山四月三十日傍晚到達臨安，找了落腳的地方，換了件衣服，晚上前去龍門鏢局探路，而殷素素趁這個時間差假扮他製造了滅門慘案。其實，即使張翠山當時立即前往龍門鏢局。因為武當少林的微妙關係，又因為俞岱巖的問題，雙方也很容易發生摩擦。此後幾天天鷹教仍然可以找到機會下手。但張翠山的舉動，卻是中了天鷹教的下懷。

在龍門鏢局假扮張翠山殺人的，不只是殷素素，可能還有殷野王、李天垣，殷天正也可能在暗中主持，以慧風等少林僧的武功水準，即使殷天正在他們也不可能發現。即使是張翠山也不可能發現殷天正。但假設殷天正在場，就不難解釋為什麼幾十個人在短時間內死得一乾二淨。幾個逃走的少林僧顯然是有意放的證人。

因此，以上的推測可能就是龍門鏢局滅門慘案的真實情況。殷素素事後對張翠山自然不會說實話，而是都攬在自己身上。為了討要解藥而一時激憤殺人，總比全家一起上，蓄意製造血海陰謀以栽贓嫁禍更能引起張翠山的同情。但真相是否僅此而已呢？恐怕更令人毛骨悚然的還在後面。

假冒張翠山殺人並不難辦，難辦的是如何把這個罪名坐實。張翠山不是啞巴，自己會說話。人家是名門子弟，在江湖上名聲又好，要讓天下相信是張翠山殺人很有些難度。縱然幾個少林弟子當時驚慌失措不辨是非，事後也可能會想：為什麼張翠山第二次來自報家門的時候並沒有殺我們？在兩大派的主持下，幾個人當面一對質，「有人假扮」的結論不難得出，如果查出是天鷹教所為，兩大派肯定會聯合起來對付殷天正，這樣一來就麻煩大了。

為此有兩個辦法，一是把張翠山也殺了，死無對證；可是殺張翠山容易，卻不可能栽贓到少林頭上（當時在臨安的少林和尚武功比他差得遠），仍然會留下不利於自己的線索。另一個辦法是乾脆拉攏張翠山，讓他站到自己一邊來。這樣一來等於拖武當下水，對天鷹教來說是一箭雙鵰。但是張翠山明明被自己陷害，又怎麼可能和自己合作呢？

所以殷天正打出了他的王牌：殷素素。用如花似玉的女兒做誘餌，才能讓張翠山上鉤，進而如果可能的話，把武當拉攏到自己這邊來。

殷素素在張翠山面前似乎不過是一個時而嬌憨、時而蠻橫的「野蠻女友」，但這並非她的真實面目。從在王盤山她對崑崙派兩劍客的挑撥中可以看出，她對男人的心理十分熟悉，能夠將他們玩弄於股掌之上。當殷素素的挑撥忘了形，引起了張翠山的不滿，她又及時發現，和張翠山談論《莊子》：「殷素素聰明伶俐，有意要討好他，兩人自是談得十分投機，久而忘倦，並肩坐在石上，不知時光之過。」（第五回）可見殷素素情商極高，張翠山這種初出茅廬的小夥子根本不是對手，很快就被迷得五迷三道。兩人後來一到冰火島，殷素素當晚就自薦枕席，「始有洞房春暖之樂」，可見也並非任盈盈那樣的害羞處女。

殷素素有意挑逗張翠山的情節其實非常明顯，她從一開始就以相同裝束在張翠山面前出現，引起他的好奇。當張翠山發現她是女子的時候又約他見面。張翠山決意去見她，其實已經是被她所吸引，還自欺欺人地說：「我但當持之以禮，跟她一見又有何妨？」只要張翠山肯來，殷素素的情挑已經成功了第一步。

第二天在六合塔見面，殷素素又是出口成章，又是展示書畫，唯恐對方不知道自己是個才女。顯然是早已打聽到「銀鉤鐵畫」張翠山愛好文學、書法，投其所好。張翠山的師兄弟好像對這些都沒什麼愛好，好不容易碰到一個紅粉知己，自然越來越為之傾倒。

但是關鍵的兩步，還在於「療傷」和「揚刀」這兩件事。

請注意書中另一個細節：殷素素中了鏢毒，除了用解藥治療外，也可以用內功逼出來。後者就是張翠山的做法，讓殷素素很快恢復了健康。在武俠小說的設定中，這個道理應該非常淺顯，殷素素和天鷹教的人沒有理由不知道。殷天正的內功比張翠山不知道高多少，她受了傷理應趕緊去找老爸救命，為什麼還要冒著手臂廢掉的危險獨自留在臨安等張翠山找來呢？就算她算定了張翠山會找來，也不可能確定張翠山一定會救她吧？

唯一的可能是：殷素素知道，自己的手臂根本就不會有事。即使張翠山不肯救她，回頭找老爸也不會有問題。

在王盤山上和謝遜見面後，殷素素說過：「並不是殷教主失算，乃是他另有要事，分身乏術。」這就告訴我們，殷素素回到江南後，和殷天正肯定有過直接間接的聯繫。殷天正得知女兒受傷，不趕緊派人去接應救護，反而任她自己東奔西跑，這是為什麼呢？

真相只有一個：殷天正、殷素素父女有意利用殷素素的傷來激起張翠山的憐惜之情，對他進行色誘。

不要說在武當山上沒見過幾個女人的張翠山，各位男性讀者，當你們看到殷素素這樣一個如花似玉的少女手臂上中了毒鏢，馬上就要廢了的情況下，有誰心中不會產生強烈的心痛和憐愛之情呢？而中間發小姐脾氣故意自殘，更是讓天下男兒都不得不低頭的妙招。在這種情況下，如果你是張翠山，會果斷地把她當成殺人兇手加以處置呢，還是想先治病救人再說呢？一旦把她治好了之後，對方再吳儂軟語地幾句「張五哥」一叫，你還好意思翻臉麼？所以「療傷」是進行色誘計畫的關鍵，這一步成功了，整個計畫就成功了一半。

當然這個計畫是機密中的機密，只有少數高層能夠知道。像舟子、常金鵬之類是不可能與聞機密的，所以當碰到常金鵬後，他以為張翠山在害殷素素，跳出來阻止，雙方誤會一場。好在這些人的武功比張翠山差得遠，不會影響整個計畫。

下一步就是將張翠山帶到王盤山的「揚刀立威大會」。這也是一步令人拍案叫絕的妙棋：

殷素素冷冷地道：「他們要去瞧瞧屠龍刀嗎？只怕是眼熱起意……」張翠山聽到「屠龍刀」

三字，心中一凜，只聽殷素素又道：「嗯，崑崙派的人物倒是不可小覷了。我手臂上的輕傷算不了什麼，這麼著，咱們也去瞧瞧熱鬧，說不定須得給白壇主助一臂之力。」轉頭向張翠山道：「張五俠，咱們就此別過，我坐常壇主的船，你坐我的船回臨安去罷！你武當派犯不著牽連在內。」

張翠山道：「我三師哥之傷，似與屠龍刀有關，詳情如何，還請殷姑娘見示。」殷素素道：「這中間的細微曲折之處，我也不大了然，他日還是親自問你三師哥罷！」

張翠山見她不肯說，心知再問也是徒然，暗想：「傷我三哥之人，其意在於屠龍寶刀。常壇主說要在王盤山揚刀立威，似乎屠龍刀是在他們手中，那些惡賊倘若得訊，定會趕去。」說道：「發射這三枚梅花小鏢的道士，你說會不會也上王盤山去呢？」

殷素素抿嘴一笑，卻不答他的問話，說道：「你定要去趕這份熱鬧，咱們便一塊兒去罷！」

（第五回）

張翠山是為了追查俞岱巖的事到臨安來，此事和屠龍刀有莫大的關係。聽到有這個會，自然是非去不可的。殷素素欲擒故縱，讓他回臨安去，還說「你武當派犯不著牽連在內」，恰恰是要張翠山自己提出前往，主動把武當派「牽連在內」。張翠山自然不會想到，這樣一來，就進一步掉進了天鷹教的陷阱中。

在王盤山上，天鷹教方面對張翠山十分熱情，差不多把他當成了上門女婿。雖然張翠山也設法和天鷹教保持一些距離，表明自己中立的立場，但伸手不打笑臉人，何況他本來對殷素素已經暗生情愫了呢？他和殷素素之間較親密的關係是人人都看得見的。這傳遞給與會者一個明確的訊息：武當的張五俠，是我們這邊的人。這當然在天鷹教的算計之中。

因此也可以理解，為什麼王盤山大會上殷天正「另有要事，分身乏術」，而李天垣和殷野王也不見蹤影，讓殷素素去做最高主持人。如果殷天正等人在場的話，再對張翠山過分親熱，就顯得有失身分體統，也會讓張翠山懷疑天鷹教為何無事獻殷勤。而讓張翠山本來就心儀的殷素素去主持，殷素素又對他十分親暱，甚至拉他到自己身邊來坐。這種小兒女態就顯得比較自然，而不知不覺中，就已經把他拉到了大會的半個主持者的地位上來，從此再也脫不了干係。

如果謝遜不出現，事情會怎麼演變呢？直接的結果是血氣方剛的張翠山很快成為殷素素的入幕之賓，之前龍門鏢局慘案自然要說也說不出口。既不能承認是自己幹的，也不能吐露是自己心愛的女人的傑作，而只能拚命幫天鷹教遮掩，成為誰也說不清的懸案。而各門各派回中原後，張翠山和殷素素的曖昧關係也會傳遍天下。這樣有兩種可能的結果：一是武當也被拖下水，成為天鷹教的同盟，這是有可能的，後來張三手也說過想結交殷天正；二是張翠山被開除出武當，而加入天鷹教，這樣殷天正憑空多了一個得力的助手，而武當多半也會念及香火之情，不會過分為難天鷹教。無論如何，這些事情可能要鬧上好幾年時間，而天鷹教就有充分的時間準備應對少林可能的進攻，並且去參透屠龍刀的秘密了。

指出張翠山和殷素素患難與共的浪漫愛情其實是精心策劃的陰謀的產物，不免大殺風景。不過真正的愛情永遠只能生長在現實的土壤中，即使小說中的愛情，也必須生長在小說中的現實之上。龍門鏢局的幾十個死者的鮮血大概不會澆灌出不食人間煙火的空谷幽蘭，而只能澆灌出詭異而淒厲的血罌粟來。不過，張翠山夫婦的感情仍然是真實的。對於張翠山來說，即使知道了真相，面對確實悔過了而又為他自殺的妻子，最終大概也會原諒吧。

四、殷野王武功考

殷野王在《倚天屠龍記》中是主角張無忌的舅舅，出場不多不少，卻幾乎沒怎麼出手。他的武功如何雖然不能詳知，但是做番探究卻也很有趣。

小說中借助旁人之口，對殷野王的武功極盡吹噓：

> 殷素素問道：「我爹爹身子好吧？」李天垣道：「很好，很好！只有比從前更加精神健旺。」殷素素又問：「我哥哥好罷？」李天垣道：「很好！令兄近年武功突飛猛進，做師叔的早已望塵莫及，實是慚愧得緊。」殷素素微笑道：「師叔又來跟我們晚輩說笑了。」李天垣正色道：「這可不是說笑，連你爹爹也讚他青出於藍，你說厲害不厲害？」（第九回）

他「殷野王」三字一出口，旁觀眾人登時起了哄。殷野王的名聲，這二十年來在江湖上著實響亮，武林中人多說他武功之高，跟他父親白眉鷹王殷天正實已差不了多少，他是天鷹教天微堂堂主，權位僅次於教主。（第十八回）

這些說法有多少分量呢？天鷹教擺明了是家族企業，李天垣雖然是師叔，也進不了核心圈子，對殷家兄妹當然要極盡奉承。至於一般的下屬更是搞不清楚堂主武功究竟有多高，只是想當然地認為既然是大高手殷天正的獨子，武功一定很高。這樣口耳相傳，殷野王就成了當世高手。因此，殷野王也以高手自居，見到滅絕師太也毫不畏懼，要代張無忌接她第三掌。說明殷野王對自己的定位是等於或高於滅絕師太，這已經和他老爸是一個級別的了。

殷野王的實際武功水準如何呢？殷野王在書中出手不多，不過卻出場得很早，第三回中在船上和俞岱巖過招的就是此君。他和妹妹一起多次施暗算，讓俞岱巖中毒受傷，可即使這樣還是被俞岱巖打得落花流水，最後甚至被中毒的俞岱巖一掌擊昏，掉進錢塘江裡：

俞岱巖右掌擊出，盛怒之下，這一掌使了十成力。兩人雙掌相交，砰的一聲，艙中人向後飛出，喀喇喇聲響，撞毀不少桌椅等物……那人吃了一驚，臂上使力，待要將刀挺舉起來，只覺勁風撲面，半截斷錨直擊過來。這一下威猛凌厲，決難抵擋，當下雙足使勁。一個筋斗，倒翻入江……

那人雖然避開了斷錨的橫掃，但俞岱巖右手那一掌卻終於沒有讓過，這一掌正按在他小腹之上，但覺五臟六腑一齊翻轉，撲通一聲跌入潮水之中，已是人事不知。（第三回）

誠然俞岱巖的年齡比張翠山大十歲左右，但是張翠山的悟性遠過俞岱巖，這是張三丰親口說的。兩人武功應該在伯仲之間。可是當時殷野王比他們至少要差了一個等次以上，而殷野王的年齡應該比張翠山略大或差不多。俞岱巖如果不出意外，苦練二十年，也未必能到鷹王、獅王的境界，殷野王悟性更比不上張翠山，要「青出於藍」，恐怕不是那麼容易。

二十年後，殷野王的實際戰鬥力如何呢？在光明頂下和滅絕師太沒有打成，但不久後和成崑一戰，結果一死一傷，當然成崑是假死，但野王是真傷，而且馬上失去了戰鬥力，可見傷勢不輕。而此時成崑歷經和明教高手的血戰，早已身負重傷：「圓真手指一熱，全身功勁如欲散去，再加重傷之餘。平時功力已剩不了一成……」（第十九回）

成崑的功力剩下不到一成，不要說是殷天正、滅絕級別的高手，就是周顛之流也可以輕鬆打敗他（不要忘記，冷謙和沒有受傷的成崑都鬥了十幾招）。即使這樣，殷野王還被打得灰頭土臉，自己受傷不輕，失去戰鬥力。而成崑有意裝死，多半還沒出全力。可見殷野王的武功著實不堪一擊，二十年來幾乎沒有進步。說慕容復是名不副實多少有點委屈他，可殷野王卻是貨真價實的欺世盜名。倘若當日和滅絕全力比拚，恐怕一掌就得送命。說到底，這位天鷹教大少爺不過是一個自以為是的紈絝子弟而已。

張無忌為人糊塗，聽來聽去還真以為舅舅武功高明，可以和外公相比。所以後來鬥三渡還想請殷野王出手。知子莫若父，殷天正沒等張無忌把話說完，趕緊攬到自己頭上，大概也是知道自己的寶貝兒子武功平平，遠不是對方的對手吧。

五、小龍女身世考

（本文內容與《倚天屠龍記》關聯不大，不過靈感卻來自《倚天屠龍記》卷首的那一闋詞，故列入「倚天從考」系列。）

《神鵰俠侶》中的女主人公小龍女一向被認為是無父無母的孤兒，因為被林朝英的丫鬟收養而成為古墓派傳人。其實大大不然，她的父母是誰，書中雖無明文，卻有許多或隱或顯的線索可以鉤沉發隱。就讓我們隨著金庸先生的敘述，來探究一番武林中的這一段秘辛。首先，最重要的資料，當然是小龍女作為棄嬰被收養的經過：

丘處機道：「這姓龍的女子名字叫作什麼，外人自然無從得知，那些邪魔外道都叫她小龍女，咱們也就這般稱呼她罷。十八年前的一天夜裡，重陽宮外突然有嬰兒啼哭之聲，宮中弟子出去察看，見包袱中裹著一個嬰兒，放在地下。重陽宮要收養這嬰兒自是極不方便，可是出家人慈悲為本，卻也不能置之不理，那時掌教師兄和我都不在山上，眾弟子正沒做理會處，一個中年婦人突然從山後過來，說道：『這孩子可憐，待我收留了她罷！』眾弟子正是求之不得，當下將嬰兒交給了她。後來馬師兄與我回宮，他們說起此事，講到那中年婦人的形貌打扮，我們才知是居於活死人墓中的那個丫鬟。她與我們全真七子曾見過幾面，但從未說過話。兩家雖然相隔極近，只因上輩的這些糾葛，當真是雞犬相聞，卻老死不相往來。我們聽過算了，也就沒放在心上。」（第四回）

此事表面看起來只是普通的棄嬰事件，但是整個敘述中有若干細節卻十分可疑。

第一，全真教弟子聽到重陽宮外有嬰兒啼哭聲，出去看才發現了襁褓中的小龍女。也就是說，有人把一個嬰兒直接放在重陽宮門外，至少相距不會太遠。但是重陽宮不是普通的道觀，在終南山上，是當代武林最大門派的總部，聲勢比當時的少林寺還高，並且和當時的蒙古朝廷關係緊張，從山上到山下即使不是戒備森嚴，也應該有人擔任警戒，又怎麼可能讓人輕易接近宮門呢？如果半夜三更能讓普通人帶著孩子來到山頂觀外而不加察覺，那麼換幾個武林高手，不是能夠輕易殺進重陽宮了麼？縱然馬鈺、丘處機等人不在，全真教的實力也不至於如此之弱。由此可見，能夠接近重陽宮門放下孩子的，必定是武林高手，還可能對終南山重陽宮附近的地形十分熟悉。

如果我們同意這個棄嬰者是武林高手，問題就來了。首先，如果是棄嬰，肯定是自己無法撫養只好偷偷扔下孩子讓別人收養。真是武林高手，無論白道黑道，就算是丐幫，也會有很多門路，不可能走投無路到這個地步，就算放到農村大媽家給點銀子讓人代養也不為難。此人有什麼理由要把自己的孩子無緣無故扔在重陽宮門口呢？假如說不是自己的孩子，是仇家的孩子，直接殺了也好，送到妓院門口也好，或者像九難（《鹿鼎記》中韋小寶的師父）一樣自己養大了讓她去殺親生父母也好，都可以理解。為什麼會冒險把孩子放在道觀門口呢？唯一的解釋是，這個孩子和重陽宮裡的人有特定的聯繫。

第二，半夜三更的時候，全真教人士剛發現孩子，林朝英的丫鬟就跑過來自告奮勇要收養這個孩子。如果說是巧合，則未免太巧。要知道兩派幾十年都不往來，這個古墓派第二代傳人怎麼會在深夜裡無緣無故到重陽宮門口去散步呢？如果說是聽到嬰兒的啼哭才趕過來，那她的聽力未免也太好了。要知道，根據文中敘述，從重陽宮到古墓有好幾里的距離，古墓又在地下，丫鬟掌門這個時候應該在地底下睡得正香，怎麼可能聽到重陽宮門口小孩的啼哭呢？小孩的哭啼聲再大，丫鬟掌門的武功再高也不可能。如果這麼遠的距離都能聽到，那麼只要在古墓裡一坐，重陽宮裡說話念經的聲音不都能聽到了？斷無此理。因而可以推斷，丫鬟掌門的到來絕非巧合，她來就是為了收養這個孩子。

第三，收養嬰兒的困難，主要不是男人女人的問題，是奶水的問題。後來李莫愁帶了幾天郭裏，就被搞得疲於奔命，主要就是沒有奶。小龍女被帶回古墓，山上山下的交通也不方便，古墓裡也不好養牛養羊，奶水問題怎麼解決呢？丫鬟掌門和孫婆婆照理說都沒有奶，難道每天都下山去買牛奶，還是把小龍女寄養在山下農家呢？這些辦法雖然可行，但都不方便，最大的可能，就是這位丫鬟掌門自己有奶可以奶大孩子。

說到現在，結論已經相當明朗了：小龍女就是丫鬟掌門的私生女。但是問題又來了：如果小龍女的母親就是丫鬟掌門，這個孩子的父親是誰？為什麼要把孩子放在重陽宮門口再兜一圈跑過去收養呢？

這個問題在《神鵰俠侶》裡很難找到啟發，但是在《倚天屠龍記》的一開始，金庸卻給了我們再明確不過的提示：

「春遊浩蕩，是年年寒食，梨花時節。白錦無紋香爛漫，玉樹瓊苞堆雪。靜夜沉沉，浮光靄靄，冷浸溶溶月。人間天上，爛銀霞照通徹。渾似姑射真人，天姿靈秀，意氣殊高潔。萬蕊參差誰通道，不與群芳同列。浩氣清英，仙才卓犖，下土難分別。瑤台歸去，洞天方看清絕。」

作這一首《無俗念》詞的，乃南宋末年一位武學名家，有道之士。此人姓丘，名處機，道號長春子，名列全真七子之一，是全真教中出類拔萃的人物。《詞品》評論此詞道：「長春，世之所謂仙人也，而詞之清拔如此。」

這首詞誦的似是梨花，其實詞中真意卻是讚譽一位身穿白衣的美貌少女，說她「渾似姑射真人，天姿靈秀，意氣殊高潔」，又說她「浩氣清英，仙才卓犖」，「不與群芳同列」。詞中所頌這美女，乃古墓派傳人小龍女。她一生愛穿白衣，當真如風拂玉樹，雪裹瓊苞，兼之生性清冷，實當得起「冷浸溶溶月」的形容，以「無俗念」三字贈之，可說十分貼切。長春子丘處機和她在終南山上比鄰而居，當年一見，便寫下這首詞來。（《倚天屠龍記》第一回）

這段話給我們留下的線索非常豐富，值得仔細分析：

首先，丘處機雖然寫詩詞，但不是李後主或柳永那種風流才子，真的寫梨花也罷了，無端端怎麼會讚美一個年齡比自己小很多的青春少女呢？而且是一見之後，大為驚豔，馬上寫下這首詞。還說什麼「渾似姑射真人，天姿靈秀，意氣殊高潔」，小龍女就算容貌清麗，性情清冷，也不過是有七情六欲的凡人，不至於讓一位熟讀道經的「有道之士」當作「姑射真人」，「仙才卓犖」。這首詞要是血氣方剛的尹志平寫的也罷了，出自一代宗師丘處機的手就令人奇怪了。

當然，丘處機如果說像尹志平一樣暗戀小龍女也說得通，雖然說當時已經七老八十，可見愛美之心，人皆有之，不分年齡大小。但無論怎麼暗戀，也該是有分寸的人，怎麼會像毛頭小夥子一樣寫詩寫詞落人話柄？再說，詞中雖然對小龍女讚美到極點，卻也不像有男女之情。

其次，丘處機初遇小龍女是什麼時候呢？雖然在小龍女很蘿莉的時候見過一面，但畢竟太小，人還沒有長開。應該不是那個時候，而是小龍女成年後在重陽宮大鬧的那次，《神鵰俠侶》中有詳細的描述：

忽聽錚的一響，手上劇震，卻是一枚銅錢從牆外飛入，將半截斷劍擊在地下。他內力深厚，要從他手中將劍擊落，真是談何容易？郝大通一凜，從這錢鏢打劍的功夫，已知是師兄丘處機到了，抬起頭來，叫道：「丘師哥，小弟無能，辱及我教，你瞧著辦罷。」只聽牆外一人縱聲長笑，說道：「勝負乃是常事，若是打個敗仗就得抹脖子，你師哥再有十八顆腦袋也都割完啦。」人隨身至，丘處機手持長劍，從牆外躍了進來。

他生性最是豪爽不過，厭煩多鬧虛文，長劍挺出，刺向小龍女手臂，說道：「全真門下丘處機向高鄰討教。」小龍女道：「你這老道倒也爽快。」左掌伸出，又已抓住丘處機的長劍。郝大通大急叫：「師哥，留神！」但為時已經不及，小龍女手上使勁，丘處機力透劍鋒，二人手勁對手勁，喀喇一響，長劍又斷。但小龍女也是震得手臂酸麻，胸口隱隱作痛。只這一招之間，她已知丘處機的武功遠在郝大通之上，自己的「玉女心經」未曾練成，實是勝他不得，當下將斷劍往地下一擲，左手夾著孫婆婆的屍身，右手抱起楊過，雙足一登，身子騰空而起，輕飄飄的從牆頭飛了出去。

（第五回）

從文中的描述看，丘處機和小龍女只是打了個照面，臉能看清楚就很不錯了。小龍女一閃即逝，而丘處機一見之後，便寫下這首詞來，未免不合人情。要知道當時的小龍女和丘處機是敵對關係，差點逼死他師弟郝大通，丘處機怎麼會寫詞讚美自己的敵人呢？給師兄弟和弟子知道了會怎麼想？再說兩人不過打了個照面，就算丘處機覺得她美貌無倫，又怎麼能對「天姿靈秀，意氣殊高潔」這些性格氣質有所了解？如果說他在暗中偷看了小龍女前面的表現，倒還有可能。

小龍女緩緩轉過頭來，向群道臉上逐一望去。除了郝大通內功深湛、心神寧定之外，其餘眾道士見到她澄如秋水、寒似玄冰的眼光，都不禁心中打了個突。（同上）

由此我們所知道的事實是：十八年前的夜裡，某匿名高手將孩子放在重陽宮門口，丫鬟掌門又突然奇怪地出現，將孩子帶走並養大。而十八年後，這個長大了的孩子再度出現在重陽宮，全真教耆宿丘處機一見之下激動不已，不顧對方和自己的敵對關係，當天就寫下了一首讚美她的《無俗念》。

到了這一步，小龍女的身世已經很明顯：她的母親是丫鬟掌門，父親是丘處機。

從書中分析，這兩人之間有沒有可能呢？大有可能。從年齡上來講，小龍女比楊過大三、四歲，她出生之時，應該是郭靖還在蒙古放羊，黃蓉還沒離開桃花島的時期，那時候丫鬟掌門和丘處機都是中年人。丘處機不用說，丫鬟掌門雖然人到中年，要生個孩子也不為奇。

從兩家的淵源上來說，丘處機雖然竭力撇清說雙方並沒有來往，但是畢竟上一代有那麼多恩怨糾葛，下一代有往來也不奇怪。丘處機雖然自稱不過和她們見過幾面，但對丫鬟掌門的形貌打扮瞭若指掌，聽人一說就知道是她。這份熟悉就很蹊蹺。

從雙方自身來說，林朝英死於王重陽之前，那時候丫鬟掌門最多二十來歲左右，正是青春寂寞的時候，後來到了三、四十歲，更是那個狼虎之年，生理和心理的需要都很迫切。古墓派雖然號稱是姑娘派，其實林朝英固然對男子鍾情，李莫愁、小龍女也是二十歲不到就跟男人下了山，至於孫婆婆多半也是早年有過婚姻，丫鬟掌門又怎能例外？

再說丘道長，雖然武功不是特別高，也算一流身手，而且江湖地位顯著，宗教上的學術水準也很高，詩詞歌賦也玩得轉，論起綜合素質除了黃藥師就是他。一個中年成功人士，仰慕他的女弟子不知有多少，偏偏又因為教規束縛而不能有女人陪伴。一個乾柴，一個烈火，一旦有機會相處，怎能不熊熊燃燒起來？二人的結合實在再正常不過。

小龍女的身世一旦水落石出，很多問題都迎刃而解：

首先，小龍女的姓氏「龍」字是怎麼來的？最簡單的推斷，當然是她的父親或母親姓龍，但是如上文所說，她的父母一定是武林高手。龍姓不是很常見的姓氏（讀者可以隨便想三個以上龍姓名人試試），全武林姓龍的高手恐怕任何時代都不會超過三個。即使不是武林高手，是終南山附近的鄉民，恐怕姓龍的也不多。如果她的父母真是要棄嬰，不可能給女兒起自己的姓氏。否則還怕別人不知道是自己扔的孩子麼？

那麼龍姓會不會是丫鬟掌門的姓氏呢？這也不對，丫鬟掌門和小龍女的公開關係是師徒，不是母女，如果要給小龍女起自己的姓氏，那麼不論二人真正關係是什麼，都應該收小龍女做女兒，又怎麼還會保持師徒關係呢？何況瓜田李下，為了古墓派的清譽，越是真正的母女越不能同姓，否則萬一傳出去不是壞了古墓派的名聲？

那麼龍字的含義是什麼呢？龍實際上不是一個姓，而是一個代號，代表她父親的身分。當然這個代號不能那麼容易被人看穿，否則後患無窮。這個「龍」字應該就是代表全真教最大的支派「龍門派」，其創始人眾所周知就是丘處機。

有人或許說，全真教時期，各支派沒有分化，應該還沒有龍門派的名目，但是丘處機在王重陽死後在龍門山隱居多年是史有明文的事情，這個龍門山既然遠離重陽宮，就可能成為丘處機和丫鬟掌門的幽會場所。很可能在山上留下了丘處機和丫鬟掌門美好或遺憾的回憶，所以她才會給女兒取「龍」姓，以紀念這一段緣分。

其次，為什麼小龍女會被扔在重陽宮外面？為什麼丘處機當時又不在？可以推斷，兩人幽會一段時間後，ㄚ鬟掌門有了身孕，中年懷胎，這輩子唯一的骨血，自然要把孩子生下來。丘處機此時已是全真教領袖，生怕自己身敗名裂，可能勸過ㄚ鬟掌門打胎，ㄚ鬟掌門不聽，兩人發生衝突。丘處機怕事，索性在ㄚ鬟掌門生產期遠遠躲開。ㄚ鬟掌門久久不見丘處機，自己辛辛苦苦生孩子，一怒之下，把孩子放在重陽宮門口，暗中監視，就是想逼丘出頭，看他對自己女兒態度如何，後來發現丘不在重陽宮，只得把孩子抱回去，以收養的名義自己撫養。丘處機回來後，知道自己已經當了爸爸，也無可奈何了。二人此後有沒有繼續不倫關係不得而知，但不久ㄚ鬟掌門就收了李莫愁做徒弟，小龍女也漸漸懂事，二人的關係大概也就斷了。

第三，為什麼ㄚ鬟掌門也和林朝英一樣，對男人，特別是全真教的道士如此憎恨，還這麼教導徒弟？單純說是林朝英的影響未免不夠，畢竟思春是女人的天性，不至於為了小姐的遭遇就一輩子不想男人。大家想想，秦紅棉教導女兒十幾年要恨男人，木婉清還不是對段譽一見傾心？再說林朝英和王重陽二人不能在一起，也不是男方單方面的責任。ㄚ鬟掌門似乎比小姐師父有更悲慘的遭遇，才會對男人如此深惡痛絕：

楊過問道：「咱們祖師婆婆好恨王重陽麼？」小龍女道：「不錯。」楊過道：「我也恨他，幹麼不把他的畫像毀了，卻留在這裡？」小龍女道：「我也不知道，只聽師父與孫婆婆說，天下男子就沒一個好人。」（第五回）

既然是天下男子沒一個好人，那傷害她們的自然也不只是王重陽一個了。丫鬟掌門之所以憎恨王重陽，多半還是因為他是丘處機的師父吧。

第四，小龍女十八歲生日，為什麼全真教要不惜一切代價為小龍女出頭擋住來犯的邪魔外道呢？顯然也是丘處機護女心切。丘處機所說的「我們」如何如何關心小龍女，如何送吃的送水，如何擔心敵人滋擾，其實說的無非是「我」。重陽宮一戰後，還怕女兒打不過霍都等人，千方百計給郭靖講故事，帶郭靖去古墓外助陣，也可以說是父女天性了。

第五，小龍女闖重陽宮那次，丘處機可能早就到了，但是一直埋伏著不肯出來，就是因為兩人關係特殊，不便出手，只在暗中看了半天女兒。最後郝大通要自殺，丘處機怕女兒闖大禍，不得不出手相救，其實還是在幫小龍女，把她嚇走了。最後看到小龍女逃了也不追，顯然是要息事寧人。事後，無法平息內心激動的情緒，賦詞一首，託名是寫梨花，實際上是描寫自己女兒的出類拔萃，讓他十分感觸。

有人可能會提出反對意見：既然丘處機如此愛這個私生女，何以後來在小龍女要殺尹志平的時候，丘處機要出手重創小龍女呢？其實事情不是這樣的，我們來看原文：

丘處機在一旁瞧著，眼見愛徒死於非命，心中痛如刀割，只是事起倉猝，不及救援，小龍女第一劍，還可說是由於法王之故，但第二劍卻是存心出手。

他絲毫不知這中間的原委曲折，這半年中日思夜想，多半盡是如何抵擋小龍女的招術，而近一個月中更是除此之外再無別念。他既認定小龍女是本教大敵，又決然想不到尹志平會自願捨身救她，眼見她挺劍又刺，當即縱身而前，左手五指在她腕上一拂，右掌向她面門直擊過去。丘處機的武功在全真七子之中向居第一，這一下情急發招，掌力雄渾已極。（第二十六回）

其實郝大通誤殺孫婆婆只是小過節。丘處機真正認定「小龍女是本教大敵」的理由，還是小龍女的身世和自己拋下她們母女的劣跡被揭發。他不知道小龍女究竟知道多少自己的身世，就算丫鬟掌門臨死沒有來得及說，也可能留下什麼書信，不定什麼時候就會被翻出來。因此慫恿幾個師兄弟閉關修煉武功以防萬一。結果怕什麼來什麼，自己一出關，就看到小龍女殺氣騰騰地殺了尹志平，他哪裡能想到尹志平搞了自己女兒，自然會認定是真相暴露，小龍女來找自己報仇，尹志平不過是代師受過，所以才會情急出手。而即使此時，丘處機出手還是很有分寸，並沒有用殺招。所以小龍女和全真五子鬥了良久也不落下風，後來雖然中了致命的招數，但也純出偶然，主要是看到了楊過而分心，並非丘處機存心加害：

突然之間，小龍女一聲大叫，雙頰全無血色，嗆啷、嗆啷兩聲，手中雙劍落地，呆呆的望著青松畔的那叢玫瑰，叫道：「過兒，當真是你嗎？」

便在此時，法王金輪迎面砸去，全真五子那招「七星聚會」卻自後心擊了上來。這一招本是抵禦尼摩星而發，但那天竺矮子吃過這招的苦頭，不敢硬接，身子向左閃避，這一招的勁力便都遞到了小龍女背心。（同上）

後來，當得知尹志平的劣跡後，丘處機肯定恨死了這個逆徒玷污自己女兒的清白，和小龍女之間的一點過節也極力要解開，當楊過和小龍女在全真教的時候，面對雙方的衝突，諸多維護。

丘處機舉手喝道：「且住！」二十一柄長劍劍光閃爍，每一柄劍的劍尖離楊龍二人身周各距數寸，停住不動。丘處機道：「龍姑娘、楊過，你我的先輩師尊相互原有極深淵源。我全真教今日倚多為勝，贏了也不光彩，何況龍姑娘又已身負重傷。自古道冤家宜解不宜結，兩位便此請回。往日過節，不論誰是誰非，自今一筆勾銷如何？」

……

丘處機叫道：「眾弟子小心，不可傷了他二人性命！」語音洪亮，雖在數百人吶喊叫嚷聲中，各人仍是聽得清清楚楚。眾弟子追向殿後，大聲呼喊：「捉住叛教的小賊！」「小賊褻瀆祖師爺聖像，別讓他走了！」「快快，你們到東邊兜截！」「長春真人吩咐，不可傷他二人性命！」

……

到得藏經閣前，只見數百名弟子在閣前大聲呼噪，卻無人敢上樓去。丘處機朗聲叫道：「楊龍二位，咱們大家過往不咎，化敵為友如何？」過了一會，不聞閣上有何聲息。丘處機又道：「龍姑娘身上有傷，請下來共同設法醫治。敝教門下弟子絕不敢對兩位無禮。丘某行走江湖數十年，從無片言隻語失信於人。」半晌過去，仍是聲息全無。（第二十七、二十八回）

雖然丘處機說的話聽起來冠冕堂皇，並沒有表現出特別的回護，但是這些話不出自向來仁和寬厚的馬鈺，或者王處一等人，而出自脾氣暴躁、心胸也不怎麼廣闊的丘處機，還是很令人奇怪的。當然，一旦我們知道了小龍女就是他的女兒，也就不奇怪了。丘處機此時當然最擔心女兒的傷勢。

關於小龍女的身世，其餘的佐證尚多，例如丫鬟掌門對小龍女的偏愛，未必就是李莫愁無中生有。很可能是她太偏愛小龍女，才讓李莫愁一怒下山，在此就不分析了。

小龍女的師父被歐陽鋒所打傷，不久死去，沒有來得及告訴女兒她真正的身世。丘處機呢，雖然和小龍女見過幾次面，終也無法開口，後來得知小龍女病重難癒，忽然失蹤，自己也一病不起。熬了十六年，到了快百歲的時候，聽說小龍女又出現了，一時高興過度就死了。而小龍女身世之謎，也至此長埋地下。雖然我輩後人能夠依據史實做出推理，但其中實情究竟如何，中間還有多少曲折秘密，也終不能起古人於地下而問之。只得姑妄言之，姑妄聽之也。

後記：超越邊界——朝向歷史話語的轉換性解釋學

《劍橋倚天屠龍史》這本惡搞《倚天屠龍記》和正史的戲作，產生於2007年某個冬夜騎車經過一條林蔭小道時偶然迸發的靈感，於2008年1月29日在天涯論壇的「仗劍天涯」版塊開始連載，斷斷續續寫了半年，到7月9日連載結束，反響居然相當熱烈。

雖然是一時興起之作，不過認真說起來，這部小書的「史前史」還要追溯到十多年前。我讀小學五、六年級，還沒怎麼看過金庸小說的時候（只在親戚家裡看過一本《連城訣》），有一次拿著母親的借書卡去工廠的圖書室裡借書，居然找到一本《倚天屠龍記》第一冊，看到作者是被老師和家長們深惡痛絕的那個「金庸」，於是大著膽子偷偷借回來，似懂非懂地看了起來，很快就被裡面的情節吸引住了。可是悲劇隨後發生了：這部小說，圖書室裡不知為何只有第一冊。所以，看到張三手帶著張無忌離開少林後，故事就此中斷了。

每個有過類似經歷的讀者都清楚，我是多麼如飢似渴地想知道後面的進展！可那時我的生活相當單純，不知道去小店租書看，更不敢去買武俠小說，正經書店裡就算有幾本武俠的小說也不會拿出來開架閱覽。所以只有每隔幾天就跑一趟圖書室，希望某天運氣好能夠碰到後面的幾本（我不知道有幾本），可惜每次都是失望而返。倒是又把第一冊借回來重溫了幾遍過足癮。

失望之餘，我只有自己腦補後面的情節，幾年下來，居然編出了有板有眼的一整套故事：張無忌寒毒自然治好，又學了一身厲害武功（這個不用看原著，也可以猜到吧），此時日本出了一個高手浪人，帶著一群倭寇入侵中華，張無忌和幾個少年聯手，把他打跑了。至於女主角，我也給安排了一個，那是個居住在大雪山裡的神秘女郎，永遠蒙著面紗，因為她的容貌已經被仇人毀了，這個大概是從《連城訣》裡的凌霜華得到的靈感。

這個故事，我每天上床睡覺的時候編一點點，編了好幾年，如果寫成文字說不定有上百萬字。當然也不過是「編」梅止渴。書中還有許多沒頭沒尾的人事，我猜不透也想不明白，比如屠龍刀的秘密究竟為何？比如一開始提到的神鵰大俠、小龍女，又是什麼人？等等。我抱著這些疑問過了好幾年。到了初中時，同學之間也開始傳看武俠，我才終於看到了全本的《倚天屠龍記》，酣暢淋漓地一口氣讀完後，恍然大悟。真正的情節，自然是我再編一百年也編不出的，明教群雄的陸續出場已經令人擊節慨嘆，更何況本以為只是一段江湖兒女的傳奇，誰知卻又演繹出一段蒙亡漢興，江山易主的大歷史呢？

因為這段淵源，我對《倚天》這部書，較之其他金庸作品而言，可謂有特殊的感情。讀大學之

後，部分因為《倚天》一書，也因為其他的緣故，我對元朝這個遠離中國傳統的朝代開始感興趣，讀了不少元史方面的書。對於元朝的政治、文化、歷史相當著迷。

在了解較深之後，對於《倚天》這部書我又漸漸生出些不滿來。《倚天》雖然以宋元明鼎革的大歷史為綱，但其中涉及這些方面的史實內容相當少，元朝方面出場的歷史人物，不過是察罕帖木兒和王保保兩個，還都是跑龍套的角色。燕帖木兒、順帝、伯顏、脫脫、孛羅帖木兒……這些有趣的同時代人一個也沒有出現。張無忌身為漢人抵抗力量的最高領袖，遇到的最大敵手不過是一個王爺的女兒，未免有點不太相稱。而方東白、鹿杖客、鶴筆翁等大高手不去將一身絕技賣與帝皇家，只是屈身小小王府，恐怕也說不過去。

並且在書中，元朝的風土人情、風俗習慣也較少刻畫，譬如元朝通行紙幣「寶鈔」，而書中卻只用黃金、銀兩，其實都大錦如果真收了二千兩黃金，也不用帶著上路那麼麻煩，直接去官辦兌換機構「平准庫」換成鈔票就行；又如趙敏的蒙古原名是「敏敏特穆爾」，王保保叫做「庫庫特穆爾」，他們的父親叫「察罕特穆爾（帖木兒）」，似乎這家人姓「特穆爾」，實際上「特穆爾（*temür*）」是蒙古男子名而非姓（蒙古人的姓也是放在前面的），女子斷不會叫這個名字。雖然一些地方金老的避實就虛有自己的考慮，但作為一個鐵桿粉絲總不免覺得頗有憾焉。

《劍橋倚天屠龍史》寫作的初衷，正是出於這些遺憾，想描寫一段真正嵌入當時歷史與文化的金庸武俠史，如果這一段故事在歷史上真的發生，那麼將會與真實的歷史實在發生如何的碰撞與融合？當時的人以及後世又如何去看待這段歷史？而歷史的鐵與血又會給這個充滿浪漫想像的故事帶來怎樣的形變？這些有趣的想法為寫作這部戲說歷史的小書提供了源源不斷的動力。

實際上，這種想法並不完全陌生。將一切我們喜愛的人物和事蹟貫穿到歷史之中，正是我們這個古老民族所熟悉的思維方式。歷史化的思考早已經構成了我們民族精神最深刻的基底。大言不慚地說，這部《劍橋倚天屠龍史》可以將自己的精神淵源追溯到《尚書．堯典》和《史記．五帝本紀》這樣的偉大典籍：古老神話和傳說都歸屬於歷史的客觀實在，它們以某種形式構成了歷史本身。我們也歷史性地看待它們。

這種思維並不僅僅適用於遠古歷史，為了將每一樣我們喜愛和熟悉的事物納入歷史實在性的軌道，富於實證精神的歷史學家們早就熱衷於考證花木蘭的故事發生在哪一個朝代，崔鶯鶯的民族和階級是什麼，賈寶玉與林黛玉的原型是誰，以及「歷史上的」梁山伯、呂洞賓、宋江等人的真正面目。甚至在我國的傳統文藝理論中，也幾乎沒有想像和虛構的位置。「小說」在古人看來乃是「稗官野史」，是真實人物和事件的誇張和變形，是歷史長河的支流，是偏離康莊大道的羊腸小路，但是仍然在歷史王國的統治之下。

另一方面，過分發達的歷史思維，或者更準確地說，對於在過去的時間長河中確立唯一的本質或實在的執著，反而損害了我們的歷史感本身。幾千年來，我們製造出許多官方欽定的煌煌「正史」，並將其他的說法當作「小說野史」加以摒棄，甚至焚毀；今天，在網路上和通俗作品中常常

看到許多歷史論說，每一種說法都宣稱自己是唯一的「真相」，而視其他的為謊言和偽造；專家學者們對於歷史影視中的「硬傷」（意指在文學作品中的一些常識性錯誤）缺乏容忍，常常斥之為混淆試聽，誤導觀眾。在做這些的時候，我們或許並非出於科學的求真精神，而是被壟斷歷史的話語權力所左右。我們將自己的思想、意志和價值觀投射到歷史敘事和構造中去，反過來又將之視為客觀真實並要求他人去承認。這一切或許只因為我們太過於看重歷史的意義，過分強調了它對於塑造我們的現實和未來的力量。在做這一切的時候，我們或許並沒有給想像的自由恰當的空間，同時——反諷地——又在歷史的名義下給了它過多的權柄。

尼采曾經指出，過於沉重的歷史感本身可能是有害的：歷史並非盡是偉大的事物，而充斥著各種偶然的盲目的力量和事件，對這些的記憶是無益的負擔，反而會壓抑生命本身。（參見尼采：《歷史的用途與濫用》，陳濤、周輝榮譯，上海人民出版社，2000）這部《劍橋倚天屠龍史》在寫作的時候，筆者也常常感到兩個相互矛盾的衝動，一是上面所說的將一切歷史化，試圖賦予小說最確鑿的客觀實在，另一個則相反，是要擺脫歷史實在的束縛，將嚴肅的歷史話語拋擲到虛無的根基之上，將其置於懸擱之中。因此出現了用最嚴肅的歷史敘事筆調去敘述最荒誕不經的虛構情節的古怪效果。這種相對於小說和歷史雙重的陌生化手法大概是其受歡迎的原因之一。最終，我們處身於這樣一種想像力的林莽界（*limbo*，或譯為「靈薄獄」，意指地獄的邊緣），既不在想像力的輕飄飄的天堂中，也不在歷史性沉重的大地之上，而是懸浮在二者之間的「無何有之鄉」。

在這裡歷史與虛構的界限被突破了，記憶和歷史書寫也不再是負擔，歷史話語從承載實在的承諾中被解放出來，轉換為純粹的文本遊戲，因而最終成為了意義機制自身的狂歡。因此，「這裡有玫瑰花，就在這裡跳舞吧（*Hic Rhodus,hic salta*）」（原文出自伊索寓言，意指不必猶豫，現在就去做吧）！

《劍橋倚天屠龍史》完成後，我並沒有想過出版。更有很長一段時間因為各種事務而遠離了天涯，過了半年多重新登陸時，才發現信箱裡不僅有許多網友的支持和鼓勵，也有好幾位編輯表示希望出版此書。在這種鼓舞下，我最終斗膽將惡搞進行到底，讓這本小書去災梨禍棗。目前出版的《劍橋倚天屠龍史》，是在初稿的基礎上，又全面細緻地修訂了三遍，並且為了興味起見，增加了注釋和參考文獻。另外還附上了其他幾篇和《倚天屠龍記》相關的文字。

本書能夠從幾篇零散文字最終成書，要感謝「仗劍天涯」所有網友的熱心支持和詳盡的討論批評。最後，我特別要感謝智品書業的董迎軍先生，多虧了他熱情的鼓勵和耐心細緻的編輯工作，才讓這本離經叛道而又乏善可陳的小書最終得以面世。

新垣平

人物中國：

01	解密商豪胡雪巖《五字商訓》	侯書森	定價：220元
02	睜眼看曹操-雙面曹操的陰陽謀略	長　浩	定價：220元
03	第一大貪官-和珅傳奇（精裝）	王輝盛珂	定價：249元
04	撼動歷史的女中豪傑	秦漢唐	定價：220元
05	睜眼看慈禧	李　傲	定價：240元
06	睜眼看雍正	李　傲	定價：240元
07	睜眼看秦皇	李　傲	定價：240元
08	風流倜儻-蘇東坡	門冀華	定價：200元
09	機智詼諧大學士-紀曉嵐	郭力行	定價：200元
10	貞觀之治-唐太宗之王者之道	黃錦波	定價：220元
11	傾聽大師李叔同	梁　靜	定價：240元
12	品中國古代帥哥	頤　程	定價：240元
13	禪讓--中國歷史上的一種權力遊戲	張　程	定價：240元
14	商賈豪俠胡雪巖(精裝)	秦漢唐	定價：169元
15	歷代后妃宮闈傳奇	秦漢唐	定價：260元
16	歷代后妃權力之爭	秦漢唐	定價：220元
17	大明叛降吳三桂	鳳　娟	定價：220元
18	鐵膽英雄一趙子龍	戴宗立	定價：260元
19	一代天驕成吉思汗	郝鳳娟	定價：230元
20	弘一大師李叔同的後半生-精裝	王湜華	定價：450元
21	末代皇帝溥儀與我	李淑賢口述	定價：280元
22	品關羽	東方誠明	定價：260元
23	明朝一哥王陽明	呂　崢	定價：260元
24	季羨林的世紀人生	李　琴	定價：260元
25	民國十大奇女子的美麗與哀愁	蕭素均	定價：260元
26	這個宰相不簡單--張居正	逸　鳴	定價：260元
27	六世達賴喇嘛倉央嘉措的情與詩	任倬灝	定價：260元
28	曾國藩經世101智慧	吳金衛	定價：280元
29	魏晉原來是這麼瘋狂	姚勝祥	定價：280元
30	一代女皇武則天	秦漢唐	定價：220元

先秦經典智慧名言故事

張樹驊主編　沈兵稚副主編

本書主要內容包括名言、要義和故事緊密相關的三個方面，淺顯簡單易讀，是給國、高中生最佳的課外讀物，短期內提升國學程度的利器。

01	《老子》《莊子》智慧名言故事	林忠軍	定價：240元
02	《孫子兵法》智慧名言故事	張頌之	定價：240元
03	《詩經》智慧名言故事	楊曉偉	定價：240元
04	《周易》智慧名言故事	李秋麗	定價：240元
05	《論語》智慧名言故事	王佃利	定價：240元
06	《孟子》智慧名言故事	王其俊	定價：240元
07	《韓非子》智慧名言故事	張富祥	定價：240元
08	《禮記》智慧名言故事	姜林祥	定價：240元
09	《國語》智慧名言故事	牟宗豔	定價：240元
10	《尚書》智慧名言故事	張富祥	定價：240元

智慧中國系列

葉舟教授力作　暢銷十餘萬本

本書北京大學教授葉舟所精心製作的可藏於名山的大作，淺顯簡單易讀，是給國、高中生最佳的課外讀物，短期內提升國學程度的利器。

01-1	莊子的智慧--軟皮精裝版	葉　舟	定價：280元
02-1	老子的智慧--軟皮精裝版	葉　舟	定價：280元
03-1	易經的智慧--軟皮精裝版	葉　舟	定價：280元
04-1	論語的智慧--軟皮精裝版	葉　舟	定價：280元

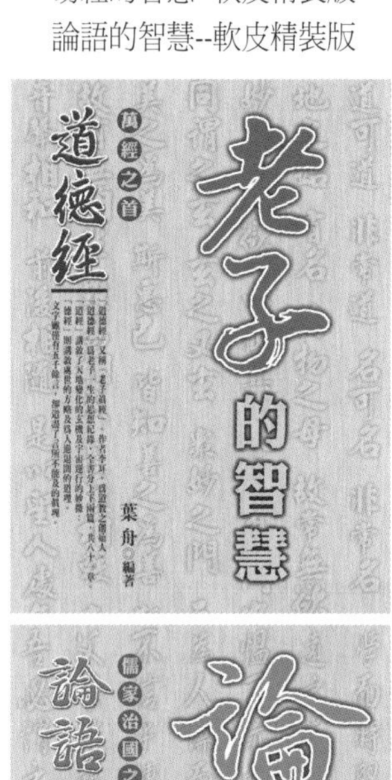

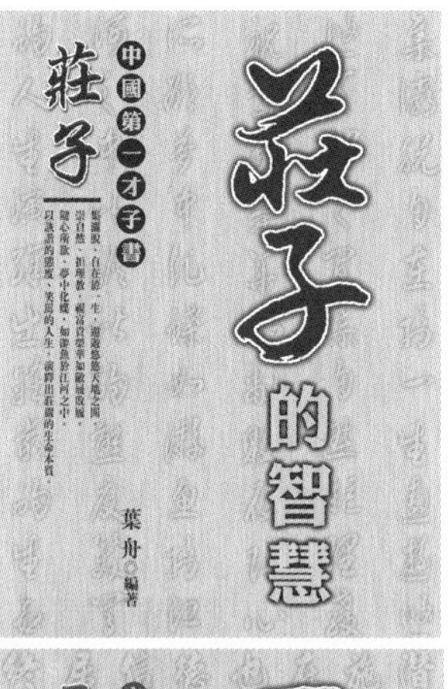

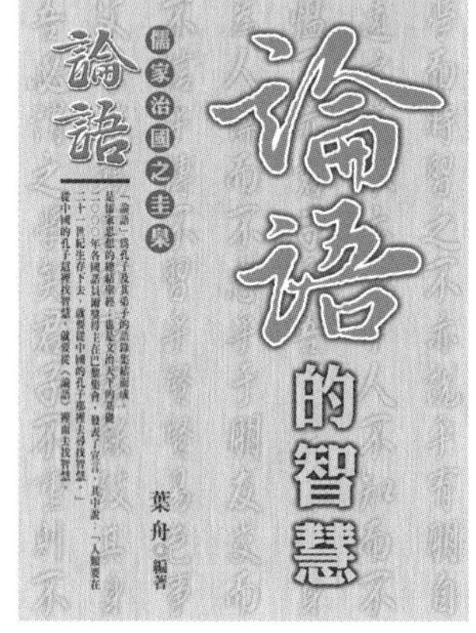

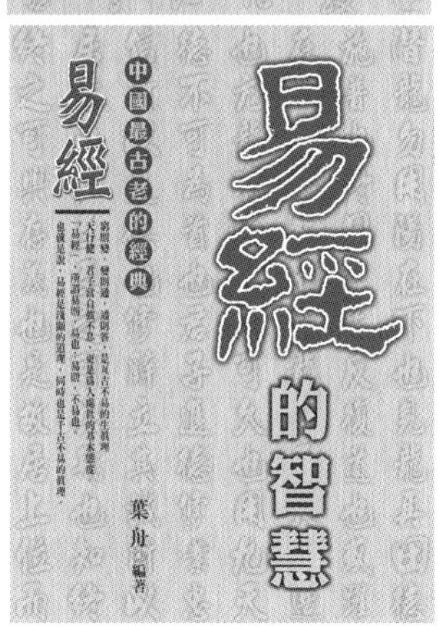

國家圖書館出版品預行編目資料

劍橋倚天屠龍史 / 新垣平 著一 版.
-- 臺北市 :廣達文化, 2012.1
; 公分. -- （文經閣）(文經書海 67）
ISBN 978-957-713-490-5(平裝)
1.金庸 2.武俠小說 3.文學評論

857.9 100025576

劍橋倚天屠龍史

榮譽出版：文經閣

叢書別：文經書海 67

作者：新垣平 著
出版者：廣達文化事業有限公司
Quanta Association Cultural Enterprises Co. Ltd
發行所：臺北市信義區中坡南路路 287 號 4 樓
電話：27283588　傳真：27264126　　E-mail：*siraviko@seed.net.tw*
劃撥帳戶：廣達文化事業有限公司　帳號：19805170

印　刷：卡樂印刷排版公司
裝　訂：秉成裝訂有限公司

代理行銷：創智文化有限公司
23674 新北市土城區忠承路 89 號 6 樓
電話：02-2268-3489　傳真：02-2269-6560

CVS 代理：美璟文化有限公司
電話：02-27239968　傳真：27239668

一版一刷:2012年2月

定　價：300 元

本書如有倒裝、破損情形請於一週內退換